Christin Thomas

Vampire, die bellen, beißen nicht.

Christin Gießel
Wiemerskamper Weg 50B
22889 Tangstedt

www.christin-thomas.de
mail@christin-thomas.de

Vampire, die bellen, beißen nicht
1. Auflage
Christin Thomas, 2020
Erstveröffentlichung im September 2018
Coverdesign: Christin Giessel, www.giessel-design.de
Illustration: saje design, www.saje-design.de
Lektorat: Linda Wäcken
Korrektorat: Sarah Nierwitzki, www.wortkosmos.jimdofree.com
Druck: booksfactory, 71-063 Szczecin (Polen)

ISBN: 978-3-96698-266-5

Die Deutsche Nationalbibliothek verzeichnet diese
Publikation in der Deutschen Nationalbibliografie;
detaillierte bibliografische Daten sind im Internet über
http://dnb.dnb.de abrufbar.

CHRISTIN THOMAS

VAMPIRE, DIE BELLEN, BEISSEN NICHT

Es gibt eine Liebe,
die über jede Liebe erhaben ist,
die Leben überdauert.
Zwei Seelen aus einer entstanden.
Vereinigt wie zwei Flammen.
Identisch – und doch getrennt.
Manchmal zusammen, durch Gefühl und Verlangen verschweißt.
Manchmal getrennt, um zu lernen und zu wachsen.
Aber einander immer wieder findend.
In anderen Zeiten, anderen Orten.
Wieder und wieder.

Überlieferung aus dem 6. Jahrhundert
vom japanischen Patriarchen Tatsuya.

Für meine geliebten Pateneltern
Bärbel und Kurt.

Kapitel 1

Heutzutage bekommt man an jeder Ecke einen »Coffee to go«. Im Normalfall wird er mit einer Temperatur von etwa 60 Grad und einem festsitzenden Deckel verkauft. In meinem Fall hat sich dieser direkt beim ersten Schluck verabschiedet. Nun weiß ich genau, dass die Temperatur des Kaffees aus dem kleinen Donutladen, gegenüber von Connors Tankstelle an die 100 Grad herankommt. Während mir die kochend heiße Flüssigkeit in den Ausschnitt läuft und sich meine Brust anfühlt, als erlitte ich schwerste Verbrennungen, klingelt zu allem Übel mein Handy. Ich werfe nur einen kurzen Blick auf das Display, bevor ich den Becher aus dem Fenster pfeffere und mir mit dem Schal die Lava vom Dekolleté tupfe.

Das ist definitiv nicht mein Tag.

Ich wusste es schon, als ich mir morgens den kleinen Zeh an der Kante der Schlafzimmertür stieß. Noch deutlicher wurde es, als man mir in der Detektei eine Frau vorstellte, die abwertend mit der Zunge schnalzte und sagte: »Sie könnten ganz sicher auch eins von seinen Flittchen sein.«

Es hatte keine fünf Minuten gedauert, bis mir mein Chef, Pierce Flinch, den Auftrag für die Beschattung ihres Göttergatten erteilte. Dabei wollte ich diesen Auftrag nicht, denn diese in Prada gekleidete und auf rot besohlten High Heels laufende Hexe war die erste Frau, bei der ich es dem Mann nicht verdenken konnte. Während sie um meinen Schreibtisch herumstolzierte, warf sie Flinch immer wieder laszive Blicke zu.

Er hätte wissen müssen, dass sie ihn nur zur Kenntnis nahm, weil er ihren Fall klären sollte – *und zwar dalli.* Doch Flinch war längst in ihrer Duftwolke aus Chanel N°5 versunken und wurde in seinem rot karierten Hemd stetig kleiner, wodurch er noch weniger Hals hatte als ohnehin schon.

»Er betrügt mich«, sagte sie und zog aus ihrer Handtasche ein Stofftaschentuch, mit dem sie sich unter den Augen tupfte, als würden daraus ganze Sturzbäche fließen. In Wahrheit kam keine einzige Träne und auch ihr Gesicht zeigte keinerlei Regung.

Ich verschränkte die Arme und richtete meinen Blick lieber auf die Tischplatte, als mir dieses schlechte Schauspiel weiter anzusehen.

»Er tut es bestimmt schon seit einem halben Jahr.«

»Das tut mir leid«, gab Flinch von sich und klang dabei, als bedauerte er es tatsächlich. Ich hingegen gab nur ein Grunzen von mir und hatte mir damit wohl den Fall aufgebrummt.

»Caitlyn Young ist eine unserer Besten«, erklärte Flinch, woraufhin ich erschrocken aufsah.

»Ich würde nicht sagen, dass ich eine ...«

»Doch, doch *die Beste*«, unterbrach er mich. »In den zwei Jahren, in denen sie bei uns ist, hat sie jeden ihrer Fälle in Rekordzeit abgeschlossen.«

»Höchst interessant«, meinte das Blondchen und bedachte mich mit einem so abschätzigen Blick, als hätte sie gerade abgelaufenes Fleisch im Kühlschrank gefunden.

»Sie können sich auf Ms Young verlassen«, versprach ihr Flinch.

»Das will ich doch hoffen«, sagte sie und betonte nachdrücklich, wie wichtig ihr die Aufklärung des Falles sei. Dann stolzierte die Frau mit ihrem engen Kostüm auf mich zu, lehnte sich mit ihren eindeutig aufgepumpten Brüsten zu mir vor und sah mich durchdringend an. »Worauf warten wir noch?«

Flinch sprang sofort vom Stuhl auf. »Sie hat recht! An die Arbeit, Caitlyn!« Er warf mir eine Akte auf den Tisch und geleitete Mrs *Worauf-warten-wir-noch* zur Tür hinaus. Selbstverständlich ließ er sich die Gelegenheit nicht entgehen, ihr dabei seine Hand auf den Rücken zu legen, um sich schon einmal vorzutasten. Ich rollte mit den Augen und warf den ersten Blick auf den armen Trottel, der ihr irgendwann, wie Flinch, ins Netz gegangen war.

Es war keine große Überraschung, dass es sich dabei um einen gutaussehenden Mann handelte. Dunkles Haar gepaart mit schokobraunen Augen, die in süßer Verlegenheit in die Kamera blickten. So unschuldig, wie er auf dem Foto aussah, war er jedoch ganz sicher nicht. Wenn ich etwas in meinem Job als Privatdetektivin gelernt hatte, dann, dass gerade diese Menschen zu den Personen gehören, die die Schuld quasi gepachtet haben.

Und nun sitze ich hier, weil ich wegen dieser parfümierten Barbie nicht mal mehr meinen Kaffee im Büro zu Ende trinken durfte. Mein Handy klingelt immer noch und meine Brust steht trotz aller Löschversuche in Flammen.

Genau in diesem Moment taucht er endlich auf – Jonathan Green.

Ihm folgt eine kleine und aufgeweckte Frau. Sie redet unentwegt auf ihn ein und wedelt unterdessen wild mit Dokumenten herum. Während er schnurstracks auf sein Auto zugeht, versucht sie, mit ihm Schritt zu halten. Als er urplötzlich stehenbleibt, kann sie einen Zusammenstoß nur knapp vermeiden und wirkt darüber sichtlich erleichtert. Mehr braucht es nicht, um diese Frau direkt als mögliche Kandidatin auszuschließen. Die beiden wahren mehr Abstand als nötig und während er das Gespräch in die Hand nimmt, schaut sie ehrfürchtig zu Boden.

»Ist wohl nicht sein Typ«, sage ich und mache mir ein paar Notizen. Endlich gibt meine Mutter ihren Telefonterror auf und ich atme tief aus. Als ich den Blick wieder auf meine Zielperson richte, ist diese gerade dabei, die Straße zu überqueren. Mr Green steuert direkt auf mich zu.

»Ach du Scheiße«, murmele ich, schmeiße die Akte auf den Rücksitz und fummele nervös an den Reglern des Radios. *Er wird doch nicht etwa ...?*

Prompt klopft es an der Fensterscheibe. Ich setze einen überraschten Gesichtsausdruck auf, blicke ihn durch das Glas hindurch an und betätigte den Fensterheber.

»Ja?«, frage ich auffällig hoch.

»Ich habe vorhin gesehen, wie Sie Ihren Kaffee aus dem Auto geworfen haben.«

»Oh.«

»Ja«, erwidert er und deutet zu seinem Büro hinauf. »Ich stand gerade am Fenster.« Dann liegt seine Aufmerksamkeit für einen kurzen Moment auf meiner eingesauten Bluse. »Ist wohl nicht Ihr Tag.«

»Wenn Sie wüssten«, schnaufe ich.

»Haben Sie vielleicht etwas dagegen, wenn ich Sie auf einen neuen einlade?«

»Sie wollen mich auf einen Kaffee einladen?« Ich glaube, mich verhört zu haben, doch Jonathan Green nickt. Mein Tag scheint gerade den Höhepunkt zu erreichen. Schlimmer kann es definitiv nicht kommen. Der Mann, den ich eigentlich beschatten soll, hat mich nicht nur gesehen, *nein* – jetzt möchte er auch noch einen Kaffee mit mir trinken gehen. Innerlich tobe ich, während ich nach außen hin freundlich lächele.

»Das ist wirklich nett von Ihnen, aber ich warte auf einen, meinen ... Freund«, lüge ich, wobei er mir das bei dem Gestotter vermutlich nicht abnimmt.

»Aha«, erwidert er lässig. »Ich wollte nicht ...«

»Schon gut, trotzdem danke«, falle ich ihm ins Wort und winke, um von der aufsteigenden Wärme in meinen Wangen abzulenken. Danach schließe ich das Fenster und kralle mich an mein Handy. Es dauert einen Moment, bis Mr Green kehrtmacht und mir klar wird, dass ich total versagt habe.

»Ist nicht dein Ernst?!«, ruft Maggie ins Telefon. Ihre Stimme hallt dabei so, dass ich glaube, mein Trommelfell platzt gleich. Mit einem deutlichen Piepen im Ohr nehme ich den Hörer ein Stück zurück.

»Ich sage dir, der Kerl lässt ganz sicher nichts anbrennen«, erwidere ich anschließend.

»Du hättest mitgehen können, dann wäre der Fall doch direkt geklärt.«

Ich schüttele amüsiert den Kopf. »So viel verdiene ich da auch nicht, Maggie.«

Sie kichert, wobei sie irgendwie immer einen glucksenden Laut von sich gibt.

»Und was willst du jetzt machen?«, fragt sie. »Er hat dich gesehen und wird dich womöglich wiedererkennen.«

»Ich bringe erst mal meine Bluse in die Reinigung und versuche, den Fall dann schnellstmöglich Flinch aufs Auge zu drücken. Soll er doch dieser reichen Trulla den Gefallen tun.«

»Aber sie wird bestimmt denken, dass du es vermasselt hast«, stöhnt Maggie enttäuscht und gibt mir damit unwissend einen Seitenhieb.

»Ich vermassel nie einen Fall.«

»Das ist ganz egal. Sie wird glauben, dass du dem nicht gewachsen warst.«

»Bitte? Ich dem nicht gewachsen?! Ich habe in den letzten zwei Jahren nichts anderes gemacht. Sie hat es ja gehört: Ich bin die Beste.«

»Nach allem, was du mir bisher erzählt hast, hält sie offenbar nicht allzu viel von dir und wenn du den Fall abgibst, wird ihr das sicher in die Karten spielen. Sie will bestimmt nicht, dass eine Frau wie du ein Auge auf ihren Mann wirft.«

»Eine Frau wie ich?« Verdutzt hebe ich die Augenbrauen.

»Du weißt, wie ich das meine«, erwidert Maggie.

Gerade als ich meiner besten Freundin sagen will, dass sie nicht immer so tun soll, als wäre ich der Schwan und sie nur ein hässliches Entlein, klingelt mein Handy. Es schreit mich förmlich an, während das Wort *»Mom«* wie eine Warnleuchte blinkt.

»Ich muss jetzt Schluss machen. Mach's gut«, erkläre ich und lege direkt auf.

»Wieso hast du mich nicht zurückgerufen?«, blafft meine Mutter, noch bevor ich überhaupt irgendetwas sagen kann.

»Ich stecke gerade mitten in einem Fall.«

»Du steckst immer in irgendeinem Fall. Ich warte schon seit zwei Wochen.«

»Ich weiß ...«, brumme ich.

»Ist es denn zu viel verlangt, dass du dich mal blicken lässt?«

»Natürlich nicht«, entgegne ich ihr, wobei ich in Wahrheit das Gegenteil denke. Schließlich kommt sie mich nie besuchen und das, obwohl der Weg in beide Richtungen gleich lang ist.

»Ich weiß, woran das liegt ...«, beginnt sie und ich ahne, worauf das Gespräch nun hinausläuft. »Das liegt an deinem Job.«

Es liegt immer an meinem Job.

»Du findest nie einen Mann, wenn du in jedem einen Lügner und Betrüger siehst. Und außerdem hast du dich verändert.«

Natürlich habe ich mich verändert. Ich bin irgendwann in den letzten 28 Jahren erwachsen geworden.

»Tut mir leid, Mom«, entgegne ich müde und schlendere unterdessen ins Schlafzimmer.

»Dein Vater würde sich im Grab umdrehen, wenn er wüsste, dass du dafür deine Karriere als Anwältin hingeworfen hast.«

»Ich habe das Studium abgebrochen und nicht bei einer Kanzlei gekündigt, *Mom*.«

»Das ist doch das Gleiche«, erwidert sie trotzig. »Er wäre auf jeden Fall sehr enttäuscht.«

Wenn es nach ihr geht, war er immer enttäuscht. Manchmal

träume ich sogar schon davon, wie man bei seiner Trauerfeier den Sargdeckel öffnet und er reglos mit einem starren und tief enttäuschten Blick daliegt.

»Ich bin wirklich müde«, bemerke ich.

»Das liegt ebenfalls an diesem Job.«

Statt irgendetwas zu sagen, atme ich ein und schlucke es herunter.

»Du bist immer so erschöpft. Deshalb hast du auch nie Zeit.«

»Wenn du mich unbedingt sehen möchtest, dann komme ich morgen Abend vorbei«, verspreche ich ihr, nur um sie irgendwie loszuwerden. Mein jämmerlicher Versuch wird mit Erfolg gekrönt, denn plötzlich verwandelt sich ihre Frustration in pure Freude. Wie bei einer Faschingsparty, bei der alle witzige Kostüme anziehen und die Welt wieder in Ordnung ist.

»Oh, mein Liebling«, säuselt sie entzückt. »Ich mache dir den Lammbraten, der dir immer so gut schmeckt.«

Es geht doch noch schlimmer.

Der Tag endet also mit einer Einladung zum Lammbraten, den ich sonst ausschließlich an den Geburtstagen meines verstorbenen Vaters serviert bekam, weil *er* ihn so liebte. Mich erinnert dieses Gericht an unsere gemeinsame Zeit, was die Trauer jedes Mal wieder aufkeimen lässt.

»Das klingt ... ganz wunderbar«, seufze ich, bevor wir uns verabschieden und ich mich in meinem Bett verkrieche, um mich von der Welt abzuschotten.

Am Abend des nächsten Tages sitze ich, wie versprochen, bei meiner Mutter an dem kleinen runden Esstisch. Meine Augen wandern über die grottenhässliche Blümchentapete, wobei ich mich zum ersten Mal frage, ob sie auch schon vor ihrem Einzug die Wände schmückte. Ich höre sie durch die geschlossene Küchentür pfeifen und spiele nervös mit der Serviette. Eigentlich liebe ich meine Mutter, aber sie ist eben speziell. Seit mein Vater vor drei Jahren an einem Schlaganfall gestorben ist, hat sie es sich zur Aufgabe gemacht, mein Leben zu bereichern. Nicht finanziell, sondern mit all ihrer Liebe. An manchen Tagen bin ich ehrlich froh darüber, dass ich eine Mutter habe, die sich so um mich sorgt und kümmert. Doch an den meisten Tagen fühle ich mich, als läge ich unter einem Schutthaufen, durch dessen Spalten ich nur schwer Luft bekomme.

Die Tür schwingt gerade auf, als mich eine Nachricht auf meinem Handy erreicht. Jonathan Green, der Mann, der ganz oben auf meiner To-do-Liste steht, wird am heutigen Abend an einer Spendengala teilnehmen, die er, zu meinem Glück, ohne seine Frau besucht. Da ist sie: die Chance, um ihn bei einer seiner Liebeleien zu erwischen. Maggie arbeitet bei einer Redaktion und hat mir schon des Öfteren ihren Presseausweis geliehen.

»Leg doch mal das Ding weg«, keift meine Mutter und hämmert dabei den Lammbraten auf den Tisch, als würde sie einen Nagel in die Wand schlagen. »Es ist wieder diese Arbeit, nicht wahr?«, fragt sie, während sie vorwurfsvoll auf mich hinabblickt.

»Nein, es ist nur eine Nachricht von Maggie«, flunkere ich schulterzuckend. Wortlos verschwindet sie abermals in der Küche, um noch schnell die Beilagen zu holen.

»Presseausweis! Für die Spendengala im Southwest Hotel«, tippe ich ins Handy und schicke die Nachricht gerade an Maggie, als meine Mutter zurückkommt.

»Gott! Kann sie denn nicht bis nachher warten?«, sagt sie und schnauft verächtlich. Das ausgerechnet aus dem Mund meiner Mutter zu hören ist, als würde ein Vegetarier eine abfällige Bemerkung über Gemüse machen. Ungeduld gehört schließlich zu ihrer Königsdisziplin.

»Ist schon gut«, entgegne ich ihr und lasse das Handy in meine Tasche gleiten.

Nachdem sie uns beiden aufgefüllt hat, ernte ich einen besorgten Blick. Ich benehme mich so, als würde ich es nicht wahrnehmen, doch noch bevor ich einen Happen in den Mund nehmen kann, stöhnt sie: »Du weißt ja gar nicht, wie schnell die Zeit vergeht.«

Mit zusammengepressten Lippen lasse ich die Gabel sinken.

»Wenn du dich nicht langsam ranhältst, dann wirst du ganz allein alt werden. Das ist dir doch bewusst, oder?«

»Ich bin erst 28«, antworte ich vorsichtig.

»In deinem Alter war ich aber schon fast zehn Jahre verheiratet.«

»Das waren ja auch andere Zeiten.«

»Ich sehe da keinen Unterschied.«

»Und ich würde gern essen«, erwidere ich und versuche erneut, von dem Lammbraten zu kosten, der Daddy bestimmt geschmeckt hätte.

»Ich meine ja nur. Du wirst schließlich nicht jünger, weißt du?«

Hilflos schüttele ich den Kopf. Wieso versteht sie nicht, dass ich es mir nun einmal nicht auf die Fahne geschrieben habe, früh zu heiraten und Kinder zu bekommen? Wir sind eben verschieden. Wo ist da bitte das Problem?

»Könnten wir jetzt einfach essen?«, frage ich, statt meine Gedanken mit ihr zu teilen.

Doch sie denkt nicht daran und verzieht stattdessen das

Gesicht. Das ist eine ihrer vielen Methoden, um mir zu verdeutlichen, wie sehr sie sich um mich sorgt.

Ich gebe auf, lege die Gabel neben den Teller und lehne mich erwartungsvoll zurück.

»Okay. Was ist hier los?«

»Ich habe mich letztens mit den Nachbarn unterhalten«, erklärt sie mir ohne Umschweife. »Du kennst ja dieses unerträgliche Weibsstück von nebenan.«

»Mrs Tale?«

»Natürlich Mrs Tale«, antwortet sie, wobei sie spricht, als hätte sie irgendetwas Klebriges im Mund. »Sie hat bei den anderen Frauen im Haus schon wieder eine ihrer Bemerkungen gemacht.«

»Eine Bemerkung? Etwa über mich?«

Meine Mutter nickt. »Sie hat zwar weder deinen noch meinen Namen gesagt, aber sie sprach davon, dass manche eben Töchter hätten, die nie unter die Haube kommen würden.« Sie verdreht die Augen. »Egal wie hübsch sie auch sind, hat dieses Lästermaul gesagt und dann, dass ihr dieser Karrierewahn völlig unverständlich ist.«

Ich bin vollkommen sprachlos.

»Ist das nicht eine Frechheit?«, fragt meine Mutter herausfordernd.

Ich kann nicht nachvollziehen, weshalb sie den Worten dieser Frau so viel Gewicht beimisst. »Ich verstehe ehrlich gesagt nicht, wieso dich das so aufregt.«

Damit verletze ich sie ungewollt und ehe ich mich versehe, vergräbt sie weinend das Gesicht in ihren Händen.

»Ich werde nie Enkelkinder haben«, schluchzt sie bekümmert.

Genau solche Ausbrüche habe ich befürchtet, als sie mich

tagelang darum gebeten hat, endlich zu Besuch zu kommen. Schließlich gibt es, seit dem Tod meines Vaters, nur wenige Themen, über die sie mit mir spricht. Wenn es nicht um meinen Job geht, geht es um meinen Vater und wenn es nicht um ihn geht, dann geht es darum, dass ich weder verheiratet bin, noch Kinder habe. Sie hat mir nie ins Gesicht gesagt, dass sie enttäuscht von mir ist, aber wenn ich ihre krankhafte Sorge um die Meinung meines verstorbenen Vaters analysiere, weiß ich genau, dass sie eigentlich von sich spricht. Obwohl dieses Verhalten oft zum Haareraufen ist, liebe ich meine Mutter. Ich will und kann sie nicht verletzen. Schließlich weiß ich, dass sie nur das Beste für mich möchte.

»Ist schon gut«, flüstere ich und lege ihr tröstend die Hand auf die Schulter. »Du solltest nicht so viel Zeit mit dieser Frau verbringen.«

Nach unserem Gespräch bringt meine Mutter den kalten Lammbraten zurück in die Küche. Ihr ist der Appetit vergangen und ich habe ein bisschen darin herumgestochert, damit sie sich nicht völlig umsonst diese Mühe gemacht hat.

Jetzt wäre Daddy ganz sicher enttäuscht.

Durch den Ausbruch meiner Mutter komme ich viel zu spät beim Southwest Hotel an. Ein Portier lässt sich die Schlüssel meines Kleinwagens geben, der neben all den anderen protzigen Limousinen aussehen muss, als hätte ich mich in der Hausnummer geirrt. Mein rotes Kleid ist eng und wenn ich etwas nicht ausstehen kann, dann sind es unbequeme Klamotten. Genau aus diesem Grund habe ich solche Galakleider auch nicht im Schrank, weshalb ich für diesen Abend eines von Maggie leihen musste. Erst nachdem ich mich mühevoll reingezwängt hatte, wurde mir bewusst, dass die Arme weder Brüste noch einen Po besitzt. Anders kann ich mir nicht erklären, wie man da ohne Hilfe reinkommt. Zu meinem Glück hat sich das leuchtende Rot meines verbrannten Dekolletés wieder zu einer einigermaßen ansehnlichen Farbe zurückverwandelt. Ansonsten würde es sich farblich überhaupt nicht vom Kleid abheben.

Mit kleinen Schritten steuere ich direkt auf den Empfang zu. Der Mann, der sich um die Gästeliste kümmert, wirft einen fragenden Blick auf mich. Noch bevor er sich nach meinem Namen erkundigen kann, halte ich ihm den Presseausweis entgegen. Er reagiert höchsterfreut. »Ich wusste gar nicht, das *The golden mirror* heute vertreten sein wird.«

»Wir hoffen auf einen interessanten Abend«, erwidere ich lächelnd und werde dann von einem anderen Portier durch die Gänge des Hotels geführt. Bevor ich die festliche Halle betreten darf, will er mir noch ein kleines Etikett auf das Kleid kleben. Während er mir hilflos in den Ausschnitt starrt, deute ich auf meine Taille. »Sie können es gern hier hinkleben.« Er wirkt erleichtert und befestigt das gute Stück vorsichtig. Als könnte ich andernfalls aus dem Stoff platzen. Erst als er sich vergewissert hat, dass auch wirklich alles sitzt, öffnet er die Tür zum Festsaal.

Der Raum, der sich mir eröffnet, ist riesig. An der hohen Decke hängen gewaltige Kronleuchter, die trotzdem nur ein schummriges Licht abgeben. Meine Schuhe spiegeln sich im glänzenden Marmorboden und alles ist von angeregten Gesprächen und den zart klimpernden Klängen zahlreicher Gläser erfüllt.

Ich mache mich auf die Suche nach Mr Green und schiebe mich dabei vorsichtig durch die Menge. Auf einer Bühne gibt eine

Frau ihre engelsgleiche Stimme zum Besten. Immer wieder bieten mir Kellner Schampus und kleine Häppchen an. Im Vorbeigehen schnappe ich mir deshalb einen Champagner und kippe ihn in nur wenigen Zügen hinunter. Nur ein paar Meter später werde ich mein leeres Glas direkt los.

Neben einem der runden Tische halte ich inne und lasse meinen Blick über die vielen Menschen schweifen. Irgendwo muss Mr Green ja sein. Nur wenn ich wirklich Pech habe, ist er bereits auf eines der Zimmer verschwunden und gibt eine Privatvorstellung.

Während ich so dastehe, kann ich ein Gespräch verfolgen, dass die Gesellschaft am Nebentisch führt. Ein Mann mit weißem Haar und weißem Schnauzer klammert sich an seinen überteuerten Gehstock.

»Ist ein feiner Kerl«, sagt er zu den anderen. »50.000 Dollar zu spenden zeugt von ehrlichem Interesse. Sehen Sie sich all die Leute an ...« Er deutet den Ladys und Gentlemans sich einmal umzusehen. »Die sind doch nur wegen der Feierlichkeiten hier.«

»Ich finde, es ist nicht verwerflich, einen solchen Abend auch zu genießen«, entgegnet ihm eine der Frauen.

»Natürlich nicht«, antwortet der Alte. »Aber es geht vorrangig darum, Gutes zu tun. Und dass ein Mann wie Mr Green die höchste Summe des Abends beisteuert, sollte allen Männern und Frauen, die reicher und bekannter sind, einen ordentlichen Seitenhieb versetzen.«

Ich horche interessiert auf. Mr Green hat also bereits gespendet. Im schlimmsten Fall ist er demnach längst verschwunden.

»Wissen Sie eigentlich, worauf sein Vermögen fußt?«, fragt in diesem Moment ein deutlich jüngerer Mann.

Der Alte schüttelt den Kopf.

Ich kralle mir bei dieser Gelegenheit noch einen Drink, um

zu verbergen, dass ich sie belausche. Stattdessen will ich den Eindruck vermitteln, als genieße ich lediglich die gute Musik.

»Ich habe ja gehört, dass es sich um ein Erbe handelt«, meint eine der Frauen.

»An der Maklerei liegt es jedenfalls nicht«, spottet der Alte. »Wenn Sie sich ansehen, welche Objekte über seine Firma angeboten werden, werden Sie feststellen, dass es sich dabei nicht um Villen und Luxusapartments handelt.«

»Ich finde, er ist seltsam.« Das sagt wieder die Frau, die von dem Erbe gehört hat.

»Und seine Frau scheint mir auch mehr zum allgemeinen Ansehen beizutragen, als dass er wirklich viel von ihr hält.«

Ich muss unweigerlich schmunzeln.

Der Alte stützt sich auf den Gehstock und lehnt sich über den Tisch. »Mir ist schon zu Ohren gekommen, dass er sich des Öfteren gern die eine oder andere Prostituierte in sein Büro bestellt.«

Ein überraschtes Raunen macht die Runde.

Während ich den Hals vor lauter Neugier strecke, tippt mir jemand auf die Schulter. Bestimmt wieder so ein nerviger Kellner, der mich beiseiteschieben will. In Wahrheit ist es jedoch Mr Green, der direkt hinter mir steht und mich erfreut ansieht.

»Sagen Sie mal, verfolgen Sie mich?«, fragt er amüsiert.

»Was? Nein! Ich schreibe einen Artikel für *The golden mirror*«, kontere ich.

»*The golden mirror?* Das ist ein fantastisches Blatt. Teilweise kritisch, aber unterhaltsam.«

Ich nicke lediglich und kippe mir dann eilig den Schampus hinter. Zu meinem Glück werde ich von dem alten Mann am runden Tisch gerettet.

»Mr Green!«, ruft er und winkt ihn zu sich herüber. »Sie

haben ja eine bezaubernde Begleitung«, meint er mit einem Kopfnicken in meine Richtung und die feinen Herrschaften kichern daraufhin erfreut, was mir das Gefühl gibt, dass ich in ihren Augen durchaus auch eine der Prostituierten sein könnte. Wütend verziehe ich das Gesicht und schlage einem der vorbeilaufenden Kellner das leere Glas auf sein Tablett. Dabei höre ich noch, wie Jonathan Green ihnen erklärt, dass ich nicht seine Begleitung, sondern eine Journalistin sei. Einer der Herren fragt ihn prompt nach seiner Frau, doch er winkt diese Frage mit einer lässigen Handbewegung ab.

»Sie ist leider verhindert«, meint er mit einem sanften Lächeln auf den Lippen. Die anderen mögen ihm das abkaufen, aber ich weiß ganz genau, dass sie gerade mutterseelenallein zu Hause sitzt.

»Bitte entschuldigen Sie mich«, sagt er und überhört dabei das Lob, das ihm eine der Frauen zu der hohen Spende machen wollte. Danach wendet er sich direkt wieder an mich: »Vielleicht darf ich Sie ja jetzt um einen gemeinsamen Drink bitten?« Seine braunen Augen mustern mich intensiv und zwingen mich förmlich dazu, nervös am Stoff meines Kleides zu zupfen.

»Nein, vielen Dank. Ich arbeite«, erwidere ich in aller Hoffnung, dass er sich endlich eine andere sucht, die er in eines der Hotelzimmer entführen kann.

Doch anstatt nachzugeben, lächelt er, wobei sich kleine Grübchen auf seinen Wangen bilden.

»Seit wann schreiben Sie denn für diese Zeitung?« Er greift einfach nach zwei Champagnergläsern, während uns abermals einer der Kellner streift.

»Seit zwei Jahren«, lüge ich und kneife skeptisch die Augen zusammen.

Eine bessere Antwort kam mir so schnell nicht in den Sinn. Wenn man die Arbeit als Privatermittlerin mit der Presse vergleicht, dann ist das auch gar nicht so weit hergeholt. Schließlich habe ich eine Menge Schreibarbeit.

»Und wissen Sie schon, worum es in Ihrem Artikel gehen wird?«

»Nun, wie ich hörte, hat jemand ganze 50.000 Dollar gespendet.«

Er lässt sich nichts anmerken und bleibt weiterhin die Ruhe selbst. »50.000? Wow«, erwidert er beeindruckt und reicht mir dann eines der Gläser. »Darauf sollten wir trinken.« Wieder folgt dieses charmante Lächeln, das die Frauenwelt vermutlich zum Dahinschmelzen bringt. Davon lasse ich mich allerdings nur wenig beeindrucken. Attraktive Männer mit einem Haufen Geld bedeuten Ärger. Ich habe nicht vor, mich von ihm um den Finger wickeln zu lassen. Er ist schließlich mein Auftrag und meine Aufträge nehme ich sehr ernst.

Behutsam greife ich nach dem Champagner, wodurch er bereits siegessicher wirkt. Wir stoßen an. Neckisch zwinkere ich und drücke das volle Glas einer Kellnerin in die Hand, die gerade nach dem Rechten sehen will. Damit hat er definitiv nicht gerechnet. Sein Gesichtsausdruck spricht Bände.

»Bei Ihnen bedeutet nein also wirklich nein?«, fragt er mit einem breiten Grinsen.

»Nun, wenn ich arbeite, trinke ich maximal ein Glas und das hatte ich bereits. Und wo wir gerade davon sprechen«, merke ich an. »Haben Sie nichts Wichtigeres zu tun, als sich mit einer Journalistin zu unterhalten?«

Mr Green lacht und beugt sich ein Stück vor, um einen Blick auf mein Etikett zu erhaschen.

»Maggie«, liest er laut vor. »Also, ich muss Ihnen sagen, dass man bei diesem Kleid nicht den Eindruck gewinnt, als seien Sie beruflich hier.«

Fassungslos klappt mir der Mund auf. »Wie bitte?«

»Das und die *zwei* Drinks, die Sie bereits hatten, wirken eher so, als würden Sie Ihre Arbeit nicht allzu ernst nehmen.«

Ich bin peinlich berührt. Er hat mich also schon vorher beobachtet.

»Gut, Sie haben mich erwischt«, gebe ich zu. »Aber ich sollte wirklich einen klaren Kopf behalten.«

Mr Green sieht mich mit großen Augen an.

»Für den Artikel«, betone ich nachträglich.

»Natürlich«, antwortet er und lächelt schelmisch.

Ich weiß nicht, ob es an all den Menschen liegt oder daran, dass mir dieses enge Kleid die Luft abschnürt, aber in mir entfacht sich eine unangenehme Hitze.

»Ich sollte jetzt besser gehen«, sage ich und wende mich augenblicklich von ihm ab. Nach Luft wedelnd, bahne ich mir einen Weg durch die Menschenmenge. Meine Nerven spielen unterdessen total verrückt, weil mir immer bewusster wird, dass ich diesen Fall gänzlich vermasselt habe.

Gestern hat er mich dabei erwischt, wie ich ihn observiert habe, und heute hatte er mich schon im Blick, als ich noch auf der Suche nach ihm war. Was ist los mit mir? Ich schütte kochend heißen Kaffee über meine Bluse, werfe Becher aus meinem Autofenster, stammele wie bekloppt herum und quetsche mich förmlich in eine nach Aufmerksamkeit schreiende Signalfarbe! Ich weiß nicht, weshalb ich mich mit einem Mal derart schusselig verhalte, aber vielleicht bin ich langsam urlaubsreif. Jonathan Green wird mich nun jedenfalls ganz sicher nicht mehr vergessen. Ich bin ihm nicht nur ein klein wenig aufgefallen, sondern habe mich direkt ins Rampenlicht geworfen. *Toll, Caitlyn.* Flinch wird absolut begeistert sein.

»Es war ein totaler Reinfall«, jammere ich und lasse mich auf Maggies Sofa fallen. »Selbst nachdem ich draußen im Wagen gewartet habe, konnte ich ihn lediglich dabei beobachten, wie er ohne Begleitung das Hotel verließ und direkt nach Hause fuhr. Kannst du dir das vorstellen?«

Sie gluckst wieder einmal vergnügt. »Er hat ein Auge auf dich geworfen.«

»Er hat kein Auge auf mich geworfen, sondern auf diesen roten Magneten, den *du* Kleid nennst.«

Maggie klopft mir lachend auf die Schulter. »Es hat doch funktioniert«, sagt sie, wobei ich das Wort *funktioniert* in keiner Weise mit diesem Abend in Verbindung setzen kann. »Du weißt zumindest schon einmal, dass er für Spaß bezahlt.«

»Das war nur eine Behauptung«, erkläre ich ihr enttäuscht. »Ich kann nicht zu meiner hochtrabenden Mandantin fahren und ihr nichts als ein paar Tischgespräche liefern.«

»Aber er baggert dich wie verrückt an, Cait«, erwidert sie in ernstem Tonfall. »Was muss man denn noch wissen?«

»Du wirst kaum glauben, was für Details manche Frauen wissen wollen.«

Wir lachen beide. Maggie gehört zu den Menschen, die einem auch zu später Stunde die Tür öffnen und selbst die düstersten Tage erhellen.

»Ich hoffe nur, er wirft keinen Blick in die Zeitung«, stöhnt sie gedankenverloren. Sie hat das kaum ausgesprochen, als ich mich deshalb fast an meiner eigenen Spucke verschlucke.

»Verdammt!«, fluche ich panisch und springe so schnell auf, dass Maggie einen Schreck bekommt. Wie ein aufgescheuchtes Huhn laufe ich um ihren Wohnzimmertisch herum. »Scheiße, scheiße, scheiße.«

»Ganz ruhig«, höre ich Maggie sagen.

»Verdammt noch mal«, schimpfe ich ungerührt weiter. »Flinch bringt mich um.«

»Er bringt dich nicht um.«

»Doch, er wird meinen Kopf nehmen und ihn direkt in eine Ausgabe von *The golden mirror* hineinpressen. Und zwar so fest, dass ich daran ersticken werde.«

»Ich versichere dir«, antwortet Maggie trocken, »*das* wird er am allerwenigsten tun.«

»Ich brauche ganz dringend einen Artikel über diese Spendengala«, sage ich und werfe mich theatralisch vor ihr auf die Knie. Das Kleid gibt dabei einen beunruhigenden Laut von sich, den hoffentlich nur ich gehört habe. Ihr fassungsloser Blick lässt jedoch darauf schließen, dass er ihr nicht entgangen ist. Eine ihrer Augenbrauen hebt sich.

»Das war jetzt nicht der 300 Dollar teure Magnet, oder?«

Ich lächele aufgesetzt. »Ich denke schon«, sage ich kleinlaut. Meine Stimme ist dabei eher ein Quietschen.

»Gott!«, schreit sie und springt ebenfalls vom Sofa auf. Sie drückt mein Gesicht in den Stoff der Couch, während sie meinen Rücken begutachtet. »Oh!« Anscheinend hat sie etwas ganz Furchtbares entdeckt.

Ich traue mich nicht, sie danach zu fragen.

»Zieh es aus!«, zischt sie wütend. Wenn Maggie sauer ist,

gehorcht man besser, also ziehe ich es ohne Widerworte aus. Ich habe den Fummel kaum über meinen Kopf gezogen, als sie ihn mir bereits aus den Händen reißt.

»Ich bezahle dir den Schaden«, versichere ich ihr.

»Das kannst du nicht bezahlen«, erwidert sie und betrachtet dabei das Kleid, als wäre es gerade gestorben. »Das war ein Unikat. Handarbeit. Ein Einzelstück aus Paris.«

Ich kaue nervös auf meiner Unterlippe in aller Hoffnung, dass sie mich jetzt nicht in einen Flieger setzen wird.

»Es tut mir echt leid.«

Maggie zieht den Stoff auseinander und zeigt mir das klaffende Loch.

»Nun ja, zum Glück liegt es direkt neben dem Reißverschluss.«

Wieder ernte ich einen fassungslosen Blick ihrerseits. *»Direkt daneben?«*, fragt sie mich. »Wenn du mit daneben ganze zwei Zentimeter meinst, dann habe ich ja echt tierisch viel Glück gehabt.«

Der Tag endet also so ähnlich wie der davor. Nachdem ich nun bereits eine Bluse, einen Lammbraten und ein teures Kleid auf dem Gewissen habe, fürchte ich mich langsam vor dem Klingeln meines Weckers.

Kapitel 2

Mrs Green hat die Beine übereinandergeschlagen und Flinch damit in die Steinzeit zurückgeworfen. Er sieht aus wie ein Neandertaler, der zum allerersten Mal fasziniert ins Feuer blickt.

»Jonathan war immer etwas eigenartig«, erzählt sie uns und betrachtet dabei den Ehering oder vielleicht die frisch manikürten Fingernägel. Genau kann ich das nicht festmachen, denn sie sieht uns nicht an. »Früher ist er oft nachts durch das Haus geschlichen, aber er ist *nie* weggefahren.«

Anscheinend wird die Entfernung zwischen ihnen größer und das muss nicht zwangsläufig an ihm liegen. Ich spüre, wie ich unweigerlich grinse, während mir dieser Gedanke durch den Kopf schießt.

»Er war schon immer ein sehr verschwiegener Mann und es gab stets Themen, die ich niemals ansprechen durfte.«

Flinchs Blick wandert nun zu ihrem Gesicht hinauf.

»Wenn ich ihn gefragt habe, ob er nicht schlafen kann, wurde er mit jedem weiteren Mal distanzierter. Das Gleiche tut er, wenn ich versuche, ihn zu einem Sommerurlaub zu überreden. Er sieht mich dann an, als würde ich von ihm etwas Unmögliches erwarten, und straft mich danach mit Schweigen.« Ihr gefällt das keineswegs. Sie klimpert verzweifelt mit den Wimpern und schaut dabei theatralisch zum Fenster hinaus. »Er hat mich in den drei Jahren unserer Ehe nicht ein einziges Mal begleitet«, fährt sie fort. »Nicht einmal bei unseren Flitterwochen hat er sich auf Florida oder Hawaii eingelassen.«

»Wo haben Sie diese denn dann verbracht?« Ich frage aus reiner Neugier.

»Wir waren in London. Waren Sie schon einmal in London?«

Ich schüttele wortlos den Kopf.

»Es hat geschüttet wie aus Eimern«, jammert sie. »Zwei Wochen lang hatte ich das Gefühl, dass er sich einen albernen Scherz erlaubt.«

Während sie von ihrer traurigen Vergangenheit erzählt, fällt es mir äußerst schwer, nicht in schallendes Gelächter auszubrechen. Die Frau hat eindeutig Probleme! Sie lädt mir einen Fall auf, weil ihr Mann nachts neuerdings Spazierfahrten unternimmt, anstatt wie üblich im Haus herumzulaufen, und er allem Anschein nach einfach kein Sommermensch ist?

»Und dann vor etwa zwei Monaten erwähnte seine Sekretärin etwas, das mich aufhorchen ließ.«

»Sie meinen so eine kleine Frau mit dünnem braunem Haar?«

Mrs Green nickt zustimmend, wobei sie nun wieder einen abwertenden Blick aufsetzt.

»Sie ist eine grässliche Person und die vergesslichste Sekretärin, die mir je untergekommen ist.« Danach sitzt sie noch einen Augenblick lang kopfschüttelnd da, als wäre ihr entfallen, dass sie eigentlich etwas erzählen wollte.

»Und sie hat also eine Bemerkung gemacht?«, hake ich nach.

»Ach, genau«, beginnt Mrs Green. »Sie sagte, mein Mann hätte heute wieder seinen Termin, dann hustete seine Sekretärin, als hätte sie sich fast verschluckt, und korrigierte sich: *einen Termin.*«

Ich lasse es so aussehen, als würde ich mir eine Notiz machen, während ich auf meinem Block herumkritzele. »Und dieser *eine* Termin war an welchem Tag?«

»Es war irgendein Mittwoch. Ich wollte Jonathan in seiner Mittagspause zum Essen einladen.«

Sie wollte ihn also einladen? Wieder presse ich fest die Lippen aufeinander, um mir nichts anmerken zu lassen. »Verstehe«, sage ich leise und male weitere Linien und Kreise, bevor ich erneut zu ihr aufblicke.

Ich will ihr gerade danken, um sie schleunigst loszuwerden, als mein Handy klingelt.

Nicht jetzt.

Flinch wirft mir direkt einen spitzen Blick zu.

»Entschuldigen Sie mich kurz«, sage ich und verschwinde durch die Glastür meines Büros in den Flur hinaus.

»Maggie«, flüstere ich. »Es ist im Moment wirklich sehr schlecht.«

»Du wirst nicht glauben, wer mich gerade angerufen hat«, sagt sie und meine Augen suchen die beiden erwartungsvollen Gesichter in meinem Büro auf. Ich hebe den Zeigefinger, um anzumerken, dass es nur eine Sekunde dauert, ehe ich mich wieder abwende.

»Sag jetzt bitte nicht, dass was ich denke.«

»Jonathan Green rief hier in der Redaktion an, um Maggie zu sprechen«, sagt sie und klingt dabei alles andere als erfreut. Sicherlich war ihr das äußerst peinlich, zumal sie nicht einmal gemeint war.

»Das ist total verrückt«, äußere ich fassungslos. »Was wollte dieser Casanova denn?«

In diesem Augenblick öffnet sich meine Bürotür und Flinch streckt den Kopf in den Gang.

»Caitlyn?«, sagt er auffordernd. »Du willst sie doch nicht noch länger warten lassen?«

»Nur einen klitzekleinen Moment«, erwidere ich und mache dabei ein Gesicht, als würde es um Leben und Tod gehen.

»Beeil dich!«, schnaubt er und schließt die Tür.

Ich konnte lediglich hören, wie Maggie drauflosgebrabbelt hat, doch ich habe kein einziges Wort mitbekommen. »Warte«, falle ich ihr ins Wort. »Noch mal, bitte.«

Sie stöhnt genervt. »Er wollte mit mir, also eigentlich ja mit *dir*, essen gehen und sagte, dass er gern etwas mit dir besprechen würde.«

Ich halte einen Moment verwundert inne. »Er will etwas besprechen?« Kopfschüttelnd wende ich mich wieder Flinch und Mrs Green zu. Ich hebe erneut den Zeigefinger, um mir noch etwas mehr Zeit zu verschaffen. »Nur ein wenig Geduld«, sage ich, wobei ich mir nicht sicher bin, ob Flinch und das Blondchen überhaupt von meinen Lippen lesen können. Doch die beiden nicken artig.

»Du hast es nicht gemacht, oder? Du hast abgelehnt, nicht wahr?«, sage ich zu Maggie.

»Du triffst ihn heute Abend um sieben in dem kleinen Fischrestaurant an Pier 12.« Damit legt sie einfach auf.

»Maggie?«, frage ich verwundert, doch bis auf das Tuten erhalte ich keine Antwort. »Diese Kröte«, fluche ich wütend, bevor ich mit einem falschen Lächeln ins Büro zurückkehre.

»Ist alles in Ordnung?«, möchte Mrs Green wissen, ganz so, als wüsste sie, dass es bei diesem Anruf um ihren Mann ging.

»Alles okay. Nicht so wichtig«, erwidere ich knapp und eile zu meinem Schreibtischstuhl zurück. Während sie nun weitererzählt, bin ich gedanklich jedoch bereits meilenweit entfernt. Es ist, als würde ich noch immer Maggies Stimme hören, die mir die Uhrzeit und den Ort nennt. Ich kann mich doch nicht mit dem Mann treffen, den ich eigentlich beschatten soll. Was will er von mir? Wie kann ich ihn mit einer anderen Frau erwischen, wenn ich selbst zu derjenigen werde, die mit ihm essen geht? Maggie scheint sich einen Spaß daraus gemacht zu haben, weil ich ihr Kleid ruiniert habe, aber ich finde das gar nicht witzig. Ich weiß nicht mehr, wo mir der Kopf steht. Meine letzten Tage scheinen sich förmlich darum zu duellieren, welcher von ihnen der schlimmste ist. Solange all diese Missgeschicke um das Krönchen rangeln, stehe ich irgendwo als Zuschauer am Spielfeldrand und bete, dass dieser Kampf bald ein Ende nimmt.

Am Abend schlägt mir der Wind mit eisiger Hand ins Gesicht. Ich weiß nicht, wann ich das letzte Mal so gefroren habe. Direkt am Hafen ist es auf alle Fälle deutlich kälter als in der Stadt. Der Herbst wird langsam immer stürmischer und um mich vor einer Erkältung und falschen Annahmen zu schützen, habe ich mir vorsorglich einen meiner Wollkragenpullover angezogen. In diesem habe ich zwar eigentlich mehr Platz als nötig, aber ich wollte mich auf gar keinen Fall noch mal in etwas derart Aufreizendem, wie dem hautengen Kleid von Maggie, präsentieren.

Ich stehe direkt am Pier, lässig an einen Zaun gelehnt, und beobachte das Restaurant erst einmal aus sicherer Entfernung. Es muss ziemlich gut sein, denn der Laden ist gerammelt voll. Es ist fraglich, ob wir überhaupt einen Tisch bekommen werden, in den meisten Fällen muss man in so einem Restaurant oft Wochen vorher reservieren. In diesem Moment taucht Mr Green auf. Er ist absolut pünktlich. Ich kann ihn dabei beobachten, wie er zielstrebig auf das Restaurant zugeht, um es dann ohne Umschweife zu betreten. Für mich kommt es gar nicht infrage, ihm direkt zu folgen, lieber will ich ihn noch etwas zappeln lassen. Vielleicht ein paar Minuten, je nachdem, wie lange ich es in dieser Eiseskälte aushalte.

Etwa zwei Minuten später steuere ich allerdings bereits zitternd auf die Doppeltür des Restaurants zu. Das Lokal ist äußerst luxuriös. Schon beim Reinkommen entdecke ich unterschriebene Porträts einiger Prominenter sowie die ersten Designerstücke der exklusiven Einrichtung. Ein Mann in feiner Weste und weißem Hemd fragt mich freundlich nach meinem Namen, um im Gästebuch nach meinem Platz zu suchen.

»Young. Ähm nein, suchen Sie lieber nach Green«, korrigiere ich mich und beobachte, wie er mit dem Finger über die vielen Einträge fährt. Mir steigt der Geruch von Vanille in die Nase, als einer der Kellner ein Dessert an uns vorbeiträgt. Ansonsten dominiert der aromatische Duft verschiedener Gewürze. Im Hintergrund läuft klassische Musik und statt lautem Geplapper werden dezente Gespräche geführt. Ich wende den Blick von dem Mann vor mir ab und schaue mich interessiert um. Die Wände sind mit beigefarbenen Stofftapeten überzogen und passen hervorragend zu dem hellen Holzboden. Von der Decke hängen tropfenartige Lampen, die das Restaurant in ein warmes Licht tauchen. Die goldene Deko tut ihr Übriges, um den erdrückenden Eindruck der Exklusivität zu verstärken.

»Green«, murmelt der Mann nachdenklich, bevor er überrascht zu mir aufsieht. Seine Augen wandern verwundert an mir herab. Vermutlich kann er kaum fassen, dass eine Frau im Secondhandmantel eine Verabredung mit Jonathan Green hat. Der Kellner lässt sich das jedoch nur kurz anmerken und bittet mich dann ganz professionell darum, ihm zu folgen.

Als wir an den Tischen der anderen Gäste vorbeilaufen, werde ich intensiv von ihnen gemustert. Sie alle sehen mich an, als wäre ich ein Fisch, der einen Landspaziergang machen würde. Mir ist das furchtbar unangenehm. Während ich mich vollkommen fehl am Platz fühle, schießt mir plötzlich ein neuer Gedanke durch den Kopf. Ich werde gleich meinen Mantel ablegen müssen und dann in diesem versnobten Restaurant mit einem Wollkragenpullover sitzen, bei dessen Entwurf irgendwer der Meinung war, dass ein kleiner springender Hirsch das Ganze noch etwas aufpeppen würde. Eigentlich finde ich ihn wirklich süß, aber just in diesem Moment wünschte ich mir, dass ich mir doch etwas Förmlicheres angezogen hätte.

Mr Green sitzt an der großen Fensterfront mit Blick aufs Meer. Der Tisch ist bereits mit einer Flasche Wein und zwei Gläsern gedeckt. Als er mich erblickt, lächelt er. *Vermutlich weil er noch nicht weiß, was ich drunter trage.* Mr Green steht sofort auf, dankt dem Kellner und gibt ihm etwas Trinkgeld. Wofür kann ich nicht beurteilen, schließlich hätte man mir ja auch erklären können, wo ich langgehen soll. Langsam öffne ich die Knöpfe meines Mantels und Mr Green wartet bereits darauf, ihn mir abnehmen zu dürfen.

»Nicht nötig«, sage ich, doch er lässt sich nicht davon abhalten. Als ich mich dann zu ihm umdrehe, blickt er mit großen Augen an mir herab. Anders als ich es erwartet habe, sagt er gar nichts.

Er reicht meinen Mantel einer vorbeilaufenden Kellnerin, die gerade vom Nachbartisch kommt, und nickt ihr dankbar zu. Bei allem, was er tut, wirkt er so vornehm, dass ich mir dagegen wie ein Trampel vorkomme. Bevor er mir jetzt auch noch ganz gentlemanlike den Stuhl vorzieht, setze ich mich schnell.

»Ich wusste nicht, dass wir uns in einem so noblen Restaurant treffen würden«, entschuldige ich mich und verstecke mich anschließend hinter der Karte. Die Preise sind unverschämt teuer. Selbst der Wein auf unserem Tisch ist viel zu kostspielig, um ihn genüsslich zu trinken.

Für einen Moment denke ich darüber nach, dass es vielleicht besser gewesen wäre, einfach zuhause geblieben zu sein. Ich hätte mir einen schönen Film ansehen und diesen Mann sitzen lassen können, anstatt meiner Neugier nachzugeben. Doch nun bin ich hier, weil ich mich frage, was er mit mir besprechen will. Schließlich bin ich eine Frau, die er kaum kennt. Eine Fremde, die er zum Essen in ein Restaurant einlädt, obwohl er verheiratet ist.

Mr Green räuspert sich leise. »Nun, ich hatte mal einen Artikel von Maggie Palmer gelesen, in dem sie vor etwa dreieinhalb Jahren eine wirklich gute Kritik zu diesem Restaurant abgab.«

Mein Herz setzt schlagartig aus. Vorsichtig linse ich über den Rand der Karte.

»Ich weiß nicht, wer Sie sind, aber Ms Palmer sind Sie auf alle Fälle nicht.« Dabei lächelt er, obwohl er alles andere als das tun sollte.

»Nun ...«, beginne ich zögerlich. »Das scheint ein Missverständnis zu sein.« Eigentlich habe ich keine Ahnung, worauf ich diese gewagte These aufbauen soll. Ich fühle mich derart ertappt, dass es einfach so aus mir heraussprudelte.

Mein Gegenüber nimmt die Weinflasche und schenkt uns

beiden so ruhig ein, dass man meinen könnte, es wäre überhaupt nichts. *Hallo?*

»Also, wenn ich so darüber nachdenke ...«, sagt er und schwenkt dabei das Rotweinglas. »Erst standen Sie auffallend lange vor meinem Büro. Dann traf ich Sie bei der Spendengala, bei der Sie offensichtlich einen falschen Presseausweis benutzt haben. Und heute verbrachten Sie einige Zeit am Pier und haben von dort aus das Restaurant beobachtet. Irgendwie wirken Sie auf mich ziemlich kurios.«

Ich lege die Speisekarte auf den Tisch und entschuldige mich: »Es tut mir wirklich sehr leid, aber ich sollte jetzt wohl besser gehen.« Als ich aufstehe, legt Mr Green plötzlich ein Foto auf den Tisch. Auf diesem ist eine halbnackte Frau zu sehen - seine Frau, um genau zu sein - und sie küsst eindeutig einen anderen Mann. Ungläubig setze ich mich und starre fassungslos darauf hinab, ganz so, als hätte er mir gerade eine Ohrfeige verpasst.

»Ich weiß nicht, wer Sie sind, aber ich schätze, ich ahne, warum Sie mir folgen.«

»Davon habe ich nichts gewusst ...«

»Das läuft schon seit einem knappen halben Jahr«, erzählt er mir, wobei mir diese Zeitangabe furchtbar bekannt vorkommt. Ich erinnere mich daran, wie Mrs Green meinte, ihr Mann hätte sich seit dieser Zeit enorm verändert. Vielleicht ist das der Grund dafür.

»Meine Frau ist sehr verliebt, aber er hat ihr leider nichts zu bieten«, erklärt Mr Green, ohne dabei abschätzig zu klingen.

»Also will sie an Ihr Geld«, schlussfolgere ich.

»Selbstverständlich«, erwidert er und setzt das Weinglas ab. »Wenn sie mir einen Ehebruch nachweisen kann, würde ihr mehr als die Hälfte meines Vermögens zustehen.«

»Also hat sie keine Ahnung davon, dass Sie längst Bescheid wissen?«, frage ich.

»Nein.«

»Verstehe.« Ich schiebe das Foto wieder auf seine Seite des Tisches. »Ich will mich da nicht einmischen«, erkläre ich ihm und presse dann die Lippen aufeinander. Ich lasse ihn spüren, dass ich nicht vorhabe, jetzt noch länger zu bleiben.

»Bevor Sie gehen«, sagt er und sieht mich dabei durchdringend an, »wüsste ich gern, wer Sie sind.«

»Ich fühle mich hier drin, ehrlich gesagt, nicht sonderlich wohl«, gebe ich zu. »Wenn Sie sich unterhalten möchten, dann wäre es mir wirklich lieber, wenn zwischen uns kein 200 Dollar teurer Rotwein stünde.«

Er nickt verständnisvoll, ehe er sich von seinem Stuhl erhebt. »Vielleicht darf ich Sie ein Stück begleiten?«

Ich lächele zustimmend. Dieser Mann ist selbst jetzt noch charmant, ganz als hätte es die letzten Minuten mit all den Lügen und Wahrheiten gar nicht gegeben.

Wir verlassen gemeinsam das Restaurant und schlendern ein Stück am Strand entlang. Der kalte Wind ist noch immer äußerst bissig, doch Mr Green legt mir schon nach wenigen Metern seine Jacke um die Schultern. Dann verliert er eine ganze Weile kein einziges Wort mehr über seine Frau oder darüber, wer ich bin. Stattdessen erzählt er mir von seiner Immobilienfirma und dass es ihm Freude bereitet, sich dort mit etwas Sinnvollem die Zeit zu vertreiben.

Statt etwas zu sagen, höre ich ihm aufmerksam zu. Seit ich als Privatdetektivin arbeite, gab es noch nie einen Moment wie diesen. Alles, was ich über die Zielperson erfahre, steht säuberlich strukturiert in einer Akte. Selbst wenn es persönliche Daten sind, bleiben es nur schwarze Buchstaben auf weißem Papier.

Nach einer Weile hält er und lässt seine Augen über mein Gesicht wandern.

»Jetzt sind Sie dran«, sagt er. »Erzählen Sie mir etwas über sich.«

Ich weiß gar nicht, wo ich anfangen soll. Ihm zu sagen, dass seine Frau mich als Privatdetektivin beauftragt hat, kommt mir allerdings nicht über die Lippen.

»Da gibt es eigentlich nicht viel«, antworte ich und bringe ihn zum Schmunzeln.

»Wollen Sie vielleicht mit Ihrem Namen beginnen?«

Die Art, wie er das sagt, entlockt mir diesmal ein Lächeln.

»Caitlyn.«, Damit strecke ich ihm meine Hand entgegen. Er sieht kurz darauf hinab, doch greift nicht danach. Mr Green rührt sich nicht, nur seine Augen verlieren sich in meinen.

»Wissen Sie, Sie erinnern mich an eine Frau, die ich vor sehr langer Zeit einmal –« Mitten im Satz hält er einfach inne.

»Die Sie gekannt haben?«, frage ich und Mr Green schüttelt den Kopf.

»Nein«, antwortet er leise. *»Die ich geliebt habe.«*

Und ehe ich begreife, was eigentlich geschieht, nimmt er mein Gesicht in beide Hände ...

Noch bevor mein Wecker klingelt, tut es mein Handy. Müde blinzele ich, während ich halb blind meinen Nachttisch abtaste. Ich greife danach und kneife angestrengt die Augen zusammen, als ich das Gespräch annehme, ohne überhaupt erkannt zu haben, wer anruft.

»Ja?«, brumme ich schlaftrunken.

»Du hast mich nicht angerufen!«, fährt mich Maggie empört an.

»Wie bitte?«

»Ich musste es auf unserem Titelblatt lesen.«

Ich schüttele irritiert den Kopf. Der Sinn in ihren Worten will sich mir einfach nicht offenbaren. »Was? Ich verstehe nicht, wovon du redest.«

»Du verstehst nicht, wovon ich rede?« Sie klingt, als fiele sie gerade vom Glauben ab.

»Maggie«, stöhne ich und werfe einen kurzen Blick aufs Display. »Es ist nicht einmal fünf Uhr morgens.«

»Ich habe dir dieses Date besorgt und erfahre es, wie tausend andere, aus der Zeitung!«

»*Was*? Wovon redest du?«

»Ihr zwei, küssend am Strand. Klingelt da vielleicht was bei dir?«

Ich reiße panisch die Augen auf und fühle mich, als würde plötzlich ein Güterzug auf mich zurasen.

»Ich ... also ich –«, blubbert es hilflos aus meinem Mund. »Ich verstehe gerade nicht, was du damit sagen willst.«

»Da ist ein Riesenfoto auf dem Titelblatt und die Schlagzeile des Tages lautet: *›Verliebt. Verlobt. Verschaukelt.‹* Also falls du den Fall noch nicht abgegeben hast, dann wird Flinch dich jetzt wirklich umbringen.«

Ich kann es nicht fassen. Mit offenem Mund schalte ich das Licht meiner Nachttischlampe an. Wenn mein Schlafzimmer auf dem Kopf stehen würde, wüsste ich wenigstens, dass das nur ein böser Traum ist, doch leider sieht es ganz normal aus.

Wer um alles in der Welt hat den Augenblick festgehalten, in dem Mr Green mich aus heiterem Himmel küsste? Und wieso geht man damit direkt an die Presse? Aus dem Kopfschütteln komme ich erst mal nicht wieder heraus.

»Du hattest anscheinend einen tollen Abend«, höre ich Maggie sagen. Wenn sie wüsste ... Nach diesem Kuss habe ich ihm eine gescheuert und ihn ordentlich zurechtgewiesen, aber das zählt nicht. Spielt keine Rolle. Alle werden denken, dass ausgerechnet *ich* die Frau bin, die diese Ehe ruiniert hat. Das ist das absolute Sahnehäubchen auf dem Misthaufen der letzten Tage.

»Das sieht auch nur so aus«, wehre ich mich. »Und wer bitte hat dieses verfluchte Foto gemacht?«

»Keine Ahnung«, antwortet Maggie. »Ich habe schon versucht, das herauszufinden, aber es ist anonym eingeworfen worden.«

Ich werfe meine Bettdecke beiseite und springe auf. Ziellos tigere ich durchs Schlafzimmer. »Das darf auf gar keinen Fall veröffentlicht werden!«

»Schätzchen ...«, beginnt Maggie zögerlich. »Das ist bereits in der Auslieferung.«

Die Alarmglocken in meinem Kopf fangen augenblicklich zu läuten an.

»Bestimmt ist *er* dafür verantwortlich«, mutmaße ich. »Er ist nämlich gar nicht der Fremdgeher, weißt du? Sie ist es! Und ich Vollidiot kam womöglich gerade wie gerufen, um die Scheidung mit einem fiesen Rückschlag durchzubringen. Er liefert ihr damit, was sie sehen will, wischt ihr zusätzlich eins aus und schafft sie sich auf diesem Wege vom Hals. Wie konnte ich nur so dumm sein? Vermutlich hat er Geld wie Heu und wollte seiner Frau nur eine reinwürgen!«

Maggie kann mir kaum folgen.

»Sie betrügt ihn mit irgendeinem mittellosen Kerl«, kläre ich sie auf und beginne in jeder Einzelheit vom Abend des Untergangs zu berichten. Ich erzähle ihr sogar von dem dämlichen Hirsch auf meinem Wollkragenpullover, weil ich überhaupt nicht in der Lage bin, noch zwischen wichtig und unwichtig zu unterscheiden.

»Das ist Rufmord! Du solltest ihn verklagen«, schimpft Maggie.

»Wofür denn? Dafür, dass er mich geküsst hat? Ich habe ja nicht einmal einen Beweis, dass er für dieses Foto verantwortlich ist.«

»Dann frag ihn danach«, schnaubt sie. »Du solltest dir das auf gar keinen Fall einfach so bieten lassen.«

Vermutlich hat sie recht.

»Weißt du was? Genau das mache ich.«

Wir beenden unser Gespräch und ich werfe mein Handy in meine Handtasche. Während ich meine Klamotten zusammensuche, fällt mir ein, dass es noch nicht einmal fünf Uhr ist. Was bedeutet, dass meine Mutter bisher keinen Blick in die Zeitung geworfen hat. Gut.

Ich fahre wie eine Irre, um rechtzeitig beim Wohnblock meiner Mutter anzukommen. Sie ist Frühaufsteherin. Und wenn ich von früh spreche, dann meine ich die Zeit, in der selbst der Hahn noch schläft. Mit etwas Glück kann ich die Zeitung auf der Fußmatte meiner Mutter verschwinden lassen. Mit etwas mehr, sogar die auf allen anderen.

Mir läuft der Schweiß, als ich in ihr Treppenhaus stürme. Meine Finger sind klitschnass und ich habe wohl zwischenzeitlich vergessen zu atmen, denn als ich endlich oben ankomme, schnappe ich so sehr nach Luft, dass man meinen könnte, mir würde gerade der Erstickungstod drohen. Während ich die Hand nach dem Papier ausstrecke, öffnet sich plötzlich die Haustür meiner Mutter.

»Caitlyn?« Sie sieht mich überrascht an. So, wie man eben jemanden ansieht, der um nicht einmal halb sechs Uhr morgens mitten in der Woche vor der Tür steht und einem ganz offensichtlich die Zeitung mopsen will.

»Guten Morgen«, keuche ich, als wäre rein gar nichts Verwerfliches an meinem Auftritt. Ihre Augen wandern langsam zu der Ausgabe herunter, auf der sie das riesige Foto sogar problemlos ohne ihre Brille erkennen kann.

»Ach du meine Güte«, sagt sie, greift nach der Zeitung und liest dann die Schlagzeile, bei der man den Eindruck gewinnt, als hätte ich die Ehe eines schwerreichen Mannes beschmutzt.

»Sag mir, dass dir diese Frau nur furchtbar ähnlich sieht.«

»Etwas zu ähnlich«, erwidere ich und bitte sie reinkommen zu dürfen. Schließlich will ich nicht, dass wir Mrs Tale neuen Gesprächsstoff liefern. Zumindest nicht mehr, als was ohnehin auf der Titelseite steht.

Meine Mutter winkt mich zu sich herein und lässt mich auf dem grausig alten Sofa Platz nehmen. Einige Sprungfedern bohren sich mir in den Rücken. Während ich deswegen nach einer geeigneten Sitzposition suche, setzt sie sich auf den Sessel neben mich. Dann kramt sie ihre Lesebrille von der Ablage des Wohnzimmertisches hervor und liest stillschweigend den Artikel, den ich selbst noch nicht einmal gelesen habe. Unterdessen rümpft sie immer wieder die Nase.

»Ich kann das kaum glauben«, murmelt sie. »Du hast eine Affäre mit einem reichen Mann?«

»Das ist totaler Quatsch.«

»Da steht, ihr seid sogar gemeinsam auf einer Spendengala gesehen worden.«

Ich lecke mir beunruhigt über die Lippen. »Ja, das stimmt. Ich war auch da, aber ...«

»Und gestern, da wart ihr in diesem teuren Restaurant am Hafen.« Sie schüttelt ungläubig den Kopf. »Wieso hast du mir nichts davon erzählt?«

»Weil es nicht stimmt«, antworte ich. »Ich habe ganz sicher keine Affäre mit diesem Mann.«

Die Augen meiner Mutter leuchten unerwartet auf. Es wirkt, als wäre diese schlimme Nachricht gerade zu etwas Großartigem geworden.

»Oh, das Gesicht von dieser Jennifer Tale möchte ich sehen, wenn sie erfährt, dass sich *meine Tochter* einen schwerreichen Mann geangelt hat.«

Mir klappt der Mund auf. »Wie bitte?«, höre ich mich dann sagen.

Sie lacht und betrachtet entzückt das Foto auf dem Titelblatt. »Mr Jonathan Green«, säuselt sie. »Er ist ein wirklich hübscher Mann.«

»Er ist vor allen Dingen ein Lügner«, platzt es aus mir heraus.

»Ich wette, er ist ganz bezaubernd. Und wenn du mal ehrlich bist, hat er einen guten Geschmack.« Danach stupst sie mich mit einem Zwinkern an. Irgendwie scheint sie einfach zu verdrängen, dass ihre Tochter gerade in aller Öffentlichkeit bloßgestellt wird.

»Mom«, sage ich eindringlich. »Ich kenne ihn nicht einmal.«

»Anscheinend kennst du ihn gut genug«, erwidert sie und präsentiert mir dabei die Titelseite, als wäre sie tatsächlich das Beweisstück des Jahrhunderts.

Etwa zwei Stunden später schleiche ich wie ein Kätzchen durch die Detektei, um unbemerkt in mein Büro zu gelangen. Ich bin sogar schon auf allen vieren am Empfang vorbeigekrochen und gerade dabei, gebückt Flinchs Chefbüro zu passieren. Er telefoniert und sieht währenddessen aus dem Fenster. Das ist meine Chance, also husche ich, so schnell es geht, an der Glasfront vorbei. Doch noch bevor ich das nächste Büro hinter mir lassen kann, schallt auf einmal mein Name durch den gesamten Flur. Ertappt drehe ich mich um. Flinch trägt eines seiner rotkarierten Hemden und sein dicker Kopf ist in einer ähnlichen Farbe angelaufen.

»In mein Büro!«, fordert er mich auf. »Sofort!«

Mist.

Mit gesenktem Blick laufe ich auf ihn zu und wandere schnurstracks durch die Tür. Er deutet auf einen der beiden Sessel, die vor seinem Schreibtisch stehen. Ich wähle den linken davon, der steht etwas näher am Ausgang. Falls ich eine Fluchtmöglichkeit brauchen sollte, ist das die klügere Wahl.

Flinch schließt die Glastür und setzt sich auf seinen Schreibtischstuhl. Hinter ihm hängt ein großes Gemälde. Darauf ist ein Stier zu sehen, der gerade mit den Hufen scharrt. Irgendwie finde ich das im Moment furchtbar passend. Es lässt sich eine gewisse Ähnlichkeit erkennen und ich fürchte, der Kampf geht gleich los.

Flinch wirft einen Blick in die Unterlagen, die auf seinem Tisch liegen. Zwischen all den Papieren befindet sich auch eine aktuelle Ausgabe von *The golden mirror*. Ich kann kaum hinsehen, als er sie herauszieht und vor mir ablegt.

»Ich würde dir das wirklich gern erklären, bevor du mich jetzt zur Schnecke machst«, sage ich kleinlaut.

»Das ist nicht nötig«, erwidert er in einer solchen Gelassenheit, dass es sich gespenstisch anfühlt. Ist das die Ruhe vor dem Sturm?

Auf seinem Gesicht ist der Anflug eines Lächelns erkennbar.

Ich bin verwirrt.

»Du bist genial«, sagt er und streckt mir plötzlich seine Hand entgegen. Wie in Trance schüttele ich sie.

»Ich kenne ja viele deiner Methoden, aber diese ist neu. Sie ist neu und einfach unglaublich weitsichtig.«

»Weitsichtig?«, wiederhole ich perplex.

»Du wusstest, dass er nicht nein sagen würde, und hast deinen Job gemacht. Nein, mehr noch! Du hast etwas getan, das noch nie jemand vor dir getan hat. Du hast diesen Fall nicht passiv, sondern aktiv gelöst. So viel Einsatz hat in den ganzen 15 Jahren meiner Detektei niemand gezeigt.«

Danach drückt er auf den Knopf seines Telefons, der die Verbindung zum Empfang herstellt.

»Ja, Mr Flinch?«, meldet sich unsere Empfangsdame Kelly.

»Bringen Sie uns zwei Sektgläser und irgendwas Teures, Sprudelndes. Sie wissen schon.«

»Champagner, Sir?«

»Jaja, genau das.«

Danach schaut er zufrieden zu mir herüber.

»Champagner? Ist das nicht etwas übertrieben?«, frage ich.

»Ach was«, erwidert er mit einer abwinkenden Geste. »Wir stoßen gleich auf deine Beförderung an, da sollte man nicht so knauserig sein.«

»Wie bitte?«

Sind denn plötzlich alle verrückt geworden?

»Du bekommst nicht nur eine Gehaltserhöhung, sondern auch neue Fälle. Vergiss die betrogenen Ehefrauen. Ich setze dich ab sofort nur noch für Firmenaufträge ein.«

In diesem Moment klopft Kelly an die Glastür und Flinch bittet sie mit einer einladenden Handbewegung herein.

»Vielen Dank«, sagt er, während sie das Tablett auf seinem Schreibtisch abstellt.

»Kann ich noch etwas für Sie tun, Sir?«, fragt sie.

Sie könnten mich hier rausholen, denke ich, schweige aber.

»Nein, vorerst nicht.«

Dann nickt sie und verlässt das Büro. Ich wünschte, ich könnte mich wie ein Kleinkind an ihre Beine klammern und sie dabei anflehen, mich mitzunehmen. Die ganze Situation ist so skurril, dass sie mich vollkommen überfordert.

Während Flinch die Flasche öffnet, beiße ich mir auf die Unterlippe. Er kann das unmöglich ernst meinen. Glaubt er wirklich, dass ich einen Mann verführen würde, nur um einen Fall abzuschließen? Was für ein Mensch tut denn sowas?

»Gibt es noch mehr Bildmaterial? Falls ja, dann würden ich und Mrs Green es gern sehen.«

»Sie möchte die Bilder sehen?« Ich lege meine Stirn in Falten.

»Ja, als sie vorhin anrief, hat sie zwar zuerst etwas ungehalten reagiert, aber letztendlich war sie froh darüber, dass sie nun die Wahrheit kennt.«

»Die Wahrheit?«

Flinch schiebt mir eines der Gläser entgegen.

»Ich habe sie davon überzeugen können, dass sie auf diesem Bild das wahre Gesicht ihres Mannes sieht. Er ist ein Lügner und ohne ihn ist sie definitiv besser dran.«

»Soso«, sage ich leise.

Flinch hebt sein Glas und erwartet, dass ich mit ihm anstoße.

Dabei ist das nicht die Wahrheit, es ist eine Lüge und darauf kann ich nicht trinken.

»Es gibt keine weiteren Bilder, Pierce«, gebe ich zu und stelle das Glas wieder auf seinem Schreibtisch ab. »Die Wahrheit ist, dass ich nichts mit diesen Bildern zu tun habe.«

Seine Augenbrauen wandern irritiert nach oben.

»Okay«, sagt er, wobei er ganz offensichtlich alle Mühe hat, dabei ruhig zu bleiben.

»Nicht er ist der Ehebrecher, sondern seine Frau.«

»Aha«, brummt Flinch. »Auf dem Bild sieht das aber anders aus.«

Noch einer, der danach auf die Zeitung deutet, als wäre sie Beweis genug.

»Ich habe es selbst gesehen. Mr Green weiß seit Monaten von ihrem Betrug. Er hat ihr gegenüber bislang kein Sterbenswörtchen erwähnt, doch jetzt will sie an sein Geld und ist anscheinend einen Schritt zu weit gegangen.«

»Und wozu dient dann dieses Foto? Hat er sich damit nicht selbst in die Scheiße geritten?«

»Ich schätze, das ist seine Art, um sich an ihr zu rächen«, mutmaße ich.

»Also hat er dich benutzt?«

»Sieht ganz danach aus.«

Flinch krallt sich die Champagnerflasche und meint: »Nun, wenn das so ist, vergessen wir besser, was ich eben gesagt habe.«

Ich bin stinksauer, als ich das Büro von Flinch verlasse. Ich war ihm gegenüber ehrlich und kann mir nun all das Lob in die Haare schmieren. Es wird weder eine Beförderung noch neue Fälle geben. Stattdessen soll ich meinen Mund halten und den Dingen ihren Lauf lassen. Jetzt wo er weiß, dass das kein genialer Plan von mir, sondern eher von Mr Green war, sorgt sich Flinch um den Ruf der Detektei. Er will nicht, dass irgendwer Wind davon bekommt. Ihm zufolge ist mein Verhalten untragbar. Ich hätte mich niemals mit Mr Green einlassen dürfen und soll mich zukünftig zusammenreißen. Dabei hat er mir nicht einmal die Chance gegeben, ihm alles zu erklären. Für ihn sieht es aus, als würde ich die alleinige Schuld daran tragen. So, als hätte ich diesen Kuss gewollt. In Wahrheit wurde ich vollkommen überrumpelt. Meine Gedanken kreisten um die Frau, der ich so ähnlich sehen soll, ehe Mr Green urplötzlich seine Lippen auf meine presste. Die ganze Situation war grotesk. Es gefiel mir überhaupt nicht, dass mich ein Mann küsste, der verheiratet war. Und dass mich seine Frau beauftragt hat, ihn beim Fremdgehen zu erwischen, machte all das nur schlimmer. Mit diesem Kuss zog mich Mr Green über eine Grenze, die man in meinem Job niemals überschreiten darf, und es ist nur fair, ihm dafür eine Ohrfeige verpasst zu haben. Doch nach dem, was gerade geschehen ist, hat er noch viel mehr verdient als das.

Mit einem kräftigen Ruck schlage ich die Tür der Immobilienfirma Green auf und betrete strammen Schrittes den Eingangsbereich. Die Sekretärin blickt verwundert über den Empfangstresen.

»Wo ist Mr Green?«, frage ich gereizt.

Sie deutet auf die Doppeltür, die direkt gegenüber vom Eingang liegt.

»Er ist im Moment aber leider nicht zu sprechen«, sagt sie und bittet mich zu warten. Sie verweist mich auf eine Sitzecke am Fenster.

Das kommt allerdings gar nicht infrage, denn in mir brodelt es gewaltig. Trotz ihrer panischen Zurufe steuere ich wütend auf sein Büro zu.

»Nicht doch«, fleht sie und ich höre, wie sie mir hinterhereilt.

Davon lasse ich mich nicht beirren. Ich drücke die Türklinke herunter und platze unangemeldet herein.

Ich erwische Mr Green in einer vollkommen abstrusen Situation. Er steht gebückt neben seinem Schreibtisch, die Finger um eine Spritze gelegt, deren Nadel in die Vene einer Frau führt. Sie ist knapp bekleidet und auffällig stark geschminkt. Allem Anschein nach nimmt er ihr Blut ab. Beide sehen überrascht zu mir herüber.

»*Ms Lockwood!*«, fährt Green seine Sekretärin an.

»Es tut mir leid, Sir«, stammelt sie und zerrt flehend an meinem Arm.

»Was um alles in der Welt?«, rufe ich und lasse mich dabei wie eine Marionette aus dem Raum führen.

»Was war das?«, frage ich.

»Ich sagte, Sie sollen warten«, gebietet sie mir verärgert.

Sie führt mich zu einem der Stühle am Fenster und macht mit erhobenem Zeigefinger deutlich, dass ich mich nicht rühren soll. Irritiert blicke ich immer wieder zur Doppeltür herüber, hinter der irgendetwas verdammt Schräges vor sich geht. Ich versuche, eine Logik darin zu finden, doch es gelingt mir einfach nicht. Warum zur Hölle sollte er dieser Frau Blut abnehmen? Was für eine kranke Perversion ist das bitte? Meine Augen tasten sich die Wände entlang. Alles wirkt so normal, viel zu normal für das, was da gerade abgeht.

Dann entdecke ich den Wandkalender, der direkt neben Ms Lockwood hängt.

»Ach du Scheiße«, murmele ich leise, als ich an die Worte von Mrs Green denken muss. »Mittwoch, sein Termin.«

Plötzlich schwingt die Doppeltür auf und die junge Frau läuft Kaugummi kauend an mir vorbei. Meine Augen folgen ihr. Sie steckt sich ein Bündel Scheine in den Ausschnitt, ehe sie so schnell verschwindet, wie sie gerade aufgetaucht ist.

»Caitlyn?« Mr Greens Stimme reißt mich aus meinen Gedanken. Er deutet mir mit einer einladenden Handbewegung hereinzukommen.

Zögerlich betrete ich das Büro und halte dabei gebührend Abstand zu ihm.

»Möchten Sie auch etwas trinken?«, fragt er mich, während er sich ein Glas aus einer Vitrine holt.

Ich lächele voller Ironie. »Soll das ein Witz sein? Was zum Teufel war das da gerade?«

»Glauben Sie mir, das wollen Sie nicht wirklich wissen«, antwortet er und schlendert dann lässig zu seinem Schreibtisch herüber.

»Oh, doch«, schnaube ich. »Das will ich wissen. Sie führen hier schließlich keine Arztpraxis, Mr Green!«

Er setzt sich und schenkt sich aus einer Wasserflasche ein, die auf seinem Schreibtisch steht. »Ich dachte, Sie würden wegen des Artikels kommen.«

»Ja, deshalb bin ich zwar gekommen, aber das war, bevor ich Sie in dieser abnormalen Situation erwischt habe!«

»Sie hätten anklopfen können«, sagt Green in der für ihn typischen Gelassenheit.

»Ich will wissen, was das sollte. Warum haben Sie sie dafür bezahlt? Und was wollen Sie damit?«

»Wenn ich es Ihnen sage, gibt es kein Zurück mehr«, warnt er mich.

»Oh, na klar«, spotte ich. »Kommen Sie mir jetzt bloß nicht auf die Tour!«

»Gut. Ganz wie Sie wollen«, erwidert er und schwingt dabei die Füße auf seinen Schreibtisch. »Aber sagen Sie mir nicht, dass ich Sie nicht gewarnt hätte.«

Ich steuere ein paar Schritte auf ihn zu. »Lassen Sie mal hören. Mich würde wirklich interessieren, warum ein reicher Mann einer Prostituierten Blut abnimmt.«

»Das ist ganz einfach. Ich trinke es«, antwortet er. Dabei verzieht er nicht eine Miene.

»Wie bitte? Wollen Sie mich jetzt verarschen?« Ich glaube, er will sich einen absurden Scherz erlauben.

»Das ist kein Witz«, erwidert er trocken und nimmt dann einen Schluck aus seinem Wasserglas.

»Wissen Sie was, ich habe echt genug von Ihnen!«, antworte ich und mache auf dem Absatz kehrt.

Meine vorangegangene Wut ist Abscheu gewichen. Ich will meine wertvolle Zeit keine Sekunde länger mit diesem Spinner vergeuden. Stattdessen will ich nur hier raus, den Vorfall der Polizei melden und dann ihn und die letzten Tage vergessen. Noch bevor ich die Tür erreiche, erreicht Mr Green sie. Er steht urplötzlich vor mir, nachdem ich nicht mehr als einen Windhauch gespürt habe. Ich bleibe wie vom Blitz getroffen stehen.

»Wie …«, hauche ich und suche nach einer logischen Erklärung. Sie scheint nicht zu existieren.

»Bitte gehen Sie nicht, Caitlyn.«

Die Art, wie er das sagt, jagt mir einen Schauer über den Rücken.

»Wie haben Sie das gemacht?«

»Das war kein Scherz«, entgegnet er mir. »Ich nehme es den Prostituierten nur deshalb ab, damit ich niemandem sonst wehtun muss.«

Mein Herz hämmert wie verrückt. Die dumpfen Schläge pochen in meiner Brust.

»Sie sollten sich lieber setzen«, höre ich Mr Green sagen, während mir bereits furchtbar schwindelig wird. »Bitte«, sagt er nachdrücklich. »Sie sind ganz blass.«

Ich schüttele wortlos mit dem Kopf.

»Caitlyn, ich kann Ihnen ansehen, dass es Ihnen nicht gut geht.«

In mir läuten alle Alarmglocken. Panisch stoße ich Mr Green beiseite und reiße die Tür auf. Ich will schon loslaufen, als ich plötzlich ins Büro zurückgezerrt werde. Die Kraft, die auf mich einwirkt, reißt mir förmlich den Boden unter den Füßen weg. Ehe ich begreife, was eigentlich geschieht, schlage ich bereits auf dem harten Betonboden auf. Das Letzte, was ich wahrnehme, ist, wie der Schmerz mir durch den Körper fährt. Danach wird alles von einer erlösenden Dunkelheit verschlungen.

Kapitel 3

Mein Schädel brummt wie verrückt, als ich wach werde. Ich fasse mir angestrengt an die Stirn und versuche, meine Gedanken zu sortieren. Es dauert einen Moment, bevor mir dieser ganze schräge Mist in Erinnerung kommt. Als ich die Augen aufschlage, bin ich schlagartig wach. Statt im Immobilienbüro von Mr Green finde ich mich in einem mir unbekannten Wohnzimmer wieder. Das Mondlicht bricht durch eine lange Fensterfront und das Sofa, auf dem ich liege, ist weiß und breitflächig. An der Wand zu meinen Füßen brennt in einem modernen Kamin aus Stahl und Glas ein wärmendes Feuer. Weit und breit ist niemand zu sehen.

Mein Herz schlägt mir bis zum Hals und ich spüre, wie mich die Angst zu lähmen droht. Allein der Gedanke an das, was Mr Green gesagt und getan hat, lässt mir das Blut in den Adern gefrieren. Wo auch immer ich bin und was auch immer er will oder ist – ich muss hier raus.

Vorsichtig richte ich mich auf und blicke mich um. Hinter

mir befindet sich ein Flur, der im besten Fall direkt zur Haustür führt. Vielleicht schaffe ich es, unbemerkt zu verschwinden.

So leise wie möglich stemme ich mich auf die Beine und schnappe mir einen Schürhaken vom Kaminbesteck. Damit bewaffnet schleiche ich durch die Schatten des Wohnzimmers. Ich spitze die Ohren und halte die Stange bereits so, dass ich jederzeit zuschlagen kann. Meine Hände zittern wie verrückt, wodurch das kalte Metall in meiner Hand mitschwingt. Noch mal kommt mir dieses Etwas ganz sicher nicht zu nahe. Ich husche durch den langen Flur, von dem mehrere Türen abgehen, und steuere auf eine Abzweigung zu.

Ich bin im Begriff nach rechts zu laufen, als ich vor lauter Schreck beinahe einen Herzinfarkt bekomme. Mr Green steht mit einem Mal vor mir. Einfach so. Gerade will ich ihm den Schürhaken über den Kopf donnern, als er ihn mir mit nur einer einzigen Handbewegung entreißt. Laut klirrend fällt er zu Boden. Eingeschüchtert hebe ich die Hände.

»Sind Sie verrückt geworden?«, fragt er mich vorwurfsvoll. »Sie hätten mich umbringen können.«

»Nach allem, was ich weiß, sind Sie schon tot«, entgegne ich wagemutig und beiße mir umgehend auf die Zunge. *Was zum Teufel ist in mich gefahren?*

Er packt mich am Arm und schleift mich, trotz Gegenwehr, mühelos zurück ins Wohnzimmer.

»Jetzt hören Sie mal«, sagt er, als er mich aufs Sofa befördert. »Vermutlich haben Sie Angst, okay. Aber ich würde Ihnen nie auch nur ein einziges Haar krümmen.«

»Ihretwegen habe ich mir den Kopf gestoßen!«

»Das war nicht meine Absicht.«

»Wieso bin ich dann hier? Und ... wo bin ich eigentlich?«

»Sie sind in meinem Haus.«

»Na toll. Also vielleicht tun Sie mir ja nichts, aber Ihre Frau wird das ganz sicher, wenn sie mich hier findet.« Ich versuche, erneut aufzustehen, doch Green zwingt mich wieder zurück auf das Sofa.

»Sie ist nicht hier«, erklärt er dann. »Sie ist bei ihrem Freund.«

»Schön«, schnaube ich. »Und was soll das hier werden?«

»Ich will nur mit Ihnen reden.«

»Springen Sie mit all Ihren Gästen so um?«

»Nur mit denen, die mit einem Schürhaken auf mich losgehen.«

Ich verschränke die Arme. »Ich will nichts von dem hören, was Sie mir erzählen wollen.«

»Ich hatte Sie gewarnt«, sagt er. »Und Sie wollten es trotzdem wissen.«

»Ja, weil ich dachte, Sie wären irgendein Perversling und nicht irgendein ...« Ich verschlucke den Rest meiner Worte.

»Monster?«, fragt er mich.

Ich lache hysterisch. »Ja, vielleicht. Keine Ahnung.«

»Sie glauben mir immer noch nicht, oder?«

»Lassen Sie mich einfach gehen.« Diese Bitte kommt nur leise über meine Lippen. Am liebsten würde ich um Hilfe schreien, doch ich befürchte, dass mich niemand hören würde.

»Ich habe nicht gelogen, als ich Ihnen sagte, dass ich das Blut trinke.«

Mit großen Augen schaue ich zu ihm hoch.

»Aber deshalb bin ich noch lange kein Monster. Nur eben auch kein ... Sie wissen schon.«

»Mensch?«

Er nickt und setzt sich zu mir, was mich dazu veranlasst, ein

Stück von ihm wegzurücken. Der Gedanke, dass er sich tatsächlich nicht für einen Menschen hält, fühlt sich beängstigend an.

»Sie haben doch gesehen, dass ich dieser Frau nicht wehgetan habe.«

»Ich weiß nicht, was sich da vor meinen Augen abgespielt hat, aber ich möchte es auch gar nicht mehr wissen.«

»Sie halten mich für vollkommen verrückt, oder?«

Unsicher zucke ich mit den Schultern, denn ich fürchte mich davor, irgendetwas zu tun, das ihn womöglich erzürnen könnte.

Sein Blick löst sich von mir und wandert zum Kamin hinüber. »Es ist lange her, als ich mich einer Person anvertraut habe. Fälschlicherweise habe ich geglaubt, dass Sie die Kraft besäßen, die Wahrheit zu ertragen.«

Das Wort *»Wahrheit«* ist eines, das mich stets aufhorchen lässt. Schließlich bin ich Privatdetektivin, weil ich Lügner entlarven und die Wahrheit finden will. Auch wenn mein ganzer Körper angespannt ist und mir mein Herz vor lauter Angst gegen die Brust schlägt, sucht mein Kopf nach Antworten. Wer oder was ist Mr Green? Ist er ein Psychopath oder schizophren? Es kann doch unmöglich sein, dass er all das ernst meint.

Als sich sein Blick wieder auf mich richtet, suche ich in seinem Gesicht nach etwas, das unmenschlich und angsteinflößend ist. Etwas, das mir allen Grund gibt, sofort aufzuspringen und um mein Leben zu rennen. Aber da ist nichts. Nichts, was ihn optisch von dem Mann unterscheidet, der mich auf einen Kaffee einladen wollte. All das ist vollkommen surreal.

»Was denken Sie gerade?« Seine braunen Augen blinzeln mich interessiert an. Er wirkt so besonnen, wie in dem Restaurant, als feststand, dass ich nicht die bin, für die er mich gehalten hat.

»Ich weiß es nicht.«

»Es ist keine Lüge, auch wenn ich mir manchmal wünschen würde, es wäre so.«

»Okay.« Das ist alles, was mir über die Lippen geht, denn sein ruhiger Ton macht es nur noch schlimmer. In diesem Moment bin ich mir sicher, dass er trotz seines unscheinbaren Äußeren vollkommen verrückt ist. Ein Geisteskranker, der sich mit mir wie mit einem Gast unterhält, obwohl er mich hierher verschleppt hat. Mein Blick wandert zum Flur hinüber, ehe ich mich auf die Suche nach einem anderen Ausweg mache.

»Ich würde kein Blut trinken, wenn ich es nicht bräuchte. Aber ich muss.«

»Verstehe.« Meine Stimme kommt mir beinahe fremd vor, so brüchig ist sie.

»Vermutlich brauchen Sie erst mal etwas frische Luft.«

Unruhig presse ich die Lippen aufeinander. Sobald er aufsteht, werde ich die Chance nutzen und versuchen zu fliehen.

Doch gegen meine Erwartungen bleibt Mr Green sitzen. Gelassen hebt er die Hand. Mit einem Mal dringt ein dumpfes Geräusch an mein Ohr. Gerade als ich mich nach dessen Ursprung umsehe, gleitet die Terrassentür auf. Erschrocken sauge ich die Luft ein, während das Hämmern meines Herzens plötzlich abrupt innehält.

Bin ich etwa diejenige, die verrückt geworden ist?

Mr Green scheint meine Schockstarre zu bemerken. »Oh, tut mir leid. Ich wollte Sie nicht verschrecken.«

Als mein Herz wieder zu schlagen beginnt, schaffe ich es, endlich auszuatmen. »Wie ...?«

»Das ist nur eine Fähigkeit von Vampiren. Wir können noch viel mehr als das.«

Es ist, als könnte ich hören, wie die Welt in tausend Teile

springt. Und während sie bricht, zerreißt es mich förmlich. »Ich muss hier raus!« Kopflos springe ich auf die Beine.

»Caitlyn, bitte!«

Mein Weg führt mich in Richtung der Terrasse, ehe ich die Tür erreiche, fällt sie schlagartig zu. Mit offenem Mund werfe ich einen Blick zurück. Mr Green ist aufgestanden und doch hat er sich keinen Zentimeter vom Sofa wegbewegt. Alles, was er tut, ist, mir die Hand entgegenzustrecken.

»Es tut mir leid. Ich werde Sie hier keinesfalls festhalten, aber ich will nicht, dass Sie vor mir fliehen.«

Langsam senkt sich sein Arm und wir beide stehen einander schwer atmend gegenüber.

»Ich muss Ihnen nur noch so viel über mich erzählen.«

»Der Punkt ist, dass ich gar nicht mehr über Sie wissen möchte. Ich will nur gehen.«

Seine Augen fixieren meine. Er scheint auf der Suche nach etwas zu sein. Vielleicht nach den passenden Worten oder der Antwort darauf, was er jetzt tun soll.

»Na schön, dann halte ich Sie nicht länger auf.«

Und damit lässt er mich gehen. Einfach so. Mit allem, was ich zu wissen glaube.

Seit zwei Tagen kämpfe ich mit Alpträumen. Ich habe weder meine Wohnung verlassen noch eines der eingehenden Gespräche angenommen. Die Anrufe meiner Mutter habe ich weggedrückt und die von Flinch vollkommen ignoriert. Lediglich zwei SMS habe ich verschickt, eine, um Maggie zu vertrösten, und eine, um meiner Mutter eine Ausrede zu liefern. Selbst wenn sie meinen

Job nur noch mehr verfluchen wird, ist es besser, wenn sie denkt, dass ich deswegen nicht telefonieren kann. Was soll ich ihr auch sagen? *Entschuldige, aber ich habe kürzlich erfahren, dass Vampire tatsächlich existieren, und brauche etwas Zeit, um das zu verdauen.*

Sie würde mich zutiefst besorgt in eine Klapsmühle einweisen lassen. Der Einzigen, der ich ganz sicher eine Freude machen würde, wäre ihre Nachbarin, Mrs Tale. Ihr, und vermutlich noch der Redaktion von *The golden mirror*, die damit eine neue fette Schlagzeile über die angebliche Freundin von Mr Green hätte.

Manchmal war ich kurz davor, wenigstens Maggie einzuweihen, aber sobald ich den Hörer in die Hand nahm, verlor ich den Mut dazu. Die Wahrheit ist schließlich so verrückt, dass ich mir sogar schon selbst einrede, dass das alles so gar nicht passiert ist. Ich spinne mir Geschichten zurecht, die nichts mit dem zu tun haben, was ich mit eigenen Augen gesehen habe. All das gehört zu dem jämmerlichen Versuch, diese Erinnerung loszuwerden, nur um irgendwie normal weitermachen zu können.

Doch es kommt immer wieder hoch.

Der Mann, der mich geküsst hat, ist ein Vampir. Bei diesem Gedanken stellen sich mir die Nackenhaare auf. Ich weiß nicht, wie ich mit all dem umgehen soll.

Heute komme ich besonders schwer damit zurecht. Ich hatte einen furchtbaren Alptraum und verkrieche mich seitdem nachdenklich im Bett. Ich habe es gerade mal bis zum Badezimmer geschafft und mir auf dem Weg eine Dose Ravioli aus der Küche mitgenommen, die ich kalt hinuntergeschlungen habe. Der ganze Müll und das Besteck liegen noch auf meinem Nachttischschrank, als es mit einem Mal an meiner Haustür klopft. Ich halte die Luft an, in aller Hoffnung, dass die Person einfach verschwindet. Wenn man mich nicht hört, bin ich theoretisch auch nicht da, oder?

»Caitlyn?« Die Stimme, die leise durch das Holz dringt, klingt wie die von Maggie. Erneut klopft es, doch ich rühre mich nicht. Irgendwie hat mich ein seltsames Gefühl beschlichen. Ein Gefühl, das mich ans Bett fesselt und mich zwingt ruhig zu sein. Ganz so, als würde vor dieser Tür etwas Böses lauern.

»Mach die Tür auf«, sagt Maggie deutlich lauter.

Klopf klopf. Immer und immer wieder.

»*Verschwinden Sie!*« Die Stimme von Mr Green taucht aus heiterem Himmel in mir auf. Ich bin kurz davor aufzuschreien, schaffe es aber noch, mir die Hände auf den Mund zu pressen. Erschrocken schaue ich mich nach ihm um, doch er ist nirgends zu sehen. Das muss Einbildung gewesen sein. Ich bin mittlerweile einfach schon so fertig, dass ich halluziniere. *Das muss es sein*, rede ich mir ein.

»*Das ist nicht Maggie*«, sagt dieser Gedanke, der wie er klingt.

Das Hämmern an der Tür wird lauter und drängender. Genauso wie die Angst, die mir eiskalt den Rücken hinunterläuft.

»Verflucht«, flüstere ich und schlüpfe aus dem Bett. Ich zwänge mich eilig in meine Jeans und ziehe mir ein T-Shirt über, das ich auf dem Weg zum Fenster aus meinem Wäschekorb fische. Nun klingt es bereits, als würde sich gleich die Tür aus den Angeln heben. Ängstlich werfe ich einen letzten Blick in den Flur, bevor ich das Fenster aufschiebe und mit nackten Füßen zur Feuerleiter hinausklettere. Dann jage ich die Stufen hinab. Das kalte Metall ächzt unter jedem Schritt und ich befürchte, dass das nicht unbemerkt bleiben wird. Meine Gedanken überschlagen sich förmlich, als ich die erste Treppe hinter mir gelassen habe. Was um alles in der Welt passiert hier eigentlich? Gerade eben war es vollkommen still und ich glaubte, dem Schrecken entkommen zu sein. Und nun fliehe ich vor Gott weiß wem, ohne dass ich überhaupt eine Ahnung habe wieso. Aus meiner Wohnung dringt ein dumpfes Geräusch. Vermutlich hat meine Tür in diesem Moment den Geist aufgegeben. Wer auch immer hinter mir her ist, hat freie Bahn. Panisch lege ich einen Zahn zu. Ich schaue nicht mal mehr nach oben. Mir ist herzlich egal, was da geschieht. Ich will nur weg von hier.

Auch wenn es komisch ist, danke ich der Stimme von Mr Green, die mich eindeutig vor Schlimmerem bewahrt hat. Ich möchte mir gar nicht ausmalen, was andernfalls jetzt passiert wäre.

Als ich am Boden ankomme, laufe ich die schmale Gasse hinunter, um so schnell wie möglich die Hauptstraße zu erreichen. Ich bin schon fast an deren Ausgang angekommen, als mich unerwartet Hände aus dem Schatten einiger Müllcontainer packen und in die dahinterliegende Dunkelheit zerren.

Ich schreie. Doch es dringt nichts, außer unverständlicher Worte, aus mir heraus. Eine Hand presst gegen meinen Mund. Ich strampele und tobe, es gelingt mir aber nicht, mich zu befreien. Erst als ich an die Mauer des angrenzenden Gebäudes gepresst werde, sehe ich, dass Green derjenige ist, der mich in seiner Gewalt hat.

»Ganz ruhig«, flüstert er, nimmt die Hand weg und zieht mich dann hinunter. Wir beide hocken im Schatten der Müllcontainer, als das quietschende Geräusch der Feuerleiter erklingt.

Ich reiße die Augen auf, denn das, was ich hören kann, klingt so, als wenn da etwas hinabsteigt, dass deutlich größer und schwerer ist, als ich es bin. Es dauert nicht lange, bis sich die Schritte über die Pflastersteine bewegen. Direkt auf uns zu. Mr Green drängt mich weiter hinter sich.

Mir läuft der Angstschweiß die Stirn hinab. Meine sonst so große Klappe ist vollkommen verstummt. Was auch immer auf uns zukommt, ist genau wie er. Kein Mensch. Sondern ein Monster. Obwohl ich es nicht sehen kann, fühle ich es. Anders als Green strahlt es etwas Böses und Furchterregendes aus. Etwas, das mir das Blut in den Adern gefrieren lässt.

»Caitlyn?« Die Stimme, die meinen Namen ruft, klingt wie die von Maggie, aber der Schatten, der in unserem Blickfeld auftaucht, zeigt die Umrisse eines hochgewachsenen und breiten Mannes. Ich balle die Hände zu Fäusten und presse die Lippen aufeinander. Mr Green greift hinter sich und sucht mit seinen Fingern nach meiner Hand. Die Berührung ist kurz und doch gibt sie mir neuen Mut. Ich muss durchhalten. Ein einziges Geräusch könnte uns verraten ... und was dann? Was würde geschehen? Würde Green uns beide schützen können oder schlägt mein letztes Stündchen? Hektisch ziehe ich die Luft in meine Lungen, meine Augen schmerzen, weil ich sie so weit aufgerissen habe.

»Komm raus«, höre ich nun eine dunkle Stimme, die mir einen kalten Schauer über den Rücken jagt.

Der Mann ist schwarzhaarig, sein Gesicht vernarbt. Nur wenige Meter neben den Müllcontainern bleibt er plötzlich stehen. Meine Nerven sind zum Zerreißen angespannt. Weder Green noch ich rühren uns, während der Fremde wie ein Hund schnuppert, so als würde er meiner Fährte folgen.

»Ich kann deine Angst riechen«, knurrt er und lässt seinen Blick in unsere Richtung wandern. Mir stockt der Atem.

Green springt aus seiner Deckung, streckt den Arm aus und

schleudert den Fremden mit unsichtbarer Kraft gegen die Hauswand meines Wohngebäudes. Ich traue meinen Augen kaum, als der Riese mit einem Mal durch die Luft fliegt. Der Kerl stöhnt schmerzerfüllt, da er mit dem Kopf gegen das Mauerwerk prallt.

»Laufen Sie!«, schreit mir Green zu, doch ich rege mich nicht. Ich bin so perplex, dass es einen Moment dauert, ehe ich die Welt um mich herum wieder wahrnehme. »Nun laufen Sie schon!«, wiederholt er energisch und ich nehme schleunigst die Beine in die Hand. Ich höre noch das Keuchen des Fremden, ehe dieser dreckig auflacht. Mit einem Ruck reißt mir ein Windstoß die Füße weg und ich schlage mit voller Wucht am Boden auf. All das geht so schnell, dass ich vollkommen überrascht bin, als ich mich auf den Pflastersteinen wiederfinde. Der Geschmack von Blut füllt meinen Mund, bevor es mir von den Lippen tropft. Mr Green taucht wie aus dem Nichts neben mir auf und macht das Chaos in mir nur größer.

»Keine Angst«, warnt er mich vor und hilft mir auf die wackeligen Beine. Dann presst er mich an sich und nur einen Augenblick später schießen wir in die Höhe. Mein Körper erstarrt und ich habe das Gefühl, vor lauter Aufregung zu ersticken. Ich kann kaum begreifen, was eigentlich passiert, da stehen wir auch schon auf dem Dach meines Nachbarhauses. Protestierend dreht sich mein Magen, Übelkeit steigt in mir auf. Mein Hirn ist nicht in der Lage, den Geschehnissen zu folgen.

»Wir müssen hier weg«, meint Green und nimmt mich an die Hand. Er zieht mich wie eine Marionette hinter sich her. Nur wenige Meter von uns entfernt schlägt der Riese nun ebenfalls wie ein Geschoss im Dach ein. Mit weit aufgerissenen Augen beobachte ich, wie er sich aufrichtet. Ein angsteinflößendes Lächeln spielt um seine Mundwinkel. Mein Herz klopft wie verrückt und meine Nägel bohren sich in den Handrücken von Mr Green. Ich fürchte, gleich inmitten einer Schlacht von Vampiren sterben zu müssen. Mein Blick ist noch immer über meine Schulter gerichtet, als Green auf einmal hält. Wir sind nur ganz knapp vor der Kante des Gebäudekomplexes stehen geblieben. Vor uns geht es metertief hinunter. Die Situation scheint vollkommen ausweglos. Mit offenem Mund schaue ich zur Straße hinab und kralle mich hilfesuchend an Green, in aller Hoffnung, dass er mich irgendwie heil hier rausholt. Er legt seine Arme um mich und tritt dann gegen meinen Willen über die Schwelle.

Wir stürzen in die Tiefe und ich schreie aus vollem Leibe. Die Fenster ziehen so schnell an uns vorbei, dass ich sie nur noch als ein einziges, endloses wahrnehme. Der Wind rauscht in meinen Ohren und brennt in meinen Augen. Ich sehe den Boden auf uns zurasen. Ich bin mir sicher, dass ich jetzt sterbe. Hier, ausgerechnet in den Armen von Mr Green.

Einige Meter vor dem Aufprall bin ich in eine erlösende Ohnmacht gefallen. Die Angst vor dem Aufschlag hat meinen Körper außer Kraft gesetzt. Als ich wieder zu mir komme, ist es dunkel und kalt. Irgendwo höre ich das Tropfen von Wasser und neben mir das Stöhnen von Mr Green. Erst als sich meine Augen langsam an die Dunkelheit gewöhnen, erkenne ich die Außenwände des alten und leer stehenden Fabrikgebäudes und begreife, dass ich in einem ausrangierten Auto liege. Ich kann kaum fassen, dass ich das überlebt habe. Zittrig taste ich meinen Körper ab und betrachte mich dann im herunterhängenden Rückspiegel. Die Todesangst ist mir noch immer ins Gesicht geschrieben. Einige Strähnen meiner dunkelbraunen Haare kleben mir auf der nassen

Stirn und bilden einen starken Kontrast zu meiner kreidebleichen Haut. Ich schlinge fröstelnd die Arme um mich und versuche, die Bilder zu verdrängen, die sich allmählich in meine Gedanken schleichen. Die Erinnerung an den Moment, als ich den Boden unter den Füßen verlor, treibt mir Tränen in die Augen. Während ich mich bemühe, dieses quälende Gefühl der Hilflosigkeit hinunterzuschlucken, brennt mein Hals wie Feuer. Offenbar habe ich mir wortwörtlich die Seele aus dem Leib geschrien, denn ich fühle mich auf eine eigenartige Weise leer. Mein ganzes Weltbild ist zerstört. Zerschlagen in tausend kleine Teile. Es ist nicht mehr übrig als ein Scherbenhaufen, auf dem ich sitze. Ich möchte schreien, aus Wut und Verzweiflung darüber, wie ich in diese verdammte Situation geraten bin. Doch ich kann nicht, weil ich mich davor fürchte, dass mich jemand hören könnte. Oder schlimmer noch – etwas.

Unruhig schaue ich deshalb zu Mr Green hinüber. Er sitzt draußen vor dem Wagen, neben der fehlenden Tür, durch dessen Öffnung der Wind ins Fahrzeuginnere weht. Es sieht so aus, als würde er mich weiterhin beschützen, was die Frage aufwirft, weshalb das alles überhaupt nötig ist.

Was wollte diese verfluchte Kreatur von mir?! Am liebsten würde ich ihn packen und die Antwort aus ihm herauswürgen, doch ich habe weder die Kraft noch den Mut, um mich tatsächlich mit ihm anzulegen.

Als ich mich auf dem unbequemen Sitz aufrichte, dreht sich Green kurz zu mir um und wendet sich sogleich erleichtert von mir ab.

»Ist alles okay?«, frage ich. Seine schwere Atmung bereitet mir trotz allem Sorgen. Ich habe keinen blassen Schimmer, was passiert ist, und fürchte, dass er verletzt sein könnte.

Doch er nickt. »Ja, ich bin nur geschwächt.«

»War das … war das auch so ein Ding?«, will ich wissen.

Wieder bekomme ich ein Kopfnicken zur Antwort.

»Das *Ding*, wie Sie es nennen, ist tot.«

Ich lecke mir über die Lippen und lehne ausgelaugt den Kopf auf das Lenkrad. Während mein Herz dabei unaufhaltsam gegen meine Brust hämmert, versuche ich, mich irgendwie zu beruhigen. Vielleicht sollte ich mich auf meine Atmung konzentrieren? Das habe ich mal bei einem Entspannungskurs gelernt, den ich zur Zeit meines Studiums besucht habe. Womöglich hilft der ganze Quatsch tatsächlich in Stresssituationen. Ich kann mir jedenfalls kaum einen höheren Stresslevel vorstellen als diesen. Während meines ersten bewussten Atemzugs probiere ich, alles andere für einen Moment zu verdrängen. Die kalte Herbstluft strömt mir in die Lunge und weckt ein kurzes Gefühl der Lebendigkeit. Auch wenn ich mich leer fühle, ist offenbar noch etwas in mir. Als ich daraufhin ausatme, verlässt es mich jedoch schlagartig wieder. Anscheinend gehört all das nicht zu den Dingen, die man nach einem einstündigen Kurs weg atmen kann.

»Was wollte er von mir?«

»Er wollte nicht das Geringste von Ihnen«, erwidert Green. »Das ist alles nur meine Schuld.«

Ich werfe einen verwunderten Blick auf ihn, doch er starrt weiterhin nur auf den Boden vor sich.

»Es gibt eine Menge, von dem Sie keine Ahnung haben.«

»Dann erklären Sie es mir!«, antworte ich aufgebracht.

»Es Ihnen erklären?« Green lacht spöttisch. »Ich habe Ihnen schon viel zu viel erzählt.«

»Offenbar nicht genug, denn ich würde wirklich gern wissen, wieso dieser Kerl hinter mir her war. Woher kannte er meinen Namen und die Stimme von Maggie? Wie haben Sie das gemacht, als Sie mich vor ihm warnten und wie um alles in der Welt sind wir hierhergekommen?«

»Das sind viele Fragen«, meint Mr Green daraufhin.

»Ja, und ich finde, ich habe Antworten verdient!«

Er dreht seinen Kopf zu mir und sieht mich durchdringend an.

»Es gibt einen Kodex«, sagt er. »Einen Blutschwur, quasi eine Verpflichtung unter Vampiren. Einen, der die Liebe gegenüber einem Menschen nicht gestattet.«

Ich kann ihm nicht folgen. Meine Gedanken sind viel zu verworren. Mir läuft ein Schauer über den Rücken, als ich begreife, dass er es tatsächlich beim Namen genannt hat. *Vampire.*

Mein Blick wandert ziellos über das alte Fabrikgelände. Vielleicht ist es gut, dass ich das Gefühl habe, nicht da zu sein. Vermutlich würde ich das andernfalls gar nicht verkraften.

»Okay ...«, erwidere ich. »Und Ihre Frau? Ist sie ... also auch eine von Ihnen?«

»Nein. Ich habe sie zwar geheiratet, jedoch nie wirklich geliebt.«

Er wendet sich näher an mich, was meine Aufmerksamkeit wieder auf ihn lenkt.

»Das Foto, das man am Strand von uns geschossen hat, dafür war ich verantwortlich.«

»Das habe ich mir schon gedacht«, antworte ich ihm gereizt. »Das erklärt aber nicht, warum dieser Kerl Ihre Ehe toleriert hat und mir wegen eines einzigen Bildes gleich die Hölle heiß machen wollte.«

»Ich habe Ihnen gesagt, dass Sie mich an eine Frau erinnern, die ich mal geliebt habe.«

Ich nicke stumm. Ja, ich entsinne mich und wünschte mir, ich wäre lieber auf direktem Wege nach Hause gefahren.

»Anscheinend erkenne nicht nur ich diese Ähnlichkeit. Ich fürchte, der Vampirclan, der sie mir einst genommen hat, hat es sich zur Aufgabe gemacht, Sie ebenfalls zu beseitigen, bevor Sie zu einem Problem werden. Zum Glück habe ich Sie im Auge behalten, weil ich sichergehen wollte, dass es Ihnen gut geht. Nach allem, was Sie erfahren haben, wollte ich Sie auf keinen Fall allein lassen.«

Mich beseitigen?

Wieder nicke ich nur, auch wenn ich gar nicht nicken will. Ich verstehe weder, ob er mir gerade zu sagen versucht, dass er mir hinterherspioniert hat, noch, dass womöglich eine ganze Horde von Vampiren auf mich Jagd macht.

»Ooookaaay«, kommt es mir über die Lippen und ich dränge ihn beiseite, um auszusteigen. »Ich weiß immer noch nicht, wie Sie uns da vorhin aus dieser Situation heil rausbekommen haben, aber *ja*, ich muss ehrlich sagen, dass es beeindruckend ist und ich diesen Vampirkram mittlerweile durchaus glaube. *Aber*«, betone ich, »ich lasse mich hier nicht zur Zielscheibe machen. Suchen Sie sich eine andere für diesen Lifestyle, Mr Green.«

Ich stolpere barfuß und mit Schmerzen über die vielen kleinen Kieselsteine. Wobei ich nicht weiß, wohin ich überhaupt gehen soll. Meine Haustür kann ich vermutlich aus dem dahinterliegenden Bücherregal kratzen und ein Wiedereinzug bei meiner Mutter kommt ganz und gar nicht in Frage. Deshalb bleibe ich nach ein paar Metern stehen.

»Sie haben keine Ahnung, was Sie jetzt tun sollen, oder?«, höre ich Green fragen.

»Nein«, erwidere ich.

»Haben Sie vielleicht Lust auf einen Kaffee?«

Verwundert drehe ich mich zu ihm um. In dieser Situation ist der Gedanke an einen Kaffee furchtbar verrückt, aber keineswegs so verrückt wie die eigentliche Situation an sich. Also willige ich ein.

Vermutlich ist es klüger, in seiner Nähe zu bleiben, auch wenn er mir diesen Mist überhaupt erst eingebrockt hat.

Eine Viertelstunde später sitzen wir in einem überschaubaren Diner. Bis auf uns gibt es nur einen weiteren Gast, der aussieht wie ein typischer Trucker. Er flirtet mit der Kellnerin, wodurch die beiden anderweitig beschäftigt sind als damit, uns zu belauschen. Während ich meinen Kaffee trinke, hat sich Green bisher kaum etwas davon gegönnt. Er ist noch immer nicht richtig auf den Beinen und je länger ich darüber nachdenke, umso bewusster wird mir, was er tatsächlich braucht.

»Wir sollten in Ihr Büro fahren«, schlage ich vor.

Mit müden Augen sieht er zu mir auf. »Das bringt leider nichts. Ich habe keine Vorräte.«

Ich klammere mich an meinen Becher. »Dann fahren wir zu dem Rotlichtviertel. Vielleicht ist Ihre *Dealerin,* oder wie Sie die nennen, ja da.«

»Ich nenne sie Lola, weil sie so heißt«, erklärt er mir und schüttelt amüsiert den Kopf. »Ich weiß nicht, ob Ihnen das mal jemand gesagt hat, aber Sie sind sehr direkt und manchmal ein wenig plump.« Danach lächelt er wieder, wobei die Grübchen auf seinen Wangen zum Vorschein kommen.

»Das habe ich schon öfter gehört«, antworte ich und erwidere sein Lächeln. Es tut gut, einen Augenblick lang das Gefühl zu haben, als wäre ich noch die Person, die ich war, bevor ich ihm begegnet bin.

»Werden Sie mir heute Ihren Nachnamen verraten?« Er legt erwartungsvoll den Kopf schräg, während ich ein nachdenkliches Gesicht mache.

»Noch nicht. Geben Sie mir lieber etwas Zeit.«

»Na, die habe ich zur Genüge«, sagt er und lehnt sich dabei zurück.

Zum ersten Mal frage ich mich, wie alt Mr Green in Wahrheit ist.

»Ich nehme an, dass Sie keine 32 sind?«

Er lacht. »Nein, aber dafür habe ich mich ziemlich gut gehalten.«

»Wann sind Sie ihr begegnet?«, will ich wissen und lehne mich interessiert vor. »Ich meine, dieser Frau, von der Sie immer wieder reden.«

Sie nur zu erwähnen, ändert seine Körperhaltung. Er wirkt deutlich angespannter. Nervös streicht er sich über die Ärmel seines Jacketts.

»Vor etwa 30 Jahren«, sagt er. Ich beobachte, wie seine Augen leuchten, als er einen Moment lang in Erinnerungen schwelgt. »Vor einigen Jahrhunderten war es noch kein Problem, wenn sich ein Vampir in einen Menschen verliebte. Aber dann gab es einen Zwischenfall, der alles verändert hat.«

»Einen Zwischenfall?«

»Ein Halbblut, mit verheerenden Kräften und einem unstillbaren Durst nach dem Tod von Menschen. Es brachte eine Seuche über die Welt, die Sie vermutlich nur als Pest kennen.«

»Es war für die Pest verantwortlich?«

Green bejaht meine Frage. »Man konnte zwar das Kind, jedoch nie dessen Krankheit auslöschen. Jeder der Ältesten fürchtete sich davor, dass eine solche Liebe eines Tages erneut etwas so Vernichtendes hervorbringen könnte. Schließlich ließ erst die Pest die Angst vor Vampiren entflammen. Wir waren plötzlich Gejagte, die sich in einen Untergrund voller Lügen zurückzogen.«

Schweigend schaue ich auf meine Tasse hinab. Green hat die Welt also wissentlich in Gefahr gebracht, als er sich in einen Menschen verliebte.

»Deshalb hat man Ihnen diese Frau genommen.«

»Ja, so in der Art.«

»Ich kenne Vampirgeschichten ja nur aus Filmen und Büchern. Aber wieso haben Sie diese Frau nicht einfach verwandelt und sie auf diesem Wege vor dem Tod bewahrt?«

»Weil sie es nicht wollte«, antwortet er und lehnt sich nun selbst über den Tisch. »Bei einer Verwandlung darf der andere keine Angst haben, nicht einen Funken Furcht, ansonsten stirbt er währenddessen.«

Ich schlucke. Allein die Vorstellung, wie mir jemand die Zähne in den Hals bohrt, ist beängstigend.

»Haben Sie denn ...?« Ich halte einen Atemzug inne. »Sie wissen schon.«

»Ob ich es versucht habe?«

»Ja.«

Er leckt sich über die Lippen und seine Augen wandern zu seinem Kaffee hinunter. »Ja, aber es lief nicht wie erhofft.«

Als er einen Moment später zu mir aufschaut, weicht mein Blick zum Fenster aus. Er spricht davon, diese Frau getötet zu haben, und weder hier noch da draußen geschieht irgendetwas. Ich kann nicht begreifen, wieso sich die Welt unberührt weiterdreht.

»Das Foto von uns beiden war ein gewaltiger Fehler.« Mit diesen Worten lenkt er meine Aufmerksamkeit wieder auf sich. Mr Green schüttelt den Kopf. »Ich lasse nicht zu, dass Ihnen etwas passiert.«

Der Gedanke an einen Haufen wütender Vampire macht mich furchtbar nervös. Wir schweigen einander einen Augenblick lang an.

»Svetlana – meine Frau – ist ein Mensch, der permanent nur mit sich selbst beschäftigt ist. Sie war somit die ideale Partnerin. Sie hat weder die Zeit noch das Interesse, sich um meine Angelegenheiten zu kümmern. Mein Geheimnis war bei ihr sicher. Bis zu dem Moment, an dem sie ihre Affäre begann und plötzlich auf die Idee kam, dass ich Derartiges auch tun könnte. Wenn man mich nur lang genug beobachtet, ist es nur eine Frage der Zeit, bis man die Wahrheit aufdeckt.« Anschließend deutet er auf mich. »So wie Sie es getan haben.«

Ich lächele müde.

»Ein Scheidungskrieg würde die Medien für Monate aufhetzen, deshalb wollte ich dem ein schnelles Ende setzen. Ich kann keine auflauernden Paparazzi gebrauchen, daher habe ich versucht, alle glauben zu lassen, wir beide hätten unser Glück woanders gefunden.« Dann stockt er und legt seine Hand auf meine. Obwohl ich sie zurückziehen sollte, bleibe ich still sitzen. »Ich hätte eine andere Frau auswählen müssen, aber diese Ähnlichkeit ... ich musste Sie einfach küssen, Caitlyn.«

Ich spüre, wie mir die Röte ins Gesicht schießt. Seine Finger sind kühl und doch ist alles, was dieser Mann ausstrahlt, nichts als Wärme.

»Und was wollen wir jetzt tun?«, frage ich und ziehe verlegen meine Hand zurück.

»Wir dürfen uns nicht auffällig verhalten. Die Presse beobachtet mich vermutlich so lange, bis die Scheidungspapiere unterzeichnet sind. Unser Geheimnis vor der Menschheit zu bewahren ist der erste und wichtigste Punkt des Kodex. Ich kann es nicht riskieren, meinetwegen auch andere Vampire in Gefahr zu bringen.«

»Dann ist es vermutlich das Beste, wenn ich mich mal in der Detektei und bei meiner Mutter melde. Sonst gelte ich irgendwann als vermisst.«

Die Vorstellung, mir das Gemecker der beiden anzuhören, gefällt mir zwar überhaupt nicht, aber bevor sie noch Flugblätter verteilen, ist es besser, wenn ich ein Lebenszeichen von mir gebe.

»Da ist noch etwas«, sagt Green, als ich die Kellnerin zu uns herüberwinke.

Interessiert sehe ich ihn an.

»Ich kann Sie unmöglich allein lassen.«

Eigentlich hätte ich es mir denken können und doch überrascht es mich. Der Gedanke, Tag und Nacht mit ihm zu verbringen, ist mir unangenehm. Nicht nur weil er ein Vampir, sondern auch an allem schuld ist. Ohne ihn wäre ich schließlich gar nicht in der Situation, in der er sich jetzt als mein Beschützer aufspielt.

»Ist das denn wirklich nötig?«

»Wenn Sie glauben, es ohne meine Hilfe mit Vampiren aufnehmen zu können, dann nicht.«

Genervt schürze ich die Lippen.

»Na schön, von mir aus.«

Als wir auf unser Taxi warten fallen immer wieder verwunderte Blicke auf mich, vermutlich weil ich wie eine Bekloppte barfuß durch die Stadt laufe. Zu unserem Glück erkennt niemand das Paar von der Titelseite, andernfalls würden wir uns diesen Platz womöglich erneut sichern.

Nachdem ich mich bei Green zu Hause am Kleiderschrank seiner Frau bedient und umgezogen habe, lässt er mich in eines seiner drei Autos steigen. Er reicht mir sein Handy, damit ich die Detektei und meine Mutter kontaktieren kann. Während ich probiere, Flinch zu erreichen, machen wir uns auf den Weg ins Rotlichtviertel. Immer wieder geht nur die Mailbox ran, auf der ich, nach mehreren vergeblichen Versuchen, eine kurze Nachricht hinterlasse.

Als wir ankommen, steigt Green direkt aus. »Bleiben Sie im Wagen, ich erkundige mich nach ihr«, sagt er und wirft die Fahrertür zu. Ich sehe ihm nach, wie er den Gehweg hinunterläuft, um die Nutten am Straßenrand nach Lola zu fragen. Es wäre deutlich leichter, eine von ihnen in eine dunkle Seitenstraße zu zerren und wie eine dieser kleinen Getränkepäckchen auszusaugen, aber er hat mir im Laufe unserer Autofahrt erzählt, dass er seit dem damaligen Vorfall keinen einzigen Menschen mehr gebissen hat. Während ihn das zur Lachnummer unter den hier lebenden Vampiren macht, bin ich davon beeindruckt. Anscheinend braucht er das Blut zwar, um bei Kräften zu bleiben, dennoch nimmt er es sich nicht einfach so.

Mr Green verschwindet mit einer der Damen in ein Gebäude mit rot leuchtenden Fenstern. Ich benutze unterdessen abermals sein Handy, um Maggie eine E-Mail zu schicken. Sie soll nur wissen, dass es mir gut geht.

Danach ist meine Mutter an der Reihe. Ich werfe einen Blick auf die Uhr. Es ist kurz vor neun. Eigentlich rufe ich um diese Uhrzeit nicht bei ihr an, aber bevor sie noch eine Vermisstenanzeige aufgibt oder die gesamte Detektei in den Wahnsinn treibt, ist es wohl notwendig.

Es klingelt und klingelt, ohne dass irgendetwas passiert. Vermutlich ist sie bereits im Bett. Ich will gerade auflegen, als ihre Stimme ertönt: »Hallo?«

Sie weiß nicht, dass ich dran bin, und klingt dementsprechend verwundert.

»Ich bin es, Caitlyn«, sage ich und höre, wie sie erleichtert durchatmet.

»Ich dachte schon, es sei Mrs Tale und einer ihrer blöden Scherze«, schnaubt sie. »Ist alles in Ordnung?«, will sie dann wissen. »Ich habe mir Sorgen um dich gemacht. Wie konntest du es wagen, mich wegzudrücken?«

Ihr schneller Stimmungswechsel zwischen Erleichterung und Ärgernis lässt selbst mich dumm aus der Wäsche gucken.

»Ich konnte nicht telefonieren. Tut mir leid«, erkläre ich mich, doch das reicht ihr nicht.

»Was war es denn diesmal? Hast du wieder in deinem Auto gewohnt, um irgendeinen Mann auszuspionieren?«

Ich rolle genervt mit den Augen.

»Nein, aber ich kann dir versichern, dass es nicht anders ging.«

»Und du hattest in diesen zwei Tagen nicht einmal ein paar Minuten, um zu telefonieren?«

»Ich hatte eine Menge zu klären. Beruflich und privat. Dieser Zeitungsartikel hat viel aufgewirbelt.«

Ihre Laune hebt sich prompt.

»Oh, verstehe«, meint sie. »Du willst ihm sicherlich in dieser schweren Zeit beistehen. Scheidungen sind immer unschön.«

»Ich habe dir damit nicht sagen wollen, dass ich bei *ihm* war.«

»Ach, bitte«, presst sie verächtlich hervor. »Ich bin deine Mutter. Vor mir brauchst du doch kein Geheimnis daraus zu machen. Jetzt weiß es ohnehin jeder, Cait.«

Vielen Dank auch, Mom. Es ist schön, dass sie mich direkt daran erinnert.

»Wann kommt ihr mich denn mal besuchen?«, will sie dann wissen.

»Ich habe im Moment wirklich keine Zeit. Und hör auf von uns zu sprechen. Es gibt kein *uns*.«

In diesem Augenblick zieht Mr Green die Fahrertür auf und steigt wieder in den Wagen.

»Dein Vater wäre sehr enttäuscht, wenn er wüsste, dass man dich ständig dazu drängen muss, hier aufzutauchen.«

Green wirft, mit hochgezogener Augenbraue, einen Blick auf mich. Meine Mutter schreit immer in den Hörer, sodass er vermutlich jedes einzelne Wort von ihr versteht.

»Ich werde schon noch vorbeikommen«, verspreche ich gereizt und verabschiede mich dann hastig von ihr.

»Wir sollten zu mir fahren«, stöhne ich und lasse mich in den Sitz fallen. Ich warte darauf, dass er den Motor startet, doch es passiert nichts. »Ich würde wirklich gern etwas von mir anziehen«, füge ich hinzu.

Die gesamte Kleidung seiner Frau kann man in zwei Kategorien einteilen: figurbetont und offenherzig. Selbst der Pullover, den ich von ihr trage, hat einen tiefen Ausschnitt und auf den mörderischen Absätzen kann ich nicht ewig herumlaufen, geschweige denn, vor einem Vampirangriff fliehen. Ich will nichts lieber, als mir einfach irgendetwas Stinknormales anzuziehen.

»Ihre Wohnung ist viel zu gefährlich«, meint Green. »Und Ihre Mutter möchte Sie anscheinend gern sehen. Sie sollten sie nicht darauf warten lassen.«

Nun bin ich diejenige, die vollkommen verdutzt eine Augenbraue hebt.

»Ich denke nicht, dass Sie das etwas angeht.«

»Ich habe jeden aus meiner Familie überdauert, selbst meine jüngere Schwester, und weiß daher aus Erfahrung, dass man die Zeit mit ihnen genießen sollte. Sie wissen schließlich nie, wie viel Ihnen davon bleibt.«

Gut, das war ein Punkt für ihn, aber ich will auf gar keinen Fall mit Green im Schlepptau bei meiner Mutter aufkreuzen. Das wäre der absolute Super-GAU.

»Das sollte ich besser allein tun«, sage ich.

Mr Green grinst mich an. »Sie sind allein nicht sicher und Sie wollen bestimmt nicht riskieren, dass Ihre Mutter eine unangenehme Überraschung erlebt?«

Die Vorstellung, wie ein Vampir ihre Tür eintritt, ist zwar urkomisch, doch vom weiteren Geschehen will ich mir kein Bild machen. Ich rümpfe die Nase.

»Na schön, aber nur ganz kurz«, brumme ich widerwillig und gebe ihm die Adresse.

Mr Green bedankt sich mit einem zufriedenen Lächeln und lenkt den Wagen auf die Straße. Ich verschränke die Arme, weil ich nicht fassen kann, dass er tatsächlich von mir erwartet, dass ich meiner Mutter einen Besuch abstatte. Was für eine Sorte Vampir ist das bitte? Ich habe ja schon einige Filme oder Romane darüber gesehen und gelesen, aber *das* hätte ich im Traum nicht geglaubt. Ich versuche, mir den Film *»From dusk till Dawn«* mit Vampiren wie ihm vorzustellen, und schmunzele in den Kragen des dunkelblauen Mantels hinein.

»Was ist so komisch?«, fragt Green.

»Nichts. Nur, dass Sie mir gar nicht wie ein Vampir vorkommen. Ich habe Sie mir anders vorgestellt.«

»Wie müsste ein Vampir denn Ihrer Meinung nach sein?«, will er wissen, wobei er die Augen nicht von der Straße abwendet.

»Naja, zu allererst etwas kaltherziger.« Ich schweige kurz, ehe ich hinzufüge: »Und hässlicher.«

Er lacht laut auf.

»Davon gibt es ebenfalls eine Menge, glauben Sie mir.«

»Das heißt, es gibt auch mehr von Ihrer Sorte?«, frage ich neugierig.

»Von jeder Kreatur gibt es die gute und die schlechte Sorte, die Schönen und die Hässlichen, die Reichen und die Armen. Sie kennen das. Unsere Gesellschaft ist wie Ihre.«

Erst jetzt bemerke ich, dass er deutlich aufgeweckter wirkt.

»Sie sehen wieder viel gesünder aus.«

Green nickt erleichtert.

»Ja, Lola war zwar leider nicht da, aber eine der Frauen kannte eine junge Dame, die ebenfalls alles für Geld tun würde.«

»Sie hat sich also Blut abnehmen lassen, ohne Fragen zu stellen?«

»Nein, sie schnitt sich in die Hand und ließ mich trinken. Die Spritze habe ich im Büro. Wegen Svetlana habe ich noch nie eine zu Hause aufbewahrt.«

Die Vorstellung, wie er das Blut dieser Frau von ihrer Handfläche leckt, ist widerwärtig. Ich kann nicht einmal Blut sehen und er muss es zum Überleben trinken. *Furchtbar.* »Was ist, wenn sie jemandem davon erzählt?«

Mr Green presst flüchtig die Lippen aufeinander. »Die meisten Mädels in dem Laden sind so high, dass sie sich an nichts erinnern. Und selbst wenn, glauben sie, dass es nur eine Halluzination war. Womöglich denkt sie dann, sie hätte sich verletzt. Nur Lola ist sich vollkommen bewusst darüber, dass ich ihr regelmäßig

Blut abnehme, aber sie weiß nicht wofür. Wenn man gut zahlen kann, fragt ohnehin keiner danach und ich brauche nicht viel, um mich bei Kräften zu halten.«

Ich nicke stumm und lasse die aufkeimenden Bilder in mir sacken. Vermutlich ist das Rotlichtviertel Anlaufpunkt Nummer eins für die *Vegetarier* unter den Vampiren.

»Wenn die Frau unter Drogen stand, macht sich das dann nicht auch bei Ihnen bemerkbar?«

Er lächelt. »Nein, zum Glück nicht. Es schmeckt zwar etwas bitter, aber ansonsten hat das keine Auswirkungen.«

»Und was machen die, die diesen gewaltfreien Weg nicht gehen?«

»Die trinken das Blut von Tieren oder entführen und morden.«

»Natürlich«, erwidere ich trocken.

»Darf ich nun Ihren Nachnamen erfahren?«, fragt mich Green plötzlich. »Ich meine, wir fahren schließlich zu Ihrer Mutter. Da sollte ich doch wissen, mit wem ich es zu tun habe.«

»Young«, antworte ich und werfe dann einen Blick aus dem Seitenfenster. Das letzte Mal, als ich ihm meinen Namen nannte, haben sich die Ereignisse daraufhin nur so überschlagen.

Meine Mutter ist äußerst überrascht, als ich zu später Stunde vor ihrer Tür stehe und den reichen und attraktiven Mann vom Titelblatt gleich mitbringe.

Mit zusammengekniffenen Augen inspiziert sie den kostspieligen Mantel und die hohen Schuhe, in denen ich stecke. Danach schaut sie verlegen zu Mr Green und entschuldigt sich für die Lockenwickler in ihrem Haar.

»Ich wollte gerade zu Bett gehen«, erklärt sie und sieht ihn dabei erstaunt an.

»Kein Problem«, sage ich und mache direkt kehrt. Noch bevor ich die erste Stufe der Treppe erreiche, spüre ich, wie Green mich an der Taille packt.

»Wir wollten Sie nicht stören. Ich dachte nur, es wäre schön, wenn wir kurz nach Ihnen sehen. Caitlyn hat im Moment ja nicht allzu viel Zeit«, meint er unterdessen. Ich drehe mich genervt um. Meine Mutter grinst von einem Ohr zum anderen.

»Schon in Ordnung«, antwortet sie. »Ich freue mich wirklich sehr darüber, Sie kennenzulernen.« Dann reicht sie ihm die Hand.

»Die Freude ist ganz meinerseits, Mrs Young.«

Ich verdrehe die Augen. *Wenn sie wüsste ...*

»Kommen Sie doch rein«, sagt sie und winkt uns in ihren Flur.

Green benimmt sich wieder einmal verflucht vornehm. Er hilft mir aus dem Mantel, kaum dass ich über die Türschwelle getreten bin. Während mir das äußerst unangenehm ist, sieht meine Mutter so fasziniert dabei zu, als wäre er Michelangelo, der gerade *»Die Erschaffung Adams«* an die Decke der Sixtinischen Kapelle malt.

Er fragt danach, wo die Garderobe ist, und sie braucht einen Moment, ehe sie ihre Stimme wiederfindet.

»Schon gut, ich mache das«, antwortet meine Mutter und nimmt ihm den Mantel ab. »Geht ruhig schon mal ins Esszimmer.«

Green hebt auffordernd die Augenbrauen und ich blase genervt die Wangen auf. Ich kann kaum fassen, dass ich einen Vampir durch die Wohnung meiner Mutter führe.

Im Esszimmer wandern seine Augen zuerst einmal über die Blümchentapete, bevor er die Stühle am runden Tisch fokussiert.

»Ich kann das allein«, sage ich und hebe prompt die Hand,

um ihn daran zu hindern, mir jetzt auch noch einen der Stühle vorzuziehen.

Er grinst und beobachtet mich amüsiert dabei, wie ich mich an einer Kommode vorbeiquäle, um mich auf einen der hinteren Plätze zu setzen. Ich habe gehofft, damit würde ich etwas Abstand gewinnen, doch Green folgt mir. Er setzt sich neben mich und mimt weiterhin den Mann an meiner Seite. Ich werfe ihm einen spitzen Blick zu.

»Wollt ihr etwas trinken? Kaffee? Tee? Oder einen Saft?«, fragt meine Mutter, die plötzlich auf der Bildfläche erscheint.

Ich schüttele den Kopf.

»Ich hätte gern einen Tee«, sagt Green und verlängert unseren Besuch um mindestens eine Viertelstunde. Ich lasse den Kopf in den Nacken sinken.

Während meine Mutter nebenan das Wasser aufsetzt, spricht sie durch die offene Tür mit uns: »Sie müssen wissen, Caitlyn hat mir noch nie einen Mann vorgestellt.«

Ich huste.

»Ach wirklich?«

»O ja. Sie sind der Allererste und müssen daher etwas Besonderes sein.«

Ja, das ist er allerdings.

»Nun, das ist sehr schmeichelhaft. Ich wusste nicht, dass unser Besuch eine Premiere ist, sonst hätten wir uns selbstverständlich vorher angekündigt«, erwidert er und lacht dabei. Unterdessen sieht er mich mit strahlenden Augen an. Anscheinend gefällt ihm sein kleines Schauspiel.

»Sie hat ja nicht mal etwas von Ihnen erzählt. Ich musste es, wie alle anderen, aus der Zeitung erfahren. Cait kommt in dieser Hinsicht ganz nach ihrem Vater.«

»Ich würde ihn zu gern einmal kennenlernen«, antwortet Green.

Ich kneife mit einem Seufzer die Augen zusammen, denn vermutlich bricht meine Mutter jetzt in Tränen aus. Ich spitze erwartungsvoll die Ohren. Bis auf das klimpernde Geräusch vom Umrühren einer Teetasse ist nichts zu hören.

»Das ist leider nicht mehr möglich«, antwortet meine Mutter und stößt mit einem vollen Tablett zu uns.

Ich kann kaum glauben, was ich da sehe. Es gibt weder einen Zusammenbruch noch den leisesten Hinweis darauf, dass sie dieser Satz irgendwie getroffen hat. Sie hat sich vollkommen unter Kontrolle.

Während Green sich entschuldigt und sein Bedauern äußert, glotze ich sie förmlich an.

»Zucker?«, fragt sie ihn und öffnet bereits das dazugehörige Kännchen.

»Daddy hat seinen Tee immer mit einer Menge Süßstoff getrunken«, sage ich zu Green und fordere sie damit heraus.

»Dein Vater wäre sicher sehr stolz auf dich«, merkt sie an und deutet dabei mit einem Kopfnicken auf meine Begleitung.

Hat sie gerade gesagt, dass mein sonst so enttäuschter Vater stolz auf mich wäre?

Mr Green legt mir eine Hand auf den Oberschenkel. »Ganz bestimmt. Sie haben eine wirklich wundervolle Tochter.«

Ich entziehe mich seiner Berührung und schüttele kaum merklich mit dem Kopf. Irgendwie macht es mich verrückt, dass sie ausgerechnet jetzt so etwas von sich gibt. Schließlich hat das eindeutig mit ihm zu tun und es ist furchtbar, zu wissen, dass das nicht einmal echt ist.

»Das mit dem Artikel ist sehr bedauerlich«, meint meine Mutter mit heruntergezogenen Mundwinkeln. »Das alles ist sicher nicht leicht für Sie.«

»Die Presse hat die Angewohnheit, alles immer etwas auszuschmücken. Die Wahrheit ist, dass meine Frau und ich schon seit einiger Zeit getrennte Wege gehen.« Dann schiebt mir Green plötzlich seine Hand hinter den Rücken. »Ihre Tochter ist nicht der Grund für diese Trennung. Das eine ist Vergangenheit und das andere die Zukunft.«

Kapitel 4

Ich weiß nicht, wie spät es ist, als ich mich unter der Wolldecke räkele und die Augen aufschlage. Nach dem Besuch bei meiner Mutter sind wir zu seinem Haus gefahren, wo ich noch auf dem Sofa eingeschlafen bin. Das grelle Sonnenlicht blendet mich und ich halte mir zum Schutz die Hand vors Gesicht. Dabei stöhne ich ablehnend und falle fast von der Couch, als ich auf dem Sessel neben mir eine Frau entdecke.

Ihre Haut ist blass, sie hat markante Wangenknochen und ihr schwarzes Haar zu einem strengen Dutt gebunden. Ihre schmalen Augen mustern mich interessiert, während ich meine Beine anziehe, um etwas Abstand zwischen uns zu bringen.

»Mr Green?!«, dringt es aus meinem Mund.

Ehe ich mich versehe, steht er bereits im Türrahmen und ist genauso überrascht wie ich.

»Bleib ihr vom Leib, Rose«, sagt er auffordernd und nähert sich währenddessen ein paar Schritte.

Sie lächelt schelmisch.

»Ich wollte sie mir ja nur einmal ansehen«, antwortet sie mit zuckersüßer Stimme und legt den Kopf schräg.

»Du hast nicht das Recht dazu, einfach in mein Haus einzudringen.«

»Ich bin nicht eingedrungen. Das Fenster am Ende des Flurs war geöffnet«, erklärt sie.

»Ein offenes Fenster ist noch lange keine Einladung.«

»Vincent ist ihretwegen etwas nervös«, meint sie, ohne auf seine Worte einzugehen.

Green erreicht in diesem Moment das Sofa und stellt sich schützend vor mich.

»Dafür gibt es keinen Grund.«

»Soso«, erwidert sie und betrachtet dabei ihre langen Fingernägel. »Sie hat tatsächlich große Ähnlichkeit mit ihr.«

»Ich habe mich unter Kontrolle und das weißt du, Rose.«

»So wie bei Beth, meinst du?« Sie kichert gehässig. »Wir wissen alle, wie das enden wird.«

Mr Green ballt seine Hände und ich fürchte, dass mir der nächste Kampf noch vor dem Frühstück serviert wird. Besorgt krieche ich an den Rand des Sofas und presse meinen Körper in die weißen Kissen der Armlehne.

»Lasst sie einfach in Ruhe und dann wird es kein Problem geben.«

Sie kneift finster die Augen zusammen. »Treib es ja nicht zu weit«, sagt sie. »Das klang beinahe wie eine Drohung.«

»Es ist wohl eher ein gut gemeinter Rat«, erwidert Green mit zusammengepressten Zähnen.

»Vincent möchte kein Theater. Er will, dass das hier diskret abläuft.«

Mit *diskret* meint sie vermutlich, dass sie mich irgendwo im Wald verscharren wollen, damit man mich erst Monate später findet.

In was bin ich hier nur hineingeraten?

»Ich werde nicht zulassen, dass du oder irgendeiner der anderen ihr zu nahe kommt.«

Green klingt dabei unerschütterlich. Sein Körper ist angespannt. Jederzeit könnte hier die Hölle ausbrechen und ich bin nur eine Armlänge davon entfernt. Instinktiv ziehe ich mir die Wolldecke bis zum Kinn.

»Jonathan«, säuselt sie wieder in diesem scheinheilig süßen Ton und steht unterdessen auf. »Seien wir doch mal ehrlich, irgendwann wirst du sie verwandeln wollen.«

»Das ist nicht wahr«, antwortet er ihr kopfschüttelnd.

»Selbst wenn das stimmt, hast du sie eigentlich schon getötet, als du Rick umgebracht hast. Vincent ist stinksauer deswegen.«

»Rick wäre nicht tot, wenn ihr sie einfach in Ruhe gelassen hättet.«

»Ein Schattensprung. In aller Öffentlichkeit«, sagt sie vorwurfsvoll. »Du riskierst unser aller Leben wegen eines einzigen Menschen.«

»Sie trägt keine Verantwortung dafür. Vincent hat allen Grund, mich bestrafen zu wollen, aber ich kann nicht zulassen, dass sie meinetwegen sterben muss.«

»Hörst du dich eigentlich selbst reden?«, fragt sie ihn mit erhobener Stimme. »Wir haben einen Kodex, einen Blutschwur, der uns seit Jahrhunderten am Leben hält, und du setzt das alles aufs Spiel, nur weil du in ihr jemanden siehst, der sie nicht ist. Beth ist längst tot!«

»Hör auf, von ihr zu sprechen. Du hast nicht das Recht dazu, ihren Namen überhaupt in den Mund zu nehmen.«

»Es reicht«, sagt sie und baut sich vor ihm auf. »Wir sollten das besser sofort beenden. Hier und jetzt, bevor sie zu einem Problem wird.«

»Du solltest dich lieber wieder hinsetzen«, antwortet Green. Die beiden sehen einander auffordernd in die Augen.

»Es ist nicht klug, der Frau des Ältesten zu drohen.«

»Richte Vincent aus, dass er sich keine Sorgen machen muss. Und sag ihm auch, dass ich bereit bin, mehr als nur mein Wort gegen dich zu erheben, wenn du dich nicht zurückhältst.«

»Du weißt nicht, was du da tust«, antwortet sie.

»Ihr zwingt mich doch dazu!«, brüllt Jonathan und erschreckt selbst mich so sehr, dass ich zusammenzucke. Rose funkelt ihn zornig an, ehe sie dann wie ein Sturm davonfegt.

Auf einmal ist es so ruhig, dass man eine Stecknadel fallen hören könnte. Green sinkt auf die Couch. Er vergräbt das Gesicht in beiden Händen und atmet tief durch.

»Ich hoffe, dass das nur leere Drohungen waren«, sage ich besorgt.

Mr Green schaut mir in die Augen. Dabei schüttelt er kaum merklich den Kopf. »Sie meint es todernst.«

»Na toll. Wie schön, dass Sie es auch gleich so treffend formulieren.« Mein Schädel brummt vor lauter Angst. Ich fühle mich so hilflos, dass es mich wütend macht.

»Ich habe wirklich nicht geahnt, dass dieser Kuss Sie in solche Gefahr bringen würde«, entschuldigt er sich.

»Ich glaube, ich bin nicht nur in Gefahr, sondern schon so gut wie tot. Haben Sie nicht gehört, was diese Frau gesagt hat? Es klang ganz so, als hätten Sie sich nicht immer unter Kontrolle, Mr Green.«

»Hatten«, korrigiert er mich.

»Na, schön – hatten. Das macht es ehrlich gesagt nicht besser.«

»Was einst geschehen ist, sollte nicht die geringste Rolle spielen«, verteidigt er sich.

»Vielleicht für Sie nicht«, antworte ich gereizt. »Aber für diese Vampirlady ist das Thema anscheinend nicht vom Tisch. Also, was zur Hölle ist damals passiert?«

»Ich will und kann nicht darüber sprechen. Ich kann Sie nur darum bitten, mir zu vertrauen. Ich werde Sie beschützen und Ihnen wird ganz sicher nichts passieren.«

»Natürlich. Solange, bis Sie das nächste Mal lüften«, erwidere ich zynisch und werfe die Wolldecke beiseite, ehe ich aufstehe.

»Was soll das, Caitlyn?«

»Ich gehe.«

»Wohin? Zurück in Ihre Wohnung? Zu Ihrer Mutter oder Ihrer besten Freundin? Sie sind dort nicht sicher!«

»Keine Ahnung«, erwidere ich und stampfe zum Flur. »Aber das bin ich hier ja auch nicht.«

»Sie können jetzt nicht abhauen«, meint er und versperrt mir im selben Atemzug den Weg.

Ich trete erschrocken zurück. »Was soll das immer? Wollen Sie, dass ich einen Herzinfarkt bekomme?«

»Wenn Sie bettlägerig wären, käme mir das sehr zugute.« Er lächelt und versucht auf diese Art, die angespannte Situation aufzulockern. Doch ich denke nicht im Traum daran, so zu tun, als wäre alles in Ordnung.

»Es wäre wohl das Beste, wenn wir einfach getrennte Wege gehen. Letztendlich ist es doch genau das, was sie will.«

»*Sie will Ihren Tod*«, erwidert Green eindringlich. »Es geht hier nicht um Sie oder mich. Es geht ihnen um unseren Kodex und deshalb werden sie nicht aufhören Sie zu jagen, bis Sie tot oder eine von ihnen sind.«

»Ah, verstehe«, erwidere ich und verschränke die Arme. »Das sind ja großartige Aussichten.«

»Ich weiß, das ist nicht das, was Sie hören wollten.«

»Nein«, winke ich ab und lache spöttisch. »Das klingt prima. Genau so habe ich mir mein Leben immer vorgestellt.«

»Es tut mir leid, Caitlyn. Ich kann Sie jetzt nicht gehen lassen.«

»Seien Sie doch wenigstens ehrlich«, meine ich und trete einen Schritt auf ihn zu. »Sie werden mich nie mehr gehen lassen können. Nicht solange die nicht haben, was sie wollen.«

»Ich werde mit ihm reden«, erwidert Green daraufhin.

»Mit wem?«

»Vincent. Er ist ein alter Freund von mir.«

»Wow. Sie haben ja wirklich bezaubernde Freunde.« Ich schüttele den Kopf.

»Ich war ein Mitglied seines Clans. Er hat mich zu dem gemacht, was ich bin.«

Ich sehe ihm in seine schokobraunen Augen. Sie sind voller Erinnerungen an etwas, das er nicht ausspricht und das er mir doch zu sagen versucht.

»Und dann kam Beth und Sie schlugen einen anderen Weg ein«, schlussfolgere ich.

»Ja. Aber mit ihr hat unsere Geschichte nicht angefangen.«

Ich kneife interessiert die Augen zusammen.

»Ich war noch ein Kind ...«, beginnt er und lehnt sich an den Türrahmen. Dabei schaut er nachdenklich zur großen Fensterfront und verliert sich im schönen Anblick des Gartens. »Vincent hatte eine Tochter. Sie war ein tolles Mädchen. Ich war damals unsterblich in sie verliebt und habe jeden Tag mit ihr verbracht. Ich wusste zu jener Zeit nicht das Geringste von Vampiren und ahnte deshalb nicht, dass sie ein verbotenes Halbblut war. Vincent wurde deswegen zutiefst verachtet und hatte somit einen Haufen Probleme. Er befürchtete, dass sie bei einer Verwandlung zum Vollblut sterben könnte ...« Green streicht sich über die Bartstoppeln an seinem Kinn und ringt um Worte.

»Was ist mit ihr passiert?«, frage ich ihn vorsichtig.

»Eines Tages ist sie plötzlich verschwunden und nie wieder aufgetaucht. Seitdem herrscht zwischen uns etwas, das uns verbindet und uns gleichzeitig immer weiter voneinander entfernt. Das ist schwer zu erklären.«

»Was hat das alles mit Beth zu tun?«, will ich wissen.

»Jede Frau, die mich an sie erinnert, erinnert ihn an seine verlorene Tochter. Dabei geht es nicht nur um die Ähnlichkeit, sondern um das, was wir empfinden. Es gab schon mehr als ein Dutzend solcher Begegnungen, aber bei Beth hatte ich das Gefühl, als wäre sie wirklich noch da. Doch während ich versucht habe, die Vergangenheit auf diese Art am Leben zu erhalten, tat er alles, um sie zu begraben.«

»Ich bin weder die Frau, die Sie vermissen, noch die, die dieser Vincent verdrängen möchte. Wenn man tatsächlich mit ihm reden kann, dann müssen Sie ihm das klarmachen.«

Green nickt zustimmend. »Das werde ich«, verspricht er.

»Und jetzt sagen Sie mir, weshalb diese Rose glaubt, dass Sie die Kontrolle verlieren könnten.«

»Sie fürchtet sich nur davor, dass ich Sie gegen Ihren Willen verwandeln werde, aber das wird nicht geschehen.«

»Sie meinen, bis Sie sich dazu gezwungen sehen. So wie bei Beth.«

»Das war etwas anderes«, verteidigt er sich. »So weit werde ich es nicht kommen lassen.«

»Haben Sie ihr das damals auch gesagt?«

Meine Frage trifft ihn. Green wirft mir einen eisigen Blick zu. »Es ist wohl besser, wenn Sie sich jetzt etwas Vernünftiges anziehen gehen.«

»Weil?«

»Weil wir Ihnen etwas für Ihre Beerdigung besorgen werden, deshalb.«

Nach diesem Spruch habe ich ganz sicher keine Lust auf eine Shoppingtour und weigere mich, mich umzuziehen.

»Na schön«, sagt er und packt mich.

»Nein!«, kreische ich, als er mich, wie einen Mehlsack, über seine Schulter wirft.

»Ist mir egal, ob Sie muffig rumlaufen«, meint er und trägt mich den Flur entlang.

»Lassen Sie mich runter!«, schreie ich, doch Green beeindruckt das wenig. Auch als ich mit meinen Fäusten auf seinen Rücken einschlage, lässt er nicht von mir ab.

Wir verlassen das Haus und er steuert auf einen dunklen Jeep zu.

»Es reicht!«, protestiere ich, als er die Fahrertür öffnet. »Ich gehe nirgendwo hin!«

Dann presst er mich auf den Beifahrersitz und hebt mahnend den Zeigefinger.

»Sie bleiben jetzt artig sitzen, Ms Young.«

Ich verziehe das Gesicht. »Sie können mich mal, Mr Green.«

»Oh, das werde ich noch früh genug«, sagt er mit einem zufriedenen Lächeln. Das erzürnt mich umso mehr. Er schlendert um das Fahrzeug herum.

»Das werde ich noch früh genug«, äffe ich ihn unterdessen nach. Danach öffnet sich auch schon die Fahrertür.

»Das habe ich gehört«, entgegnet er und deutet auf sein linkes Ohr. »Ich habe etwas schärfere Sinne als Sie.«

»Großartig«, schnaube ich und rolle mit den Augen.

»Wir holen Ihnen jetzt ein paar neue Kleidungsstücke und anschließend haben wir zwei Möglichkeiten.«

»Und die wären?«

»Entweder versuchen wir, mit Vincent zu reden und ihn davon zu überzeugen, dass es kein Problem gibt, oder wir geben ihm freiwillig, was er will.«

»Mit *wir geben ihm, was er will*, meinen Sie hoffentlich nicht, dass Sie meinen toten Körper auf seiner Fußmatte ablegen, oder?«

»Nein«, antwortet Green. »Wir machen aus Ihnen ein ... wie sagten Sie noch? Ach, genau: so ein *Ding*.« Dann grinst er spitzbübisch.

Diese Vorstellung gefällt mir überhaupt nicht. »Also ich bin definitiv dafür, mit ihm zu reden.«

»Ich habe mir schon gedacht, dass Sie sich dafür entscheiden. Schade eigentlich.«

Er streicht mir eine dunkelbraune Haarsträhne aus dem Gesicht. »Irgendwie glaube ich, dass Sie mutig genug wären.«

Einen Moment sehen wir uns schweigend an.

Reiß dich zusammen, Caitlyn.

»Lieber nicht«, antworte ich, als ich meine Stimme wiederfinde. Mr Green schmunzelt und startet den Motor.

Während er den Wagen zum Tor manövriert, denke ich über seine Worte nach. Ich und mutig? Offenbar weiß er gar nicht, dass ich mich nach seinem Outing verkrochen und mir bei der Flucht vor diesem Monster fast in die Hose gemacht habe. Eigentlich bin ich ein totaler Angsthase, dem allein bei dem Gedanken an Blut schwindelig wird. Als Vampir würde ich vermutlich verhungern oder verdursten, oder wie auch immer man das nennt.

Auf dem Weg spendiert mir Green noch ein kleines Frühstück, in Form eines Croissants und einem großen Becher Kaffee. Damit krümele ich den ganzen Wagen voll, was er kommentarlos hinnimmt. Als wir in eine Einkaufsstraße abbiegen, verschlucke ich mich beinahe.

»Daff ifft nicht Ihr Ernfft«, sage ich mit vollem Mund und würge mir das Croissant hinunter. Wir fahren an einigen Luxusläden vorbei, bevor er auf einem Parkplatz hält.

»Das kann ich nicht annehmen«, sage ich und kralle mich an meinen Gurt.

»Sie steigen jetzt aus oder ich trage Sie da rein.« Dabei verzieht er nicht eine Miene. Er meint das vollkommen ernst.

»Ich kenne da einen bezaubernden Secondhand-Laden in der Nähe meiner Wohnung.«

»Das ist schön«, sagt er und schnallt sich ab.

»Wir könnten uns auch dort umsehen«, schlage ich vor.

»Sie könnten auch einfach aussteigen«, meint er und setzt sein Lächeln, wie eine Waffe, gegen mich ein.

Einen Moment bleibe ich stark, doch kurz darauf brumme ich resignierend. »Na, schön. Aber das haben Sie nur Ihren Grübchen zu verdanken.«

Er lacht, als ich meinen Gurt löse.

»Warten Sie«, sagt er und springt aus dem Auto, nur um mir die Tür zu öffnen. Ich sehe ihn kopfschüttelnd an.

»Ihnen ist schon klar, dass wir uns im 21. Jahrhundert befinden, oder?«

Er streckt mir seine Hand entgegen.

»Einmal Gentleman, immer Gentleman.«

»Wo war diese Einstellung, als Sie mich zu Ihrem Auto geschleppt haben?«

Er grinst schelmisch. »Ich wollte Sie eben auf Händen tragen.«

»Wortwörtlich«, füge ich hinzu und lasse mir beim Aussteigen helfen.

Danach gehen wir in einige Läden und Green verfällt in absolute Geberlaune. Er kauft mir eine ganze Menge: schwarze Kleider, schwarze Blusen, schwarze Hosen, schwarze Schuhe, eine dunkle Sonnenbrille und zu meiner großen Überraschung ausnahmsweise einen dunkelgrauen Mantel.

»Schwarz ist offensichtlich Ihre Lieblingsfarbe«, merke ich an, als wir aus dem vierten Geschäft kommen.

»Schwarz ist zeitlos«, erwidert er.

»Schwarz ist wohl eher deprimierend.«

»Ich habe Ihnen gesagt, dass wir etwas für Ihre Beerdigung kaufen und nicht für Ihre Hochzeit«, erklärt er sich amüsiert.

In diesem Moment blitzt es plötzlich und ein Mann mit Kamera sagt: »Habe ich da gerade etwas von einer Hochzeit gehört?« Er streckt uns die Hand entgegen. »Ich bin Parker Miller vom *People&More Magazine*.«

»Ist mir vollkommen egal, wer Sie sind«, antwortet Green in ernstem Tonfall. »Sie werden kein Interview bekommen.«

»Ich habe nur ein paar Fragen.«

Mr Green schnappt sich meine Hand und zieht mich den Gehweg hinab. Der Reporter lässt sich davon allerdings nicht abschütteln. Er versucht, mit uns Schritt zu halten.

»Interessiert es Sie nicht, wie Sie in der Öffentlichkeit dastehen, Mr Green? Ihre Frau ist noch am Tag der Enthüllung ausgezogen, vielleicht möchten Sie dazu etwas sagen? Oder, Ms Young, seien Sie doch so freundlich und erklären Sie uns, wie Sie sich dabei fühlen.«

Während er hinter uns hereilt, werden auch andere Menschen auf uns aufmerksam. Einige tuscheln hinter vorgehaltener Hand, andere zücken ihr Handy, um ein paar Aufnahmen zu machen.

»Es reicht!«, sagt Green, aber der Mann lässt nicht locker.

»Wann werden Sie die Scheidungspapiere unterzeichnen? Und wie teilen Sie Ihr Vermögen auf? Müssen wir mit einem Rosenkrieg rechnen?«

Endlich erreichen wir den Wagen. Mr Green öffnet mir die Tür, ehe er selbst einsteigt. Danach fährt er dem Reporter fast über den Fuß, als der versucht, noch ein paar Bilder zu schießen, während wir die Flucht ergreifen.

Es ist nicht verwunderlich, dass am Abend bereits einige Bilder im Netz kursieren und außerdem das Gerücht einer Hochzeit die Runde macht, bevor er überhaupt geschieden ist.

Langsam habe ich das Gefühl, das Pech verfolgt mich und leider scheint es eine ziemliche Ausdauer zu besitzen.

Am nächsten Tag telefoniere ich mit Flinch.

»Ich brauche noch etwas Zeit«, sage ich. Man kann förmlich hören, wie er sich die Haare rauft.

»Ich bin kurz davor, dich rauszuwerfen, Caitlyn, und du willst mehr Urlaub?«

»Ich habe wirklich einiges um die Ohren.«

»Das musst du mir nicht sagen, das kann jeder überall nachlesen. Shopping- und Spritztouren mit Mr Green sind sicherlich furchtbar belastend.«

Ich stöhne verzweifelt. »Bitte«, flehe ich ihn an. »Wir sind gar kein Paar, auch wenn es so aussehen mag, und dieser ganze Presserummel macht mich noch wahnsinnig.« *Das und der Vampirclan, der hinter mir her ist*, aber davon sage ich ihm nichts. Stattdessen denke ich mir diesen Teil.

»Eine Woche«, erwidert Flinch widerwillig. »Einen Tag später und du fliegst raus.«

Wir verabschieden uns in demselben herzlichen Tonfall, in dem wir das Gespräch geführt haben.

»Vincent folgt meiner Einladung«, höre ich Green sagen, der mit einem Brief ins Wohnzimmer tritt. »Die Gerüchte machen ihn vermutlich rasend, also sollten wir auf alles gefasst sein.«

»Kommt er allein?«, frage ich.

»Ja, zumindest schreibt er das.«

»Und Sie vertrauen ihm?«, will ich wissen, wobei ich das erste Mal kurz davor bin, ihn mit Jonathan anzusprechen.

»Das muss ich wohl.«

Er versucht, seine Sorgen hinter einem falschen Lächeln zu verbergen.

»Ich könnte etwas Schönes kochen«, schlage ich vor. »Das Ratatouille meiner Mutter besänftigt jeden. Das heißt, wenn Vampire gutes Essen überhaupt noch zu schätzen wissen.«

Nun wirkt das Lächeln ehrlicher.

»Unsere Geschmacksknospen sind nicht tot, Ms Young.

Schreiben Sie mir auf, was Sie dafür brauchen, und ich werde meine Sekretärin darum bitten, alles zu besorgen.«

Danach verschwindet er zum Flur hinaus, während ich ihm hinterherblicke. Wenn er ein gewöhnlicher Mann wäre und es die Gefahr nicht gäbe, würde ich mich hier vermutlich sogar wohlfühlen. Schließlich befinde ich mich in einem Haus, von dem jeder irgendwann einmal geträumt hat. Doch auch wenn meine Fantasie diese Gedanken einen Moment zulässt, holt mich die Realität schlagartig wieder ein. Das hier ist kein Zuhause, es ist ein Gefängnis. Ich bin nur hier, weil ich nicht gehen kann. Nachdenklich lege ich den Kopf in den Nacken.

»Haben Sie etwas dagegen, wenn ich nachher noch ein Bad nehme?«, rufe ich ihm fragend hinterher.

»Fühlen Sie sich ganz wie zu Hause«, lautet seine Antwort.

Ich lächle müde. Etwas Normalität wird mir sicher guttun.

Nachdem ich gekocht habe, bin ich direkt im Bad verschwunden. Meine Haut ist bereits schrumpelig und ich summe ein Lied, während ich mit dem Schaum im blubbernden Wasser spiele. Meine Gedanken kreisen um Mr Green und um all das, was seit unserer ersten Begegnung passiert ist. Die Einladung zum Kaffee, unser Gespräch bei der Spendengala und der Kuss am Strand.

Dieser verfluchte Kuss. Ich schließe einen Moment die Augen.

»Ms Young?«, höre ich seine Stimme hinter der Tür.

Ich schlage die Augen auf und mache mich kerzengerade, ganz so, als hätte er mich bei dem Gedanken an ihn erwischt.

»Ja?«, antworte ich und strecke den Arm aus der Wanne, um nach dem Handtuch zu suchen.

»Kann ich kurz reinkommen?«, fragt Mr Green.

»Nein!«, antworte ich. »Warten Sie einen Moment.«

Schließlich finde ich es. Ich steige aus dem Wasser und wickele mich in den weichen Stoff.

»Okay«, bestätige ich und langsam öffnet sich die Tür.

Green trägt einen Anzug. Er sieht gut aus.

»Vincent wird gleich hier sein und ich ... ähm ... Ich habe hier noch etwas für Sie«, sagt er, während er mich mustert. »Ich habe es gekauft, als Sie in einer der Umkleidekabinen waren.« Er hält mir eine Schmuckschatulle entgegen.

»Das wäre nicht nötig gewesen«, sage ich und sehe unsicher darauf hinab.

»Machen Sie es auf«, erwidert er und hebt sie ein klein wenig an.

Vorsichtig nehme ich das Geschenk an mich. Er beobachtet mich, ganz so, als wäre er viel aufgeregter, als ich es bin. Behutsam öffne ich den Deckel und erblicke ein funkelndes Armband, in dem das Licht in etlichen Farben erstrahlt.

»Es ist wunderschön«, kommt es mir gerührt über die Lippen.

Er wirkt zufrieden.

»Es freut mich, dass es Ihnen gefällt. Ich fand, es hat eine gewisse Ähnlichkeit mit Ihnen, und deshalb sollten Sie es tragen.«

»Das ist wirklich sehr nett.«

Es folgt einer dieser peinlichen Momente, in dem keiner weiß, was er sagen oder tun soll.

»Ich sollte Sie besser wieder allein lassen«, erlöst uns Green von der Stille. Er geht zur Tür.

»Warten Sie«, sage ich und er dreht sich überrascht zu mir um.

Ich gehe auf ihn zu, lehne mich vor und gebe ihm einen flüchtigen Kuss auf die Wange.

»Danke.«

»Gern geschehen, Ms Young«, antwortet er mit einem Zwinkern und lässt mich dann wieder allein.

Ich stehe eine Zeit lang wie angewurzelt da. In der Hand halte ich noch immer die Schatulle und blicke auf das Armband hinab.

»Es ähnelt mir also«, sage ich und um meine Mundwinkel spielt ein Lächeln. Die vielen Farben funkeln, als ich die Schachtel bewege. »Nicht schlecht, Mr Green«, flüstere ich. »Nicht schlecht.«

Vincent hat deutliche Falten und weißes Haar. Seine grauen Augen liegen tief in den Höhlen und er beherrscht eine recht bissige Art, einen anzusehen. Trotzdem benimmt er sich ebenso förmlich, wie ich es ansonsten nur von Mr Green gewöhnt bin.

»Sie sehen ganz bezaubernd aus, Ms Young«, sagt Vincent und gibt mir einen Handkuss. Es ist seltsam, zu wissen, dass er mich eigentlich am liebsten tot sehen möchte. Wozu also das Schauspiel und die falschen Höflichkeiten?

»Sie sieht ihr wirklich sehr ähnlich«, sagt er dann zu Green, dem diese Aussage offensichtlich überhaupt nicht gefällt. Er schaut seinen Gast durchdringend an.

»Dort geht es zum Esszimmer«, erwidert Green und deutet den Flur hinunter.

Vincent geht voran und wir folgen ihm.

»Er hat recht«, sagt Mr Green leise. »Sie sehen heute Abend wirklich reizend aus.«

Ich grinse von einem Ohr zum anderen. »Erinnern Sie sich lieber daran, was Sie mir im Auto sagten.«

Er sieht mich fragend an und ich zeige auf mein linkes Ohr, bevor ich geradeaus deute.

Green weiß sofort, was ich ihm damit sagen will.

»Ein Kompliment ist noch lange keine Liebeserklärung, Ms Young. Also stört es mich nicht, wenn er uns hört.«

Seine Grübchen treten zum Vorschein. Er macht es mir wirklich nicht leicht, in ihm so was wie ein Monster zu sehen. Dabei sollte ich auch weiterhin unbedingt einen kühlen Kopf bewahren und mich weder von Geschenken noch seinen Schmeicheleien um den Finger wickeln lassen.

Vincent öffnet die Tür zum Esszimmer. Neben dem Ratatouille ist der Tisch mit vielen weiteren Köstlichkeiten gedeckt. Während ich die Zeit im Bad verbracht habe, scheint Green ganz schön fleißig gewesen zu sein. Er bittet seinen Gast, am Tischende Platz zu nehmen.

Am anderen Ende sind zwei weitere Plätze gedeckt. Green zieht mir einen Stuhl vor und schenkt uns allen etwas Wein ein. Danach setzt er sich Vincent gegenüber und erhebt sein Glas.

Als ich nach meinem greife, fällt ihm auf, dass ich das Armband trage. Seine Augen liegen einen Moment darauf, ehe er sich davon abwendet und sagt: »Auf einen schönen Abend.« Wir stimmen mit einem »Zum Wohl« ein und gönnen uns einen Schluck.

Der Wein ist köstlich und ich hoffe, der Alkohol wird die kühle Stimmung ein wenig auflockern. Die beiden wirken nämlich nicht gerade entspannt. Noch sieht es so aus, als könnten sie sich jederzeit an die Gurgel springen.

»Nur zu«, meint Green mit einer einladenden Geste. Wir alle bedienen uns und der Raum ist von klimpernden Geräuschen erfüllt.

»Nun, ich habe von den Hochzeitsplänen gehört«, sagt Vincent, als er sich etwas von dem Ratatouille auffüllt, das ihn eigentlich besänftigen sollte.

»Das sind nur Gerüchte. Nichts weiter«, antwortet Green.

»Ich dachte, es sei vielleicht ein Versuch, die junge Dame in die Öffentlichkeit zu zerren. Damit ein mögliches Verschwinden auffallen würde.«

Ich greife nach meinem Weinglas und nehme einen kräftigen Schluck. *Das fängt ja gut an.*

»Die Idee ist zwar nicht schlecht, aber ich hatte nicht vor, die Presse aufzuscheuchen«, erklärt sich Mr Green.

»Warum hast du mich hierher eingeladen?«, will Vincent wissen. »Wozu dienen das reichliche Essen und der teure Wein?«

»Ich will nur mit dir reden.«

»Du solltest die Chance lieber nutzen und mich vergiften, Junge.«

Ich verschlucke mich beinahe. Hustend hebe ich eine Hand vor den Mund.

»Wieso glaubst du, dass es hier ein Problem gibt?«, erwidert Green. Dabei umklammert er sein Besteck, als würde er andernfalls die Beherrschung verlieren.

Noch bevor Vincent antworten kann, klingelt es an der Tür. Wir alle sehen einander verwundert an.

»Ich habe nichts damit zu tun«, meint Vincent und Green steht sogleich auf. Der Stuhl schleift über den dunklen Holzboden, als würde er ihn anflehen, sich wieder hinzusetzen. Vielleicht bilde ich mir das aber auch nur ein. Schließlich will ich nicht, dass er mich mit diesem bluthungrigen Vampir allein lässt.

»Entschuldigt mich kurz«, meint Green und verlässt dann den Raum.

Ich presse die Lippen aufeinander und traue mich gar nicht, Vincent anzusehen. Mir liegt es fern, auf irgendeine Art und Weise seine Aufmerksamkeit auf mich zu lenken. Dabei habe ich die vermutlich sowieso schon, denn ich fühle mich beobachtet.

»Ich hoffe, Sie nehmen das nicht allzu persönlich«, höre ich Vincent sagen.

»Ich wüsste nicht, wie man das nicht persönlich nehmen sollte.«

»Sie sind einfach dem falschen Mann begegnet«, antwortet er.

»Es kommt mir eher so vor, als wäre das Problem, dass er der falschen Frau begegnet ist.«

»Sie sind klug«, meint Vincent. »Aber offenbar nicht klug genug, denn Sie scheinen noch immer zu hoffen, dass Sie heil aus dieser Sache rauskommen werden.«

Ich hebe meinen Blick und sehe ihn direkt an.

»Was wollen Sie von mir?«

»Ich will nur verhindern, dass er seine Zeit mit Ihnen vergeudet.«

»Wozu? Davon hat er doch mehr als genug.«

Vincent lacht amüsiert. »Sie sind schlagfertig«, sagt er. »Das gefällt mir.«

Er stützt sich mit den Ellenbogen auf den Tisch und legt seinen Kopf auf seine gefalteten Hände. »Erfahrungen formen den Charakter. Sie besitzen ganz offensichtlich Mut, auch wenn Ihnen das dem Anschein nach nicht bewusst ist.«

»Was sind Sie? Hobbypsychologe?«, antworte ich ungehalten. Ich mag es nicht, wie er mich ansieht und dabei so überheblich wirkt.

»Um das zu erkennen, braucht man nicht viel Menschenkenntnis. Sie sind wie ein offenes Buch.«

»Nun, ich glaube, Sie ebenfalls bereits ausreichend zu kennen.«

Meine Antwort erheitert ihn. »Dann sind wir uns in diesem Punkt wohl ganz ähnlich.«

Er erhebt sein Weinglas, prostet mir zu und nimmt einen Schluck. In diesem Moment kehrt endlich Mr Green zurück.

»Es war nur Ms Lockwood«, erklärt er und setzt sich wieder.

»Wir haben uns auch ohne dich köstlich amüsiert«, erwidert Vincent.

Green wirft mir einen besorgten Blick zu.

»Ja, wir hatten eine charmante Unterhaltung«, berichte ich voller Ironie.

»Es ist wohl besser, wenn ich gleich zum Punkt komme«, meint Green daraufhin.

»Das wäre ratsam, schließlich haben hier nicht alle ewig Zeit«, gibt Vincent zur Antwort und grinst in meine Richtung.

»Caitlyn ... also Ms Young und ich. Wir sind kein Paar. Dieses Foto und dieser Kuss waren zugegeben eine dumme Idee. Ich wollte Svetlana ohne viel Aufsehen loswerden. Dass sie Beth ähnlich sieht, hat mich wohl dazu verleitet, sie auszuwählen. Das war falsch und es tut mir leid. Ich wollte dich nicht an deinen Verlust erinnern.«

Vincent mustert ihn ausgiebig. Sein Schweigen wirkt bedrohlich. Ich lehne mich vorsichtig zurück.

»Und was für eine Entschuldigung hast du für den Tod von Rick?«

»Er hat mich dazu gezwungen, Vincent.«

»Er hat dich nicht angegriffen.«

»Das ist wahr. Aber er hat sie angegriffen. Hätte ich das einfach zulassen sollen?«

Vincent schlägt mit der Faust auf den Tisch. »Ja, verdammt!«, brüllt er. »Das hättest du!«

Ich zucke zusammen.

»Ich habe dich immer respektiert, aber ich habe das Gefühl, das du in mir noch das Kind siehst, das ich damals war.«

»Weil du dich so benimmst«, wehrt sich Vincent. »Ein Mann

hätte Rick tun lassen, was er tun musste. Aber du hast nicht auf deinen Verstand, sondern auf dein Herz gehört.«

»Ich habe sie nie vergessen«, entschuldigt sich Green.

»Annabelle ist hier nicht das Thema, Jonathan.«

»Doch das ist sie. Du wolltest nie darüber reden und tust es selbst jetzt nicht.«

»Es macht keinen Sinn, sich um die Toten zu sorgen. Sorge dich um dein Leben und um das aller anderen Vampire, anstatt unsere Existenz so leichtfertig aufs Spiel zu setzen.«

»Unser Leben ist nicht in Gefahr«, verteidigt sich Mr Green.

»Das ist es wohl! Sie weiß von uns und das ist Grund genug.«

Mr Green reagiert ungehalten. »Also willst du sie deshalb töten?«

»Sie wird nur sterben, wenn sie zu feige ist, um eine von uns zu werden.«

»Ich lasse nicht zu, dass du dich ihr näherst«, faucht Green.

»Das wird gar nicht nötig sein«, meint Vincent und richtet sich dabei seine Krawatte.

»Was soll das heißen? Glaubst du etwa, dass ich ihr das antun werde?«

»Das ist keine Frage des Glaubens, sondern des Wissens.«

Ich rutsche ein Stück auf meinem Stuhl hinunter und verkrieche mich förmlich unter dem Tisch. Die ganze Situation ist beängstigend. Die beide bieten sich ein Wortgefecht, das jederzeit zu eskalieren droht.

»So weit werde ich es nicht kommen lassen. Niemand rührt sie an. Weder ihr noch ich.«

»Du hast leider gar keine andere Wahl, Junge«, antwortet Vincent und ehe ich mich versehe, rast seine Gabel, wie ein Pfeil, auf Jonathan zu. Der wehrt das Geschoss mit unsichtbarer Kraft ab, doch es folgt eine nächste Attacke. Ich halte erschrocken den Atem an. Erst fliegt ein Messer, bevor ein Teller durch den Raum schießt. Mit erhobenen Armen versuche ich, meinen Kopf vor dem vorbeifliegenden Geschoss zu schützen. Der Tisch beginnt zu vibrieren, als Jonathan das Geschirr zurückschleudert. Neben mir hebt sich ein Stuhl vom Boden. Ängstlich lasse ich mich unter die Tafel sinken und klammere mich ans zitternde Tischbein. Plötzlich fliegen Möbel durch das Zimmer. Ich höre die beiden stöhnen und fluchen. Sie bewegen sich nun um den Tisch herum, während sie sich weiterhin bekämpfen.

»Gib auf!«, brüllt Vincent. »Du bist zu schwach, deine Kraft wird lange vor meiner nachlassen.«

»Vergiss es!«, erwidert Green und wirft mit einer kräftigen Armbewegung die Weinflasche auf seinen Gegner. Diese zerschellt an der Wand. Vincent kann gerade noch ausweichen und lacht dreckig auf.

»Ich hatte dich gewarnt. Nur geringe Mengen Blut zu trinken macht dich zu einem Schwächling.«

»Ich bin lieber ein Schwächling als so ein kaltherziges Monster wie du!«, wehrt sich Green.

Dann poltert es über mir. Der Krach ist ohrenbetäubend. Geschirr zerschellt am Boden. Plötzlich höre ich, wie Green getroffen aufschreit, und sehe, wie er beinahe den Halt verliert. Eine Gabel steckt in seiner Brust. Doch obwohl er blutet, gibt er nicht auf. Stattdessen schleudert er eine Vitrine durch den Raum. Sie trifft Vincent an der Schulter, der ihr nur knapp ausweichen kann. Ich werfe einen besorgten Blick auf Green. Sein Gesicht ist schmerzerfüllt.

»Deine Kraft lässt nach, Junge«, sagt Vincent. »Und deine Konzentration auch.« Wieder schleudert er Besteck auf Green, der das meiste abwehren kann, ehe ihn ein Messer im Bauch trifft. Langsam geht er in die Knie.

»Nein!«, schreie ich erschrocken und krabbele unter dem Tisch hervor. »Hören Sie auf!«

Doch Vincent lässt sich nicht umstimmen. Er stößt mich mit unsichtbarer Kraft beiseite. Dann schreitet er auf Mr Green zu. Die Scherben unter seinen Füßen knirschen bei jedem Schritt.

»Bitte«, wimmere ich und krieche in dieselbe Richtung.

Vincent liest auf seinem Weg eine der langen Scherben auf. Ich schüttele den Kopf, flehe ihn nochmals an, ihn in Ruhe zu lassen. Doch dieses Tier lächelt mich nur an.

»Es ist an der Zeit, eine Entscheidung zu treffen.«

Green flüstert ihm zu, er solle mich verschonen, aber Vincents Blick ist weiterhin auf mich gerichtet.

»Vielleicht werden Sie gleich Hals über Kopf fliehen oder an diesem Ort sterben. Aber wenn Sie diesen Tag überleben sollten, dann werden wir uns bald wiedersehen, Ms Young. Das verspreche ich Ihnen.«

Ich beobachte Vincent mit weit aufgerissenen Augen, als er Green die Scherbe in die Brust rammt.

Greens Schrei ist markerschütternd. Ich bin so verzweifelt, dass mir Tränen über die Wangen laufen. »Nein!«, kreische ich und stemme mich auf die Beine.

»Diese Wunden werden nur heilen, wenn er schleunigst viel Blut trinkt. Und wenn er das tut, dann fürchten Sie sich besser nicht.« Daraufhin nickt mir Vincent verabschiedend zu, bevor er verschwindet und mir damit die Entscheidung überlässt, wer von uns beiden stirbt.

Angsterfüllt presse ich Mr Green an mich. Er atmet schwer.

»Gehen Sie«, flüstert er mühsam, doch ich weigere mich mit einem Kopfschütteln.

»Das kann ich nicht«, antworte ich und muss dabei an meinen Vater denken. Wenn ich die Chance gehabt hätte, ihm zu helfen, dann hätte ich es, ohne zu zögern, getan. Und nun liegt jemand in meinem Arm, der zu sterben droht, und nur ich kann sein Leben retten.

»Soll ich jemanden anrufen? Ihre Sekretärin oder Lola? Vielleicht können sie helfen.«

»Ich brauche mehr als nur ein bisschen Blut. Bitte verschwinden Sie und bringen Sie sich in Sicherheit.«

»Hören Sie ... ich meine, hör mir zu, Jonathan«, wispere ich. »Ich habe Angst. Furchtbare Angst sogar, aber wenn es die einzige Möglichkeit ist ...«

»Nein«, japst er. »Du solltest gehen.«

Ich schüttele den Kopf, während mir noch immer Tränen die Wangen hinabfließen. »Tu es einfach.«

»Du ahnst nicht, was du aufgibst«, keucht er.

»Wichtig ist nur, was ich dafür bekomme«, erwidere ich und streichele ihm durchs nassgeschwitzte Haar.

Er lächelt mit schmerzverzerrtem Gesicht. »Die Ewigkeit.«

»Ist sie es wert?«

»Nein«, stöhnt Jonathan und sieht mich traurig an. »Alle Zeit ist vollkommen nutzlos, wenn man sie allein verbringen muss.«

Ich nicke, wobei meine Tränen auf ihn hinab tropfen. »Tu es«, flüstere ich und strecke meinen Hals. »Bitte, tu es einfach.« Ich bin dazu bereit, es zu wagen. Lieber sterbe ich, als mit dem Wissen zu leben, dass ich die Einzige war, die ihm hätte helfen können.

Seine Hand sucht zittrig nach meiner. »Geh«, wiederholt er, doch ich weigere mich.

»Das kann ich nicht.«

Wir sehen einander tief in die Augen. Er wird langsam immer schwächer. Uns läuft die Zeit davon.

»Bitte, tu es, bevor es zu spät ist«, dränge ich ihn.

Er zögert. Die Sekunden, in denen wir schweigen, kommen mir wie Minuten vor.

»Bitte«, wiederhole ich flehend.

»Hab keine Angst«, höre ich ihn sagen.

Ich schließe die Lider, als er sich zu mir dreht und seine Finger über meinen Nacken fahren. Seine Lippen berühren meinen Hals und mein Atem beschleunigt sich. Sanft küsst er mich, bevor sich seine Finger an mich klammern.

Als mich plötzlich ein quälender Schmerz durchbohrt, reiße ich die Augen auf. Mit aller Kraft versuche ich, stillzuhalten und dem Drang zu widerstehen, mich von ihm zu lösen. Ich spüre, wie das Blut durch meinen Körper strömt. Kälte erfasst meine Füße und kriecht mir die Beine hinauf. Mit jedem Schluck werde ich schwächer. Dabei halte ich den Gedanken fest, dass ich das überleben werde.

Ich will und ich muss.

Kapitel 5

Ich träume von einem dunklen Ort. Einem Zimmer, in dem die Vorhänge vor den Fenstern geschlossen sind. Der rote Stoff ist löchrig und der Staub tanzt schimmernd durch das schwache Licht, das dort hindurchfällt.

An diesem Ort ist es kalt und ich zittere am ganzen Leib. Fröstelnd ziehe ich die Beine an. Ich sitze auf dem nackten Holzboden, vor einem wuchtigen Schrank, dessen Schatten mich verschluckt hat. Aus dem Nebenzimmer ertönt das dumpfe Geräusch von Schritten. Sie wandern auf und ab. Außerdem kann ich meinen Atem hören. Ich bin verängstigt, alles in mir schreit um Hilfe. Mit einem Mal klopft es an der Tür. Nicht an die neben mir, sondern an die des angrenzenden Zimmers. Die kräftigen Schläge lassen mich zusammenzucken. Ich sehe, wie sich die Tür neben mir öffnet, bevor ich aus diesem Traum aufschrecke und meine Augen aufschlage.

»Schon gut«, erklingt die Stimme von Jonathan. Mein Puls geht immer noch viel zu schnell und ich habe die Hände geballt. Er legt mir seine Finger auf den Bauch.

»Alles ist gut«, versichert er mir. Erst jetzt begreife ich, dass ich nur geträumt habe.

Mein Kopf brummt und mein Mund ist staubtrocken.

»Ich habe Durst«, wimmere ich.

»Du kannst noch nichts trinken«, erwidert er und streichelt mich unterdessen.

»Nur einen Schluck«, bitte ich ihn, doch er schüttelt den Kopf.

»Du musst dem Drang widerstehen.« Dann nimmt er die Hand von mir. Ich höre, wie er einen Lappen auswringt, bevor er mir diesen auf meine heiße Stirn legt.

»Nur ein wenig«, stöhne ich kraftlos.

»Bald«, versichert er mir.

»Was ist denn passiert?« Die Bilder des dunklen Zimmers verschwimmen mit denen von Vincent, der Spendengala und all den anderen Erinnerungen.

»Du lebst«, erwidert er und lächelt dabei erleichtert.

Meine Augen betrachten die Zimmerdecke, ehe ich zum Fenster herüberschaue. Die Gardinen sind zugezogen, doch durch einen Spalt dringt Sonnenlicht.

»Wo bin ich?«

»In meinem Schlafzimmer.«

»Und wie spät ist es?«

»Neun Uhr morgens«, sagt er mit einem kurzen Blick auf die Uhr, die über einer modernen Kommode hängt.

Ich erinnere mich an den wuchtigen Kleiderschrank aus meinem Traum. An die löchrigen Vorhänge und das Klopfen.

»Da war ein Raum«, flüstere ich. »Ein dunkler Ort.«

»Du hast nur geträumt«, erklärt Jonathan.

»So hat es sich aber nicht angefühlt.«

»Du solltest dich noch etwas ausruhen«, schlägt er vor. Dann streicht er sanft über die Bettdecke, ehe er aufsteht.

»Warte«, flehe ich und greife nach seinem Handgelenk. Dabei fällt mir das Armband ins Auge. Sein glitzerndes Funkeln weckt schlagartig alle Erinnerungen. Auch die an den Biss.

»Wie ist das möglich?«, stammele ich und sehe ihn ratlos an. Er müsste tot sein. Oder ich. Doch wir sind beide hier. Erst jetzt begreife ich, was das für mich bedeutet.

»O mein Gott«, murmele ich und halte mir die blassen Hände vors Gesicht. »Ich habe es überlebt?«

Jonathan setzt sich sogleich wieder auf das Bett. »Du solltest etwas schlafen«, sagt er liebevoll und nimmt mir den Lappen von der Stirn.

»Ich bin ... so wie du?«

Er nickt. »Du bist am Leben, nur das zählt.«

Die Angst, die ich während des Bisses unterdrücken konnte, bahnt sich nun ihren Weg. Tränen schießen mir in die Augen.

»Alles ist gut«, flüstert Jonathan und drückt mir einen Kuss auf die Stirn. »Du hast mir das Leben gerettet.«

Ja, das habe ich und dafür habe ich meins gegeben.

Die Gedanken, für die ich vorher keine Zeit hatte, geben keine Ruhe mehr.

»Ich brauche etwas zu trinken«, sage ich und schlage die Decke beiseite.

»Nein!«, sagt Jonathan energisch. »Du hast keinen Durst.«

Ich sehe ihm unsicher in die Augen. »Habe ich nicht?«

»Du brauchst Ruhe. Ruhe oder ... Blut, aber definitiv weder etwas zu trinken noch zu essen.«

Ich schlucke. Allein das Wort *Blut* lässt mich erschaudern.

»Gib deinem Körper Zeit und gönne dir die Pause. Noch musst du nichts trinken.« Er breitet die Decke wieder über mir aus. Dann lächelt er. Die Grübchen bohren sich in seine Wangen. Ich sehe ihn an, ohne zu bemerken, dass ich dabei förmlich starre.

»Vertrau mir«, sagt er.

Und das tue ich. Auf wundersame Weise bin ich ihm längst erlegen. Ihm und seinen schokobraunen Augen, diesem Lächeln und seinem Charme. Ich weiß es und doch fällt es mir so unendlich schwer, dieses Gefühl zuzulassen. Schließlich ist er an allem schuld. Seit ich ihm begegnet bin, stürze ich von einer Katastrophe in die nächste und dieses Chaos droht sich nun bis in alle Zeit zu erstrecken. Ich laufe Gefahr, mich in einen Mann zu verlieben, der in mir eine Frau sieht, die ich nicht bin. Und zu allem Übel bin ich jetzt auch noch in einem Körper gefangen, der das zum Überleben braucht, das in mir die allergrößte Abscheu weckt.

»Wie soll ich das schaffen?«, frage ich verzweifelt.

»Du schaffst das«, erwidert Jonathan und streicht mir behutsam die Tränen von den Wangen. »*Wir* werden das schaffen.«

Ein paar Stunden später ruft mich Jonathan in die Küche.

»Bevor ich dich auf die Welt loslassen kann, musst du noch viel lernen«, sagt Jonathan und drückt mir dabei eine Tasse Kaffee in die Hand, die ich misstrauisch beäuge. Ich fühle mich schon etwas besser. Na gut, vielleicht nicht Marathon tauglich, aber bis zum Briefkasten würde ich es wohl schaffen.

»Eigentlich erfordert das eine Menge Zeit, doch die haben wir nicht«, erklärt Jonathan weiter. »Du musst dich bald wieder in der Detektei blicken lassen und wir dürfen die Presse nicht vergessen.

Wir müssen dafür sorgen, dass du dich bis dahin unter Kontrolle hast. Es wäre katastrophal, wenn du auf irgendjemanden losgehen würdest.«

Ich sehe ihn verwundert an. »Wieso sollte ich auf jemanden losgehen?«

»Weil in ihren Adern Blut fließt«, antwortet er und nimmt einen Schluck Kaffee.

Ich rümpfe angewidert die Nase. »Ich schätze, da brauchst du dir keine Sorgen machen.«

Er lacht. »Das sagen sie alle.« Dann stellt er seinen Becher auf der Küchenzeile ab. Ich sehe wieder zu meinem hinunter und lasse die dunkle Flüssigkeit etwas herum fließen.

»Ist das wirklich Kaffee?«

Er sieht mich irritiert an. »Was soll das denn sonst sein?«

»Na, du weißt schon.«

Jonathan muss grinsen.

Wie schön, dass ich ihn sogar als Vampir noch amüsiere.

»Da ich keine Vorräte habe, wird es wohl reiner Kaffee sein.« Er zwinkert schelmisch.

Ich runzle die Stirn und rieche an meinem Becher. »Mmhh«, entfährt es mir. »Riecht auch danach.« Vorsichtig nehme ich einen kleinen Schluck.

»Ich habe dir ja gesagt, dass du erst mal Ruhe brauchst«, meint er. »Der Schlaf hat uns etwas Zeit verschafft und die sollten wir ausnutzen.«

»Erfahre ich jetzt, wie ich durch das Haus husche und so mir nichts, dir nichts von hier ins Wohnzimmer komme?«

Jonathan lacht. »Das kannst du eigentlich schon, du musst nur lernen, es zu beherrschen.«

»Das bekomme ich hin, schließlich kenne ich meinen Körper.«

»Du *kanntest* ihn«, korrigiert er mich.

»Na, schön. Wir werden sehen«, brumme ich und nehme noch einen Schluck. »Der ist wirklich gut.«

»Ist ja auch eine ganz besondere Mischung«, gibt Jonathan vergnügt von sich und sorgt dafür, dass ich den Inhalt meines Mundes über die gesamte Kochinsel spucke.

»Igitt«, kommt es mir über die Lippen.

»Das war ein Scherz«, antwortet er und wirft mir einen Lappen entgegen.

»Wirklich witzig.«

Mein Kaffee ist bereits dabei, langsam von der Theke zu tropfen. Ich will das gerade noch verhindern, als alles wie in einem Rausch an mir vorbeizieht. Ehe ich mich versehe, sieht die Küche aus, als wäre nie etwas gewesen. Erschrocken lasse ich den Lappen fallen.

»War ich das?«, keuche ich.

»Sag ich ja«, meint Jonathan gelassen. »Aber du solltest deine Energie jetzt nicht verschwenden.«

Er klingt ganz so, als hätte ich das absichtlich getan, dabei weiß ich nicht mal, wie das überhaupt passieren konnte.

»Konzentrieren wir uns lieber erst mal auf die Telekinese.«

»Auf was?« Ich sehe ihn perplex an.

»Telekinese«, wiederholt er. »Du weißt schon, Dinge mit deinen Gedanken zu bewegen.«

»Ahhh«, erwidere ich.

Daraufhin strahlt er wieder über das ganze Gesicht. *Diese verfluchte Grinsebacke.* »Glaub mir, das ist kein Kunststück. Fokussier die Schublade und öffne sie gedanklich.«

Er deutet neben sich. So wie er das sagt, klingt das einfach, aber ich bin trotzdem ziemlich verunsichert.

»Und das kann ich, ja?«, hake ich zweifelnd nach.

»Du kannst jetzt eine Menge schräger Dinge«, antwortet Jonathan und sieht mich gespannt an. Na toll. Vermutlich komme ich mir gleich furchtbar albern vor. Es ist wie an dem Tag, als mein Vater mir die Stützräder abgeschraubt hat und mir erklärte, ich solle nur auf ihn zufahren. Er sah mich ungefähr genauso an, bevor ich ins Schleudern kam und mit den Knien auf dem Asphalt aufschlug. Danach habe ich das blöde Fahrrad tagelang nicht angesehen. Wenn das hier schiefgeht, werde ich es mir allerdings nicht leisten können so lange zu schmollen.

»Schön«, sage ich und konzentriere mich auf die Schublade.

»Du musst alles loslassen«, meint Jonathan, nachdem ich schon viel zu lange wie eine Bekloppte mit zusammengekniffenen Augen dastehe.

»Es rührt sich nichts.«

»Weil du dich nicht konzentrierst«, höre ich Jonathan klugscheißern und spüre, wie mir etwas an den Po fliegt.

»Hey!« Es ist einer dieser gelben Topfschwämme, der nun vor meiner Nase herumtänzelt. »Sehr erwachsen«, sage ich.

»Du musst locker bleiben«, rät er mir und lässt den Schwamm fallen.

»Ich kann das«, behaupte ich.

»Gut!« Jonathan verschränkt die Arme. »Nur zu.«

Ich hebe die Hand und schnappe gedanklich nach der Schublade.

»Nicht doch!«, brüllt Jonathan, aber da ist es schon zu spät. Mir fliegen plötzlich ganze fünf Stück davon, samt Inhalt, um die Ohren und es öffnen sich auch noch zwei Küchenschränke. Jonathan kann sich gerade rechtzeitig ducken, bevor er eine der Türen an den Kopf bekommt.

Erschrocken ziehe ich die Finger zurück. Zu meinen Füßen herrscht totales Chaos und mir steigt die Schamesröte ins Gesicht.

»Die Hände verstärken die Wirkung?«, frage ich kleinlaut.

»Um einiges«, antwortet er und sieht sich fassungslos um. »Vielleicht sollten wir später lieber im Garten üben.«

Vermutlich hat er recht. Andernfalls lege ich noch das ganze Haus in Schutt und Asche.

Am Nachmittag kommt seine Sekretärin, Ms Lockwood, vorbei. Sie betritt das Wohnzimmer mit einem riesigen Blumenstrauß. Es sieht daher fast so aus, als hätte dieser zwei Beine und würde gerade zum Schrank laufen, um sich selbst eine Vase zu holen.

»Lassen Sie mich Ihnen doch helfen«, höre ich Jonathan sagen, der ihr auf dem Fuß folgt.

»Vielleicht wären Sie so freundlich?« Sie deutet mit dem Strauß zum Schrank.

»Natürlich.« Dann wählt er eine Vase und verschwindet damit im Flur.

Ms Lockwood läuft mit dem Blumenstrauß auf mich zu und legt ihn vorsichtig auf dem Couchtisch ab. Ich blinzle angestrengt, denn plötzlich spielen meine Sinne verrückt. Es scheint, als könnte ich hören, wie ihr das Blut durch die Adern rauscht. Ich schüttele mit dem Kopf. Doch dieses Geräusch verstummt nicht. Stattdessen kriecht mir ein anziehender Duft in die Nase. Ich spüre, wie er in mir einen schrecklichen Drang weckt.

»Oh, Ms Young«, sagt sie überrascht, als sich ihr Blick vom Strauß hebt. Freundlich streckt sie mir die Hand entgegen.

»Hallo«, erwidere ich knapp und berühre sie zaghaft. Innerlich kämpfe ich mit mir, während ich sie höflich, aber reserviert anlächele.

»Ist alles in Ordnung?«, fragt sie mich besorgt. Ich nicke und halte mir dann die Nase zu, als sie sich ein Stück zu mir vorlehnt.

»Gefallen Ihnen die Blumen nicht?«, will sie wissen. »Sie haben doch hoffentlich keine Allergie?«

Ich möchte ihr antworten, aber ich kann keinen klaren Gedanken fassen.

»Caitlyn?« Jonathans Stimme ertönt hinter mir. Er klingt äußerst beunruhigt.

Ich wedele nur mit der Hand, um ihm zu verdeutlichen, dass sie gehen soll.

»Tut mir leid«, sagt er und kommt auf Ms Lockwood zu. »Ihr geht es leider nicht so gut.«

Seine Sekretärin wirkt überrascht. »Oh, verstehe«, erwidert sie mit einem Zwinkern und legt sich die Hand auf den Bauch.

Am liebsten würde ich ihr jetzt an den Hals springen. Wortwörtlich, in jeder Art und Weise.

Während Jonathan sie hinausbegleitet, erzählt sie ihm, dass die Blumen von einem gewissen Vincent Raven sind.

»Der Bote ließ ausrichten, dass Mr Raven Ihnen seine besten Wünsche schickt.«

»Das ist sehr nett von ihm«, erwidert Jonathan und bleibt dabei gekonnt ruhig.

Wenn sich mein Körper schon gefangen hätte, würde ich ihr die Blumen hinterherwerfen. Er hat mich zu dieser Entscheidung gezwungen und mir mein Leben genommen. Uns einen Strauß zu schicken ist das Allerletzte.

»Außerdem habe ich hier einen Brief von Ihrem Anwalt.«

»Den lese ich später«, meint Jonathan.

Ich kralle mich unterdessen so fest an die Couch, dass ich fühle, wie der Stoff unter meinen Fingern aufplatzt.

»Ach, Ms Lola hat versucht, Sie zu erreichen«, fällt Ms Lockwood ein. Sie bleibt deshalb stehen, was mich fast wahnsinnig macht.

»Ich werde mich bei ihr melden«, verspricht Jonathan und schiebt sie weiter in Richtung Flur.

Die Stimme von Ms Lockwood wird langsam leiser und mit jedem Schritt, den sie sich von mir entfernt, fühle ich mich wohler. Ich atme tief durch und öffne meinen Griff. Die Couch sieht schlimm aus, aber vermutlich immer noch besser als Ms Lockwood, wenn ich den Bezug losgelassen hätte.

»Ist alles in Ordnung?« Jonathan ist mit einem Mal bei mir. Er schaut besorgt aus.

Ich schüttele den Kopf.

»Ich habe gehört, wie ihr Herz das Blut durch ihren Körper pumpt.«

»Das ist normal«, erklärt er mir und setzt sich neben mich. »Das lässt mit der Zeit nach. Irgendwann kannst du das ausblenden.«

»Daran ist überhaupt nichts normal«, erwidere ich. Das Wissen, dass ich sie angreifen wollte, ist angsteinflößend. »Ich war kurz davor, die Kontrolle zu verlieren.«

»Ich wollte nicht, dass sie dir so nahe kommt.«

Ich sehe ihn mit großen Augen an. »Ich hätte sie verletzen, wenn nicht sogar umbringen können.«

»Das hast du aber nicht. Du bist viel stärker, als du denkst.«

»Das ist nicht wahr. Ich wollte das alles eigentlich nicht, Jonathan. Ich habe diesen Biss nur zugelassen, weil ich mir nicht die Schuld an deinem Tod geben wollte. Das hat nichts mit Stärke zu tun.«

Jonathan sieht mich durchdringend an, ehe er den Blick senkt. Danach spielt er an den Knöpfen seines Hemdärmels. Zwischen uns ist es still.

»Tut mir leid«, flüstere ich. »Das hätte ich vielleicht nicht sagen sollen. Ich bin einfach so durcheinander.«

Er lächelt traurig. »Und ich habe gedacht, dass du es meinetwegen getan hast.« Jonathan sieht mich nicht mal mehr an, als er aufsteht.

»Das bedeutet nicht, das ich es nicht auch für dich getan habe«, sage ich noch, doch das hält ihn nicht auf.

»Schon gut«, antwortet er und lässt mich allein mit meinen Gedanken und dem aufkeimenden Gefühl, dass mein Herz zu ertrinken droht.

In einem Moment glaube ich, mit alldem bestraft zu werden, und im nächsten komme ich mir beinahe wie eine Auserwählte vor. Ausgewählt von Jonathan Green, den Mann, der mich ansieht wie niemand zuvor und der mich geküsst hat, obwohl er jede andere hätte haben können. Vielleicht sieht er mehr in mir als diese Beth, vielleicht aber auch nicht. Diese Unsicherheit flutet meinen Körper und das bisschen Seele, das ich anscheinend noch besitze. Mein Herz droht in diesem Meer aus Spekulationen zu versinken. Nur zu gern würde ich ihn fragen, ob er auch mich sieht. Doch dazu fehlt mir der Mut. Ich habe Angst vor der Wahrheit. Angst davor, dass Beth der einzige Grund ist, weshalb er so verletzlich ist. Und weil ich mich in einen Mann verliebe, der die Fähigkeit besitzt, mir das Herz bis in alle Ewigkeit zu brechen.

Fünf Tage lang trainierten wir und lebten im gleichen Haus, ohne viele Worte miteinander zu wechseln. Nur einmal hat er mich allein gelassen – um Lola zu treffen. Das Glasröhrchen steht seitdem im Kühlschrank und lockt mich mit seinem intensiven Duft. Es kostet mich viel Kraft, dem andauernden Durst zu trotzen.

»Irgendwann wirst du es trinken müssen«, höre ich Jonathan sagen, der sich hinter der Tageszeitung verbirgt.

»Entschuldigung, wie war das? Sprechen Sie etwa mit mir, Mr Green?«, frage ich.

Er senkt das Blatt. »Ich dachte, wir würden uns mit Vornamen ansprechen.«

»Nicht wenn ich mir wie eine Fremde vorkomme, mit der kaum geredet wird.«

Er sieht mich nachdenklich an, bevor er die Zeitung beiseitelegt. »Hör zu«, beginnt er in einem überraschend sanften Ton. »Es tut mir leid.«

Ich ziehe eine Augenbraue hoch. »Es tut dir leid?«

»Ja«, erwidert er. »Ich habe dir das Wertvollste genommen, was du besitzt – besessen hast. Dieser Gedanke geht mir seit Tagen durch den Kopf.«

Ich stehe wie versteinert da. »Du kannst nichts dafür«, antworte ich leise.

»Das ist nicht wahr. Ich war es, der dich überhaupt erst in diese Lage gebracht hat.«

»Aber nicht absichtlich«, erwidere ich.

»Und doch ist es meine Schuld.«

Ja, das stimmt, trotzdem gehen mir diese Worte nicht über die Lippen. »Wir sollten uns langsam mal auf den Weg machen«, sage ich stattdessen. »Dein Anwalt wartet bestimmt schon.«

Er sieht mich überrascht an. »Wir?«

»Ja«, stimme ich zu. »Wenn ich nicht irgendwann mal hier rauskomme, fällt mir noch die Decke auf den Kopf. Außerdem wartet Flinch darauf, dass ich endlich zurückkehre, und von meiner Mutter will ich gar nicht erst anfangen. Allmählich ist es an der Zeit, mich all dem zu stellen.«

»Bist du schon bereit dafür?«, will er wissen.

Ich werfe einen Blick auf Lolas Blut und versichere ihm, dass ich mich unter Kontrolle habe. Danach machen wir uns auf den Weg zum Auto. Es ist das erste Mal, dass ich mich dem Sonnenlicht aussetze, und ich kann deutlich spüren, wie es an meinen Kräften zerrt. Ich werde durchhalten, doch die Frage ist, wie lange noch. Schlaf wird mir auf Dauer nicht reichen. Jeden Tag fällt mir alles ein wenig schwerer. Das Training laugt mich aus und das Chaos in mir drin macht das alles nicht leichter. *Wieso schaffe ich es nicht, es einfach auszusprechen? Nicht einmal in meinen Gedanken?*

Als wir bei der Kanzlei ankommen, bleiben wir noch einen Moment sitzen. Jonathan fragt mich, ob ich es mir wirklich zutraue, das Gebäude mit ihm zu betreten.

»Du kannst auch im Wagen warten«, schlägt er vor.

Doch das will ich nicht. In zwei Tagen soll ich mich wieder in der Detektei blicken lassen, also macht es keinen Sinn, es noch länger hinauszuzögern. Wir müssen meine Grenzen austesten, ansonsten werden wir nie wissen, wann ich tatsächlich bereit dazu bin, mich unter Menschen zu begeben.

»Ich bin froh, dass du mich begleitest«, sagt Jonathan und legt mir seine Hand auf den Oberschenkel. Die sonst so kalten Finger kommen mir irgendwie wärmer vor.

»Ich hätte das bei unserem Gespräch nicht so sagen sollen«, wispere ich und lege meine Hand auf seine.

Es ist das erste Mal, dass ich eine seiner Berührung erwidere. Das entgeht ihm nicht und Jonathan sieht mich liebevoll an. »Das Gestern zählt nicht, sondern das, was wir aus dem Morgen machen«, sagt er und schenkt mir ein Lächeln.

»Mich würde interessieren, was Mrs Green davon hält«, äußere ich und werfe einen Blick auf das Hochhaus, in dem sie sicher längst wartet.

»Solange der Betrag stimmt, ist sie vermutlich ganz meiner Meinung.«

Ich grinse unwillkürlich.

»Wollen wir?«, fragt er.

Ich muss daran denken, wie sie mich behandelt hat, als wir uns das erste Mal begegnet sind. Deshalb kann ich es mir nicht verkneifen.

»Mit Vergnügen«, antworte ich und schwinge mich aus dem Auto.

Das riesige Gebäude ist ein Kunstwerk aus Stahl, Glas und einer weißen Fassade. In der Lobby stehen helle Möbel auf einem dunklen Boden. Der Empfang, auf den wir zugehen, ist äußerst futuristisch und indirekt beleuchtet. Überall eilen Menschen durch das Gebäude, die mir gelegentlich ziemlich nahe kommen. Ich beiße die Zähne zusammen und versuche, mir nichts anmerken zu lassen.

Hinter der Theke sitzt eine zierliche blonde Frau, die uns freundlich anlächelt. Jonathan stellt uns kurz vor und bittet darum, dass sie seinem Anwalt Bescheid gibt. So wie sie ihn ansieht, würde sie ihn am liebsten mit Haut und Haaren fressen. Was meine Konzentration direkt wieder auf meinen Blutdurst lenkt. *Widerlich.*

»Gehts dir gut?«, fragt Jonathan und ich bringe nicht mehr zustande, als mit dem Kopf zu nicken.

Das Blondchen scheint in seiner Gegenwart ziemlich aufgeregt zu sein, wodurch ihr Puls erhöht ist und ich das Blut nur noch lauter in ihr rauschen höre.

»Möchtest du dich vielleicht setzen?«, will Jonathan wissen, doch ich lehne ab. An den Sitzgruppen kommen deutlich mehr Leute vorbei, weswegen ich den Empfang vorziehe.

»Mr Ross wird gleich hier sein«, versichert uns die Empfangsdame, wobei ich mir eigentlich gar nicht sicher bin, ob sie mich überhaupt wahrnimmt. Am liebsten würde ich ihr zuwinken, damit sie aufhört, Jonathan so anzustarren.

»Ich hoffe, dass Svetlana schon oben ist«, meint er daraufhin. »Es wäre äußerst peinlich, wenn sie uns hier eine Szene macht.«

»Darum mache ich mir eigentlich eher weniger Sorgen«, erwidere ich und zupfe unterdessen nervös am Kragen meiner Bluse. Langsam wird mir heiß, was vermutlich einen weiteren Systemausfall in meinem Inneren ankündigt. Mein ganzer Körper schreit mich förmlich an, die kleine Blonde niederzuringen und endlich meinen Durst zu stillen.

»Du schaffst das«, höre ich Jonathan sagen.

So zuversichtlich wäre ich auch gern.

Plötzlich ertönt die Stimme eines Mannes: »Guten Tag, Mr Green.« Der junge Mann hat blonde Haare, die er zu einem Seitenscheitel gekämmt hat. Er trägt ein sportliches Parfum, das den Duft seines süßen Blutes jedoch nur leicht überdeckt.

Die beiden schütteln einander die Hände, bevor mich seine blauen Augen treffen.

»Ms Young?«, fragt er und ich nicke freundlich. »Es ist mir eine Freude, Sie kennenlernen zu dürfen. Mein Name ist Peter Ross.«

»Die Freude ist ganz meinerseits, Mr Ross«, erwidere ich und reiche ihm die Hand.

Vermutlich fühlt sich das äußerst unangenehm an, denn bei meinen kalten und schwitzigen Fingern, muss es ihm vorkommen, als würde er einen Fisch schütteln.

»Mrs Green ist bereits oben. Sie ist ebenfalls in Begleitung«, lässt er uns wissen. Man kann Jonathan ansehen, dass ihn diese Information erleichtert. Vermutlich ist sie ganz gut darin, ein Riesentheater zu machen. Ich kann mir vorstellen, dass sie äußerst melodramatisch ist und ihr ein Streit die optimale Bühne bietet, um all ihr Können unter Beweis zu stellen. Schließlich habe ich noch immer das Bild vor mir, wie sie sich völlig sinnlos das Taschentuch unter die Augen tupfte, ohne dass sie überhaupt weinte.

»Ich habe schon alles vorbereitet«, sagt Mr Ross und bittet uns dann, ihm zu folgen.

Wir warten einen Moment auf einen der Aufzüge. Als sich die Türen mit einem Klingeln öffnen, muss ich kurz schlucken, denn im Gegensatz zu dem riesigen Gebäude sind die Fahrstühle recht überschaubar. Vermutlich musste man ja irgendwo sparen.

Wir zwängen uns also in das kleine Ding und Mr Ross steht direkt neben mir. Der Drang, der in mir aufkeimt, lässt sich nur mit viel Mühe unterdrücken. Wenigstens habe ich meine Kraft vollkommen unter Kontrolle, andernfalls würde ich womöglich die Metallstange verbiegen, an die ich mich klammere. Während ich die Anzeigetafel anstarre, sind die beiden in ein Gespräch vertieft. Es geht um die Scheidungspapiere und dass Mrs Green noch ein paar Änderungswünsche geäußert hat.

Auf meiner Stirn sammeln sich Schweißperlen, als wir vor unserem Ziel einen Zwischenstopp einlegen und eine ältere Dame zu uns stößt. Sie zwingt Mr Ross einen Schritt zurückzutreten, was ihn näher an mich heranführt.

Jetzt kann ich nicht nur das Blut in seinen Adern hören und riechen, sondern habe das Gefühl, als läge dessen Geschmack schon auf meiner Zunge. Es ist furchtbar schwer, ihn nicht einfach zu packen und all dem nachzugeben.

Gerade als ich glaube, meine guten Manieren zu vergessen, öffnen sich endlich die Fahrstuhltüren. Wir gehen einen Flur entlang und betreten dann eines der Büros.

Schon beim Eintreten wird man von der Skyline der Stadt beeindruckt, die man durch das große Panoramafenster erblickt. Am langen Konferenztisch sitzen bereits Mrs Green und ihr furchtbar junger Lover.

Ich runzle die Stirn.

»Nehmen Sie bitte Platz«, sagt Mr Ross und deutet auf die Stühle gegenüber den beiden.

Während mir Jonathan höflich den Stuhl vorzieht, werde ich von Mrs Green angesehen, als würde sie mich am liebsten vom Dach des Hauses werfen.

Eigentlich würde ich ihr ja Paroli bieten, doch ich muss mich auf mich konzentrieren.

»Gut, jetzt wo alle hier sind, können wir ja anfangen«, meint Mr Ross. Er zitiert ein paar Zeilen aus dem Scheidungsvertrag.

Unterdessen kaut ihr Lover Kaugummi, als würde er uns das unbedingt zeigen wollen. Ich habe keine Ahnung, was sie an ihm findet, denn mal abgesehen von dem schönen Gebiss, das ich bis zu den Backenzähnen sehen kann, bleibt es mir ein Rätsel.

»Mrs Green möchte das Haus haben«, höre ich Mr Ross sagen und ich erschrecke mich fast, als Jonathan energisch protestiert.

»Auf gar keinen Fall«, meint er und wirft ihr einen spitzen Blick zu.

»Ich habe es eingerichtet«, erwidert sie.

»Ich habe die Einrichtung bezahlt, genau wie das Grundstück und den Bau des Hauses.«

Sie rümpft die Nase. »Schön«, schnaubt sie. »Aber ich will den Bentley.«

»Meinetwegen«, sagt Jonathan und verschränkt dabei die Arme. Den Jungen freut das ganz offensichtlich. Vermutlich sieht er sich schon hinter dem Steuer des Wagens sitzen.

Ich schüttele kaum merklich den Kopf, doch Mrs Green scheint das nicht entgangen zu sein.

»Als ich Ihnen sagte, dass Sie auch eines seiner Flittchen sein könnten, war das keine Aufforderung, Ms Young«, meint sie daraufhin und bringt mich damit furchtbar in Verlegenheit.

»Es tut mir leid«, sage ich zu Mr Ross und versuche, ihn dazu zu bewegen, einfach fortzufahren.

»Ich hoffe, Ihnen gefällt es in meinem Haus, schließlich sind Sie so etwas Gutes ja nicht gewöhnt«, fügt sie mit einem Zungenschnalzen hinzu.

»Wie bitte?«, frage ich empört.

»Als ich Sie das letzte Mal sah, trugen Sie einen billigen und ausgeblichenen Mantel. Ihnen scheint es bereits deutlich besser zu gehen.«

Ich lache spöttisch. »Ach, glauben Sie, ich bin nur wegen des Geldes hier?«

»Ich kenne Frauen wie Sie.«

»Sie meinen damit Frauen wie sich.«

Mrs Green sieht mich böse an.

»Ich bin ganz sicher nicht wie Sie«, antworte ich. »Dass wir hier sitzen, zeigt doch, was Sie für ein Mensch sind. Sie hatten das Beste und das war Ihnen nicht genug.«

»Halten Sie den Mund!«, faucht sie.

»Schon gut«, sage ich und erhebe mich vom Stuhl. »Ich warte draußen.«

Dann verlasse ich den Raum. Ich kann spüren, wie wild mein Herz schlägt und wie ich die Kontrolle zu verlieren drohe. Meine Wut hat mich fast dazu gebracht, ihr die Augen auszukratzen. Ich weiß nicht, was für eine Bestie in mir schlummert, aber auch wenn ich Mrs Green nicht leiden kann, will ich ihr nicht wehtun.

Nervös drücke ich mehrmals auf den Knopf der Fahrstühle. Ich höre, wie sich die Tür des Büros öffnet und sich mir Schritte nähern.

»Alles in Ordnung?«, fragt Jonathan, dessen Hand ich auf meiner Schulte spüre.

Ich nicke. »Ich brauche nur etwas frische Luft.«

»Das verstehe ich«, erwidert er.

In diesem Moment kommt der Aufzug.

»Du bist wirklich etwas Besonderes«, sagt Jonathan und zieht meinen Kopf an sich, um mir einen Kuss auf die Stirn zu geben.

Ich sehe ihm nach, als er sich wieder auf den Rückweg macht.

Wo ich wohl jetzt gerade wäre, wenn wir einander nie begegnet wären?

Vor dem Gebäude lasse ich mich auf eine der Stufen nieder. Ich beobachte das geschäftige Treiben auf der Straße und denke unterdessen über Jonathan nach. Hoffentlich unterschreibt Mrs Green den Vertrag, damit er wenigstens eine Sorge los ist.

Mit mir hat er schließlich schon genug zu tun. Ich habe die Drohung von Vincent nicht vergessen. Er sagte, wir würden einander wiedersehen. Die Frage ist nur wann.

Ich weiß, dass Jonathan alles tun wird, um mich zu beschützen, aber ich weiß auch, dass er das vielleicht gar nicht kann. Ich muss zwangsläufig an Beth denken. Die Frau, der ich angeblich so ähnlich sehe und die der eigentliche Grund ist, weshalb ich hier bin. Hätte es sie nicht gegeben, hätte ein Mann wie Jonathan kein Interesse an mir. Obwohl ich es ungern zugebe, hat Mrs Green vermutlich recht. Vorher ging es mir deutlich schlechter – auch wenn das nichts mit Geld zu tun hatte, sondern nur damit, dass ich einsam war.

Seit Jahren quält mich dieses unbändige Gefühl, auf der Suche nach etwas zu sein. Ich kann nicht einmal sagen, was es ist. Aber es fühlt sich so an, als würde ich mein Zuhause vermissen. Wenngleich ich eines habe, hatte ich nie den Eindruck, angekommen zu sein.

Während sich meine Gedanken verlieren, fällt mir gar nicht auf, wie jemand neben mir haltmacht. Erst als die Stimme meiner Mutter ertönt, bemerke ich sie.

»Was machst du hier?«, fragt sie und tritt die Stufen hinauf.

»Wonach sieht es denn aus?«, erwidere ich und deute mit einem Kopfnicken hinter mich.

Das Schild der Kanzlei ist so groß, dass sie es unmöglich übersehen kann.

Meine Mutter setzt sich zu mir und stellt ihre vollen Einkaufstaschen vor sich ab.

»Das ist bestimmt nicht leicht«, sagt sie und atmet tief durch. »Dein Vater und ich wollten uns auch mal scheiden lassen.«

Ich sehe sie verwundert an. »Was? Wann?«

»Das war vor deiner Zeit«, sagt sie und lächelt müde. »Eine meiner Cousinen hat uns wieder zusammengebracht. Sie war zu diesem Zeitpunkt selbst bis über beide Ohren verliebt und hatte die Fähigkeit, einen damit anzustecken.«

Meine Mutter sieht verträumt die Straße hinunter. »Manche Dinge sollen wohl so sein.« Dann wirft sie einen Blick auf ihre Stofftaschen. »Ich habe hier irgendwo ein Foto«, sagt sie und öffnet eine davon. »Ich habe doch gerade erst mein Portemonnaie hier reingeworfen.« Ihr Kopf verschwindet in dem Beutel.

Ich schaue unterdessen zum Eingang der Kanzlei. *Wie lange es wohl dauert?*

»Ah, hier ist es«, höre ich meine Mutter sagen. Sie klappt die braune Lederbörse auf und zieht aus einem der Kreditkartenfächer ein zusammengefaltetes Foto.

»Nach ihrem Tod habe ich immer darüber gescherzt, dass du der Grund bist, wieso wir noch verheiratet sind.« Dabei kichert sie, während sie das ausgeblichene Schwarz-Weiß-Foto auseinanderfaltet. »Diese Ähnlichkeit ist verblüffend. Ich wünschte, ihr hättet euch kennenlernen können.«

In diesem Moment entdecke ich die Frau neben dem verliebten jungen Paar, auf einem mir unbekannten Hochzeitsbild meiner Eltern. Sie sieht aus wie ich oder eher ich wie sie.

»Beth«, flüstere ich fassungslos.

»Ja, war sie nicht wunderschön? Genau wie du.«

Mir fehlen die Worte. Während meine Mutter von ihrer Hochzeit spricht und darüber, was Beth für sie getan hat, sitze ich stocksteif da. Ich kann kaum fassen, dass sie ein Teil meiner Familie war. Beth ist nicht irgendeine Fremde, sie ist der Grund, weshalb ich überhaupt existiere.

»Sie ist leider kurz vor deiner Geburt gestorben. Laut den Ärzten hatte sie wohl einen Herzinfarkt. Dabei war sie noch so jung.« Meine Mutter klingt traurig, sie scheint sie sehr gemocht zu haben. »Dein Vater hat immer gesagt, dass du ihr so ähnlich siehst, dass man glauben könnte, sie sei wiedergeboren worden.« Dann lacht sie. »Es war wie verhext. Sie wurde uns genommen und du uns gegeben.«

»Ja, wie verhext«, murmele ich und starre auf das Bild, als wäre es eine Offenbarung. »Du hast gesagt, sie sei sehr verliebt gewesen?«

»Ja, in einen attraktiven jungen Mann. Zumindest hat sie das gesagt, denn wir wurden einander leider nie vorgestellt.«

»Das tut mir leid«, sage ich und möchte am liebsten nach dem Foto greifen, als sie es wieder zusammenfaltet.

»Nun ja, wie dem auch sei«, sagt sie. »Eigentlich wollte ich dir ja nur sagen, dass du dir keine Vorwürfe machen musst. Es soll so sein, glaub mir, Liebes.«

Danach wirft sie ihr Portemonnaie in ihre Stofftasche und streichelt mir liebevoll über den Rücken.

»Ich soll dich übrigens ganz lieb von Mrs Tale grüßen«, sagt sie und grinst dabei von einem Ohr zum anderen. »Seit dem Artikel ist sie ziemlich kleinlaut.«

Wenn Mrs Tale die ganze Wahrheit kennen würde, würde sie vermutlich aus dem Haus ausziehen.

»Danke, Mom.«

Daraufhin steht meine Mutter auf und streicht sich über die Hose. »Ihr solltet mich mal am Wochenende besuchen kommen, dann koche ich uns etwas Schönes.«

»Ich werde ihn fragen«, verspreche ich und ernte ein zufriedenes Lächeln.

»Gut«, sagt sie und presst mir noch einen Kuss auf den Scheitel. »Pass auf dich auf, Cait.«

Und während sie langsam verschwindet, werde ich den Gedanken nicht los, dass etwas an dem Verdacht meines Vaters dran sein könnte. Schließlich gibt es Vampire, warum sollte es nicht auch so etwas wie Wiedergeburt geben?

Kapitel 6

Auf dem Rückweg berichtet mir Jonathan vom weiteren Gesprächsverlauf, während ich kein einziges Wort dazu sage. Erst als wir über die Türschwelle treten, hält er mich deshalb am Handgelenk fest und zwingt mich so, ihn anzusehen.

»Was ist los?«

Ich antworte nicht, stattdessen wandert mein Blick zwischen seinen Augen umher.

»Caitlyn, wenn es um das geht, was Svetlana gesagt hat, dann solltest du dir darüber nicht den Kopf zerbrechen.«

»Schon gut«, antworte ich und entziehe mich ihm. »Darum geht es nicht.«

»Worum dann?«, will er wissen, als wir den Flur hinuntergehen.

»Glaubst du, es gibt so etwas wie Wiedergeburt?« Meine Frage überrascht ihn.

»Das weiß ich nicht«, sagt er und sucht nach einer Erklärung. »Wir sind Vampire. Sind wir da nicht irgendwie Wiedergeborene?«

Ich zucke mit den Schultern. »Kann schon sein«, murmele ich. »Wie kommst du darauf?«

Ich antworte nicht, kontere stattdessen mit einer Gegenfrage: »Kann ich dich was fragen?«

Wir beide bleiben im Türrahmen des Wohnzimmers stehen. Jonathan nickt mir sanft zu.

»Was ist damals passiert, als du Beth gebissen hast?«

Er seufzt und fährt sich mit der Hand durchs Haar.

»Wollte sie das wirklich?«, frage ich, wobei meine Stimme beinahe versagt.

»Nein«, antwortet er und lässt dabei den Kopf hängen. »Sie hatte Angst.«

»Das hat Rose gemeint, als sie andeutete, dass du dich nicht unter Kontrolle hast.«

»Ich habe nie wieder einen Menschen gebissen. Nie wieder ... bis auf dich, Cait.«

»Warum hast du es dann gemacht?«, frage ich ihn, wobei es mir schwerfällt, unterdessen nicht vorwurfsvoll zu klingen. Schließlich war sie ein Teil meiner Familie. *Vielleicht sogar mehr als das.*

»Wir waren auf der Flucht«, erklärt er. »Ausgerechnet vor den Vampiren, die ich kurz zuvor noch meine Brüder und Schwestern nannte.« Er sieht mich durchdringend an. »Irgendwer hat Vincent von ihr erzählt und davon, dass wir ein Paar waren. Bis dahin hatte ich alles unter Kontrolle. Sie wusste nicht, wer oder was ich bin. Ich wollte nicht mehr, als sie zu lieben. Nicht mehr, als etwas von dieser Ewigkeit mit ihr zu verbringen. Doch das hat er mir genommen.«

In seinen Augen erkenne ich den tiefsitzenden Schmerz.

»Beth wurde vollkommen überrumpelt. Sie traten die Tür ein und zwangen mich dazu, gegen sie zu kämpfen. Ich konnte uns Zeit verschaffen, aber mehr auch nicht.« Jonathan leckt sich über die Lippen. »Ich weiß nicht, was in ihrem Kopf vorging, allerdings werde ich nie vergessen, wie sie mich angesehen hat. Da war nichts mehr von dem, was ich vorher in ihren Augen sah. Wir waren stundenlang unterwegs, bis wir uns in einem heruntergekommenden Gebäude versteckten. Irgendwo, weit außerhalb der Stadt.«

In diesem Moment durchzuckt mich ein Gefühl von Unruhe und ich habe das Bild eines alten Holzhauses im Kopf. Die weiße Farbe ist größtenteils abgeblättert und Efeu breitet sich an dessen Fassade aus. Ich spüre die Wärme der Sonnenstrahlen auf meiner Haut und die kalten Finger, die mein Handgelenk umklammern. All die Eindrücke prasseln auf mich nieder, während Jonathan nichtsahnend weiterredet.

»Ich brachte sie ins hinterste Zimmer. Dort sagte sie mir, dass ich ihr nicht zu nahe kommen soll. Also ließ ich sie allein und hielt vor der Tür Wache. Ich weiß nicht, wie lange ich auf und ab ging, ehe sie uns fanden und wie wild die Tür eintraten.«

Dann hält er einen Moment inne, bevor er sagt: »Ich wollte sie retten. Irgendwie. Ich wollte es wenigstens versuchen.«

Mit Tränen in den Augen höre ich ihm zu.

»Ich habe sie geliebt, aber das zählt nicht. Es entschuldigt nicht, was ich ihr angetan habe.«

»Ich fürchte, ich war dort«, geht es mir leise über die Lippen.

Jonathan schüttelt den Kopf. »Ich weiß nicht, was ich mir dabei gedacht habe, als ich dich küsste. Es war leichtfertig zu glauben, dass Vincent sich nie mehr in meine Angelegenheiten einmischen würde.«

»Jonathan«, sage ich etwas lauter und wiederhole meine letzten Worte. »Ich war dort.«

»Unmöglich«, antwortet er. »Das Gebäude wurde schon vor Jahren abgerissen.«

»Ich war damals dort – mit dir.« Der Traum, der sich so real angefühlt hat, wurde mit jedem seiner Worte präsenter. Ich erinnere mich an den Duft des Raumes und höre die Schritte vor der Tür. Die Angst steckt tief in meinen Knochen. All das fühlt sich so real an. Nicht wie ein Traum, eher wie eine Erinnerung.

Meine Erinnerung.

Jonathan sieht mich fragend an. »Wie meinst du das?«

»Da war ein Schrank«, beginne ich. »Ich saß davor. Der Raum war dunkel, doch durch die löchrigen Vorhänge fiel Licht.« Ich denke angestrengt nach, während Jonathan förmlich an meinen Lippen hängt. »Sie waren rot. So rot wie das Kleid, das ich auf der Spendengala trug.« Dann lächele ich traurig. »Ich konnte sogar hören, wie sie an die Tür hämmerten, und erinnere mich daran, wie du in den Raum kamst.«

Danach schweige ich und wir beide tun nicht mehr, als einander anzusehen. Ganz so, als würden wir nach der Nähe suchen, die uns in all der Zeit verloren ging.

»Beth?«, flüstert Jonathan und zum ersten Mal spüre ich, dass es sich vertraut anfühlt. Dieser Name und die Art, wie er ihn ausspricht. Jeder Augenblick, seit unserer ersten Begegnung, scheint uns hierher geführt zu haben.

Ich nicke und kann nicht verhindern, dass mir dabei eine Träne über die Wange rinnt. »Ich habe meine Mutter vor der Kanzlei getroffen, sie hatte ein Bild von ihr. Beth war ihre Cousine und starb, kurz bevor ich geboren wurde.«

Und ohne dass ich noch irgendetwas sagen kann, zieht mich Jonathan an sich. Er küsst mich. Nicht so wie am Strand, sondern viel inniger. Ein unbeschreibliches Gefühl von tiefer Verbundenheit durchströmt mich. Es ist wie eine dieser Erinnerungen, die sich so real anfühlen. Ich wünschte, ich könnte die Zeit anhalten, um diesen besonderen Augenblick ewig zu leben.

»Ich verstehe das nicht«, sagt Jonathan, als wir uns langsam voneinander lösen. »Wie ist das möglich?«

»Ich weiß es nicht«, antworte ich ihm. »Das erste Mal erinnerte ich mich, nachdem du mich gebissen hast.«

Jonathan legt die Stirn in Falten. »Glaubst du, Vincent weiß irgendetwas darüber?«

»Vielleicht. Bevor du mich verwandelt hast, meinte er, dass wir einander wiedersehen würden, sofern ich es überlebe.«

Jonathan ballt die Hände zu Fäusten. »Womöglich will er dich in seinen Clan aufnehmen.«

»Sollte mir das Sorgen bereiten?«

»Es ist zumindest besser, er will dich lebend als tot.«

Na toll.

»Allerdings hat er noch nie einen Jungvampir aufgenommen. Weshalb das Interesse?« Jonathan kommt ins Grübeln.

»Also will er irgendetwas von mir?«

»Das gilt es wohl herauszufinden«, meint er. »Aber vorher musst du noch einiges lernen.«

»Soll ich wieder irgendwelche Schubladen öffnen?«

»Nein. Vincent ist viel zu gefährlich. Wenn dich eins vor ihm retten kann, dann nur ein Schattensprung.«

Ich stemme die Hände in die Hüfte. »Ein Schattensprung?«

»Als wir von diesem Gebäude sprangen ...«

»Du meinst, als du mich mitgezogen hast?«

Jonathans Mundwinkel heben sich. »Wie auch immer. Jedenfalls habe ich dich, auf diese Art, an einen anderen Ort gebracht.«

»Du weißt schon noch, dass ich nicht einmal die Schublade aufbekommen habe, oder?«

»Viele Vampire lernen es nie, also ist es definitiv eine Herausforderung. Aber ich erinnere mich an eine gute Methode.«

Dann lacht er, was mir gar nicht gefällt. Was meint er denn damit? Eine gute Methode? *Hoffentlich wird er mich nicht vom Dach schubsen, nur damit ich diesen Sprung lerne.*

Nicht einmal zehn Minuten später hat er die Couch beiseitegeschoben. Ich stehe ahnungslos vor dem Kamin und beobachte das Schauspiel. Allem Anschein nach werde ich den Schattensprung also hier erlernen.

Es ist beruhigend, dass wir nicht aufs Dach geklettert sind. Ich kaue auf meiner Unterlippe.

»Wir machen es so«, sagt Jonathan und krempelt sich die Ärmel hoch. »Du läufst direkt vom Fenster los und bevor du gegen die Wand am anderen Ende rennst, solltest du dich von hier in das Gästebad dahinter bewegen.«

»Ich soll also auf die Wand zulaufen?« Skeptisch hebe ich eine Augenbraue.

Er nickt. »Genau. Die Entfernung ist nicht groß, aber die Angst vor dem Aufprall sollte ausreichen, um dir die Gefahr zu vermitteln, die für einen Schattensprung notwendig ist. Du musst dich dann eigentlich nur noch auf das Badezimmer konzentrieren.«

»Also noch mal zum Mitschreiben. *Ich soll das jetzt allen Ernstes tun?*«

»Du hast Angst, das ist doch gut.«

»Das ist überhaupt nicht gut! Was ist, wenn ich mir die Nase breche? Ich muss dringend in die Detektei zurück und werde auf dem Weg dorthin vermutlich von einer Horde Reportern umzingelt, die danach sicher glauben, du würdest mich schlagen.«

Er lacht aus vollem Halse, während ich nur dastehe und die Stirn runzele.

»Die Wunden von Vampiren heilen sehr schnell. Also brauchst du dir darüber keine Sorgen zu machen«, erklärt er mir und bietet mir an, es vorzumachen.

»Ja, mach nur«, antworte ich und verschränke erwartungsvoll die Arme vor der Brust. »Du hast es ja auch locker mit zwei Personen hinbekommen, vom großen Meister kann ich sicher einiges lernen.«

Wenn er sich unbedingt den Hals brechen will – bitte, nur zu.

Selbstsicher begibt sich Jonathan in Startposition. Danach nimmt er den geplanten Anlauf und rennt wie ein Irrer auf die Wand zu. Ich kneife die Augen zusammen und fürchte gleich den dumpfen Aufprall zu hören. Doch es passiert nichts. Ehe er die Wand berührt, verpufft er. Einfach so. Wie bei einer platzenden Seifenblase bleibt nichts außer einer Art Sprühnebel übrig, der sich sogleich in Luft auflöst.

Mir klappt der Mund auf, als Jonathan bereits wieder neben mir auftaucht.

»Ganz leicht«, sagt er und legt mir seine Hand auf den Rücken. »Jetzt du.«

»Ich glaube, ich verzichte«, antworte ich verunsichert.

»Wird schon schiefgehen.« Er grinst wie ein Honigkuchenpferd. »Das sagt man doch so?«

»Das beruhigt mich jetzt eher weniger«, merke ich an und

gehe nur langsam auf die Fensterfront zu, um mir das Ganze erst einmal anzusehen.

»Nun mach schon«, feuert mich Jonathan an.

Ich bin alles andere als begeistert von dieser Vorstellung. Mein Mut ist gerade so klein wie eine Maus und verkriecht sich in der hintersten Ecke. Ich versuche, ihn mit aufbauenden Worten hervorzulocken, die ich wie Käse auf dem Boden meines Inneren verstreue. *Komm. Du kannst das.* Ich atmete tief durch und werfe einen Blick auf Jonathan, der mich noch immer voller Zuversicht ansieht. Für einen Moment frage ich mich, ob Beth das je getan hätte.

»Du weißt, dass ich Zeit habe«, erinnert mich Jonathan.

»Ich mache mich nur warm«, entgegne ich ihm.

»Wie denn? Mental? Ich sehe nämlich nichts.«

Ich lächele nur aufgesetzt.

Mist! Wieso klingelt jetzt kein Telefon oder die Tür? Sonst stört doch immer irgendjemand, wieso tut es verdammt noch mal niemand, wenn man das einmal gut gebrauchen könnte?

»Du machst es nicht, oder?«

Mein Blick trifft ihn.

»Damit wirst du Vincent aber nicht beeindrucken.«

Er provoziert mich. Ich weiß, dass er alles sagen würde, nur damit ich es versuche.

»Ich kann das«, erwidere ich, wobei ich eher mit der kleinen Maus in meinem Inneren als mit ihm spreche.

»Na dann mach doch endlich mal«, sagt Jonathan.

»Schön«, schnaube ich und ohne weiter darüber nachzudenken, renne ich einfach los. Ich bin wahnsinnig schnell. Zu schnell, um rechtzeitig vor der Wand zu halten.

Meine Nase blutet in Strömen und mein Kopf fühlt sich an, als hätte mir jemand einen Schlag mit dem Hammer verpasst. Ich bin stöhnend zusammengesackt und jammere, als wäre ich noch einmal vier Jahre alt und gerade vom Rad gefallen. Zu meinem Glück behält Jonathan recht und die Heilung schreitet zügig voran. Bis alles wieder in Ordnung ist, presst er mir eine Eispackung auf das Gesicht.

»Du hast nicht ans Bad gedacht, oder?«

»Ich hab an rein gar nichts gedacht. Höchstens daran, dass ich es schaffen würde.«

Die Grübchen, die sich in seine Wange bohren, lassen keinen Zweifel daran, dass ich ihn mal wieder köstlich amüsiere.

»Ich finde das alles andere als lustig.«

»Das wäre ein tolles Video gewesen. Du hättest sicher eine Menge Klicks.«

»Ich bin mit vollem Karacho gegen diese Wand gelaufen«, zetere ich. »Wie kannst du da scherzen?«

»Niemand hat das beim ersten Mal geschafft«, sagt er und lässt in mir den Wunsch aufkeimen, ihn zu erwürgen. »Um einen Schattensprung zu lernen, muss man erst einmal bereit dazu sein, es zu versuchen, und das hast du bravourös gemeistert.«

Danach legt er die Eispackung beiseite und hält mir das kleine Glasröhrchen entgegen, in dem das Blut von Lola schwappt.

»O nein«, erwidere ich und halte mir die Nase zu.

»Du brauchst es«, entgegnet mir Jonathan. »Du wirst keine einzige Fähigkeit beherrschen, wenn du dich nicht stärkst. Du willst doch zu Vincent und mehr darüber herausfinden, oder nicht?«

Natürlich will ich dorthin. Ich bin Detektivin aus Leidenschaft. Wenn mir irgendetwas komisch vorkommt, dann muss ich dem nachgehen.

»Warum machst du mir nicht wenigstens einen Cocktail? Muss ich das wirklich pur hinunterwürgen?«

Er schmunzelt. »Was willst du denn, eine *Bloody Mary*?«

Ich lege den Kopf in den Nacken. »Jonathan, ich kann das nicht.«

»Dein Verstand vielleicht nicht, aber glaube mir, wenn ich den Korken ziehe, dann will dein Körper es, um jeden Preis.«

Meine Augen suchen das Röhrchen, dessen Duft mich längst erfasst hat. Ja, es riecht gut und dennoch kann ich die Vorstellung nur schwer ertragen.

»Willst du etwa noch mal gegen die Wand laufen?«, fragt er mich.

Ich schüttele den Kopf.

»Dann vertrau mir und trink.«

Mit heruntergezogenen Mundwinkeln nehme ich ihm das Glasröhrchen ab. Nachdem ich den Korken entfernt habe, verschwimmt die Abscheu tatsächlich mit dem Wunsch, es zu trinken. Ich spüre, wie mir das Wasser im Mund zusammenläuft und sich die Haare meines Körpers in freudiger Erwartung aufstellen. Meine Lippen berühren den Rand des Röhrchens und schon der erste Tropfen, den meine Zunge erfasst, entfacht ein nie da gewesenes Geschmacksfeuerwerk. Ich kippe den Rest so schnell hinunter, dass ich direkt bedauere, es nicht länger genossen zu haben. Mit dem Zeigerfinger fahre ich mir über die Mundwinkel, während ich dieses wunderbare Gefühl zu halten versuche.

»Siehst du, war doch gar nicht so schlimm.«

Nein, war es nicht. Und ich sehne mich bereits nach mehr.

Die Detektei zu betreten ist irgendwie merkwürdig. Ich weiß nicht, wie sich Flinch verhalten wird und ob ich stark genug bin, um meine Fähigkeiten wirklich im Zaum zu halten. Die Vorstellung, wie ich meinem Chef schon beim Händeschütteln die Hand breche, beunruhigt mich. Schließlich ist kein Jonathan da, um mich zu retten. Ich bin vollkommen auf mich allein gestellt.

Ich fühle mich ein klein wenig so wie ein Kind, das man zum ersten Mal in der Tagesstätte abgegeben hat. *Gott, ich will zu meiner Mama.* Ich will schon dahin, seit mich Kelly über den Empfangstresen hinweg gegrüßt hat und mich fragte, ob alles in Ordnung sei.

»Du bist ja furchtbar blass«, hat sie gesagt und ich behauptete, dass ich nur etwas erkältet bin. Natürlich – für den Rest meines Lebens.

Zum Glück kam ich unbemerkt an Flinchs Büro vorbei und habe mir so noch etwas Zeit verschafft. Schließlich kann ich das nicht vermasseln. Hier geht es um meinen Job und ich liebe ihn. Jeder, der mich kennt, weiß das. Ich will ihn nicht verlieren, also muss ich mich zusammenreißen. Ich darf niemandem an den Hals springen oder in einer übereilten Bewegung durch den Raum rauschen. Ich werde das hinbekommen und einfach so weitermachen, als wäre nichts passiert.

»Caitlyn?« Die Stimme von Flinch lässt mich zusammenzucken. Er steht urplötzlich in der Tür und sieht erwartungsvoll auf mich herab.

»Ja«, antworte ich und höre unterdessen seinen Herzschlag, was mich vollkommen irritiert. »Hier. Ich, also. Ich bin hier. Was gibt's?«

Er hebt eine Augenbraue. »Ist alles in Ordnung? Du siehst irgendwie blass aus.«

Ich winke lächelnd ab. »Ist nur eine Erkältung, nichts weiter.«

Flinch brummt ein »Aha« und schließt dann die Tür.

»Wir müssen reden«, sagt er.

Ich presse die Lippen aufeinander und nicke lediglich.

Er lässt sich auf dem Stuhl vor meinem Schreibtisch nieder.

»Du weißt, dass du mir gegenüber immer ehrlich sein kannst«, sagt er.

Ich bin verunsichert. »Natürlich.«

»Du brauchst aus deiner Beziehung zu Mr Green kein Geheimnis zu machen. Du arbeitest mittlerweile seit zwei Jahren für mich, Cait. Ich würde mir niemals erlauben, über dich zu urteilen.«

So etwas habe ich aus seinem Mund noch nie gehört. Wer ist besser darin, sich voreilig eine Meinung zu bilden als wir Detektive? Wir sind quasi Fachleute für das Stempel-Aufdrücken und In-Schubladen-Quetschen.

»Das ist nett von dir«, bringe ich lediglich hervor.

Flinch lächelt, noch so etwas, das irgendwie ungewöhnlich ist. Was ist los mit ihm?

»Es tut mir leid, wie ich dich behandelt habe«, entschuldigt er sich.

Langsam komme ich mir vor, als wäre ich in irgendeiner albernen Sendung gelandet, bei der gleich ein Moderator aufkreuzt, um die Situation aufzuklären.

»Schon gut«, versichere ich ihm und sehe mich unterdessen bereits im Raum um.

»Du weißt, dass ich dich für die Beste halte und ich dich auf gar keinen Fall verlieren möchte. Du bist engagiert und so clever wie niemand sonst.«

Den Rest seiner Lobrede blende ich aus. Mit dem ganzen Honig, den er mir ums Maul schmiert, könnte ich ein Glas füllen.

Ich suche nach einer Erklärung, aber ich komme einfach nicht dahinter. Was will er von mir?

»Schön«, sage ich, als er endlich fertig ist, und lächele freundlich.

Er sieht mich verwundert an.

»Bist du noch interessiert, oder nicht?«, fragt er.

»Entschuldige, könntest du die Frage wiederholen?«

»Ich habe gesagt, dass ich dir unter Umständen die Beförderung gebe, sofern du noch interessiert bist.«

Für einen Moment weiß ich gar nicht, was ich sagen soll. Das kommt ziemlich überraschend.

»Natürlich«, erwidere ich zaghaft.

»Sehr gut.« Flinch reibt sich aufgeregt die Hände. »Ich hätte da nämlich einen Fall für dich.«

Aha! Das sieht ihm schon ähnlicher.

»Er ist furchtbar wichtig für meine Detektei.«

Ich nicke und meine Mundwinkel heben sich. Jetzt verstehe ich, warum er vorher so dick aufgetragen hat. Er braucht mich.

Flinch bittet mich einen Augenblick zu warten, damit er die Unterlagen holen kann. Aber auch ohne die Einzelheiten ist mein Interesse längst geweckt. Wenn ihm etwas wichtig ist, dann geht es grundsätzlich um eine Riesensache. Denn nur dann fließt viel Geld und Flinch würde sich niemals eine derartige Chance entgehen lassen. Was es auch ist, ich werde den Fall lösen und ihm beweisen, dass ich diese Beförderung verdient habe. Diesmal wird mir kein Jonathan-Green-Verschnitt in die Karten spielen und meine Fähigkeiten könnten sich noch als überaus nützlich erweisen.

»Hier ist sie«, sagt Flinch und wirft mir die geöffnete Akte auf den Tisch.

Ich schlucke, als ich das Foto der Zielperson sehe.

»Mr Vincent Raven ist ein sehr wohlhabender Mann. Er besitzt ein großes Anwesen am Stadtrand sowie ein paar Bars und Nachtclubs in den Szenevierteln. Soweit ich weiß, gehört ihm auch die eine oder andere Spelunke in den Rotlichtbezirken.«

Ich nicke geistesabwesend. Ich weiß auch ohne Flinchs Einweisung, wer er ist.

»Der Fall wurde uns anonym in Auftrag gegeben. Gestern Abend lag ein Umschlag im Briefkasten. Irgendjemand ist bereit, eine Menge Geld zu bezahlen, um herauszufinden, ob Mr Raven illegale Nebeneinkünfte erzielt. Und wer auch immer das war, er wollte ausdrücklich, dass *du* diesen Fall klärst.«

Überrascht schaue ich zu Flinch auf. Jonathan hat mich also doch nicht vollkommen allein gelassen.

Ziemlich clever.

»Meine gute Arbeit hat sich wohl herumgesprochen«, sage ich, wobei ich lächele.

»Anscheinend«, murmelt Flinch. »Jedenfalls findest du in den Unterlagen eine E-Mail-Adresse, an die du dich während deiner Ermittlungen an den unbekannten Auftraggeber wenden kannst.«

»Alles klar«, antworte ich.

»Wenn du den Fall klärst, Cait«, sagt Flinch und lehnt sich mit erhobenem Zeigefinger vor. »Dann befördere ich dich.«

»Das klingt fair.«

Ich bin mir sicher, dass ich diesen Fall klären werde. Auch wenn es dabei nicht um illegale Nebeneinkünfte geht, hat dieser Vincent eindeutig irgendetwas zu verbergen.

»Ich werde dich ganz sicher nicht enttäuschen.«

Weder ihn noch Jonathan.

Seit Flinch mein Büro verlassen hat, durchforste ich das Internet. Bisher konnte ich nur wenig herausfinden. Vincent Raven scheint kaum Spuren zu hinterlassen. Das hätte ich mir denken können. Wenn schon meine Mutter so ihre Probleme mit den sozialen Netzwerken hat, dann ist das für jemanden in Vincents Alter vermutlich so komplex wie der Bau einer Raumstation.

Nachdenklich trommele ich mit den Fingern auf dem Tisch herum. Irgendwo muss er sein Vermögen herhaben. Niemand kauft einfach so Nachtclubs. Auch ein Vampir wird nicht um eine Steuererklärung herumkommen. Nicht wenn er sich so unauffällig wie möglich verhalten möchte.

Ich suche also nach seinen Immobilien und stoße dabei auf einen kurzen Artikel. Als er einen der Nachtclubs am Hafen kaufte, schrieb eine kleine Lokalzeitung darüber. Dort heißt es, er habe sein Vermögen geerbt. Natürlich. Wenn es ums Geld geht, lassen sich Vampire anscheinend nur ungern in die Karten schauen. Ist ja auch schwer das zu erklären. Schließlich kann man sein Geld nicht jahrhundertelang anlegen. Also was macht er damit? Im Artikel stoße ich auf einen Namen. Der Mann ist der Betreiber des Nachtclubs, deshalb nehme ich ihn unter die Lupe.

Anders als Vincent finde ich zu seiner Person deutlich mehr Informationen und das, was ich herausfinden kann, lässt vermuten, dass Vincents Geschäfte möglicherweise illegal sind. Der Betreiber war bereits mehrmals im Gefängnis, vor allem wegen Drogenhandels. Auch sein Umkreis scheint nicht gerade zu der Sorte zu gehören, in deren Nachbarschaft man gern wohnen würde. Vielleicht ist Vincent der Al Capone der Unterwelt. Ein

Mann, der mit Blut dealt, oder einer, der für Geld ein paar Menschen aus dem Weg räumen lässt. Zuzutrauen wäre es ihm. Dieser Kerl jagt einem schon einen Schauer über den Rücken, wenn er einen nur ansieht.

Als ich nicht weiterkomme, widme ich mich dem Thema »Pest«. Jonathan erzählte mir, dass diese Krankheit von einem Halbblut erschaffen wurde. Das wird vermutlich nirgends stehen, aber eventuell finde ich einen Hinweis. Irgendetwas, das mir erklärt, wieso Vincent so eine enorme Bedrohung in einer Beziehung zwischen Mensch und Vampir sieht. Ich erinnere mich daran, wie Jonathan meinte, dass die Pest die Angst vor Vampiren schürte. Also was ist damals passiert?

Es dauert einen Moment, bevor ich auf einer der Seiten einen ausführlichen Bericht finde. Durch die vielen Toten mussten Gräber für mehrere Leichen genutzt werden. Totengräber waren also gezwungen bereits belegte Gräber zu öffnen. Da man zu dieser Zeit nur wenig über den Zerfall des menschlichen Körpers wusste, nahm man an, dass die Leichen längst verwest sein mussten. Das Blut, das einigen Toten aus dem Mund floss, und auch die noch recht intakten Körper ließen sie glauben, dass diese Menschen aus den Gräbern gestiegen waren und Blut tranken. Um die Untoten am Aufstehen zu hindern, pfählte man sie.

Ziemlich aufwendig, wenn man bedenkt, dass sie eigentlich schon tot waren. Nachdenklich lehne ich mich zurück. Irgendwie ist es merkwürdig, dass Vincent sich vor etwas fürchtet, das die meisten ohnehin als Aberglaube abtun. Wer würde denn heute jemanden ernst nehmen, der in einem der Netzwerke postet, dass Vampire existieren? Video- und Fotobeweise sind doch grundsätzlich manipuliert. Für alles andere gibt es die Schublade der Verschwörungstheoretiker, in der noch ausreichend Platz ist.

Also was ist die Wahrheit? Gab es dieses Halbblut? Oder worum geht es ihm wirklich?

Ich mache mir ein paar Notizen und schließe dann die Akte. Die Antworten auf meine Fragen werde ich nicht im Internet finden. Nur Vincent kann sie beantworten, daher muss ich mich langsam auf ein Treffen mit ihm vorbereiten.

Nachdem ich die Detektei verlassen habe, fahre ich zu meiner Wohnung. Ich weiß, dass Jonathan es für zu gefährlich hält, aber ich brauche mein Handy. Darin sind viele wichtige Kontakte eingespeichert, ohne die ich unmöglich so weitermachen kann, als wäre nichts gewesen. Ich kenne ja nicht einmal Maggies Nummer auswendig. Wie soll ich mir da die beruflichen merken?

Vermutlich steckt meine Tür noch im Bücherregal und Einbrecher haben sowieso schon alles ausgeräumt. Irgendwie würde das zu meiner derzeitigen Pechsträhne passen, also mache ich mir nicht allzu große Hoffnung.

Als ich bei meiner Wohnung ankomme, strecke ich vorsichtig den Kopf durch die Tür.

»Hallo?«

Sie ist zwar angelehnt, steht aber wenigstens nicht vollkommen offen. Ich schalte das Licht ein und steige über die Bücher, die am Boden zerstreut liegen. Das Regal hat einige Fächer verloren, die nun schräg aufeinanderliegen. Ansonsten scheint nichts kaputt oder gestohlen worden zu sein. Prüfend wandere ich durch meine Wohnung. Alles sieht genauso aus, wie es war, als ich sie Hals über Kopf verlassen habe. Sogar mein Handy liegt noch immer auf dem vollgemüllten Nachttisch und ist am Ladekabel angeschlossen.

Etliche Hinweise erscheinen auf dem Display. Vorrangig von meiner Mutter und Maggie. Die Nachrichten meiner Mutter überfliege ich lediglich. In den meisten geht es sowieso nur darum, dass ich vorbeikommen soll, und der Rest handelt von den Lästereien über Mrs Tale. Ich weiß nicht, wer von den beiden schlimmer ist, aber ich bin froh, dass ich mir nur eine der beiden Seiten anhören muss.

Maggie hat mehrmals versucht, mich anzurufen, und mich mit Nachrichten bombardiert.

»Mr Green ist also der Grund«, schreibt sie in ihrer letzten SMS inklusive eines zwinkernden Smileys. Ich wette, meine Mutter hat ihr alles über mich und Jonathan erzählt. Zumindest den gut verdaulichen Teil, in dem ich einem reichen Mann begegnet bin und mich verliebt habe. Den schweren Brocken musste sie zum Glück nicht schlucken und ich glaube, dass ich die beiden auch niemals einweihen kann. Schließlich will ich sie nicht in Gefahr bringen. Wer weiß, wie viele Vincent Ravens da draußen rumlaufen und Jagd auf eingeweihte Menschen machen.

Ich atme tief durch, stecke mein Handy in die Hosentasche und lasse meinen Blick erneut durch das Schlafzimmer wandern. Vielleicht gibt es noch etwas, das ich besser mitnehmen sollte?

Erst in diesem Moment fällt mir das Fenster auf. Verwundert gehe ich darauf zu und lege die Hand auf die Verriegelung. Wieso ist es geschlossen?

Ich kann mir nicht erklären, wer so freundlich war, das Fenster zu schließen und die Tür anzulehnen. Ich trete ein paar Schritte zurück. Irgendwie überkommt mich das Gefühl, dass ich besser verschwinden sollte.

Noch bevor ich die Haustür erreiche, fällt sie schlagartig zu. Ich rüttele an der Klinke, doch es tut sich nichts.

»Keine Chance«, sagt eine Frau, dessen Stimme ich direkt wiedererkenne. Rose steht hinter dem Sofa und lächelt so fies, wie sie es schon bei Jonathan getan hat.

»Ich habe ziemlich lange warten müssen«, meint sie, während ich die Hand vom Griff nehme. »Du hast also tatsächlich überlebt. Vincent wird sehr erfreut sein.«

Ich presse die Augen zusammen. »Was machst du hier?«

»Er ließ mich deine Wohnung beobachten, nachdem einer unserer Brüder behauptete, dich in der Stadt gesehen zu haben. Ziemlich dumm von Jonathan seine Freundin so früh auszuführen. Vermutlich bist du noch sehr schwach.«

Sie schlendert ums Sofa herum. Auch wenn es mich nervös macht, lasse ich mir nichts davon anmerken.

»Was wollt ihr von mir?«, frage ich, wobei sie nur kichert.

»Er will dich sprechen, nichts weiter.«

»Bei unserer letzten Unterhaltung war er nicht sehr freundlich, deshalb verzichte ich auf ein Wiedersehen.«

»Lass es mich mal so sagen«, beginnt sie und tritt auf mich zu. »Du hast gar keine andere Wahl.«

Rose weiß, dass ich ihr nichts entgegenzusetzen habe. Ihre Nähe ist mir unheimlich. Sie wirkt vollkommen unberechenbar. Als sie vor mir stehen bleibt und mich herausfordernd ansieht, knicke ich ein.

»Schon gut«, erwidere ich und hebe die Hände.

Ich wünschte, Jonathan hätte mir beigebracht, wie er das gemacht hat, als ich seine Stimme in meinem Kopf hörte. Schließlich wäre es durchaus hilfreich, ihn darum bitten zu können, mich aus diesem Schlamassel herauszuholen. Doch ich bin wohl oder übel vollkommen auf mich alleingestellt.

Nur wenig später steigen wir bereits in einen schwarzen Wagen mit verdunkelten Scheiben, der allem Anschein nach längst auf uns gewartet hat.

Kapitel 7

Die lange Auffahrt führt über ein riesiges Grundstück, dessen Schotterweg von Bäumen gesäumt ist. Die Sonne geht bereits unter. Das macht mich nervös, denn Jonathan hat mir beigebracht, dass wir nachts an Stärke gewinnen und Sonnenlicht uns schwächt. Ich hätte mich also deutlich wohler gefühlt, wenn ich Vincent an einem heißen Sommertag im Garten treffen würde als an einem kalten Herbstabend. Vermutlich schwingt er gerade genüsslich das Blut in seinem Cocktailglas und freut sich darüber, mir gut gestärkt entgegenzutreten.

Ich werfe einen verunsicherten Blick auf Rose. Irgendwie hoffe ich, dass sie mich gehen lässt, auch wenn es aussichtslos scheint.

»Muss ich mir Sorgen machen?«, frage ich. Doch sie antwortet nicht. Ihre Augen wandern nur kurz zu mir herüber, bevor sie wieder aus dem Fenster schaut.

Hoffentlich wartet Jonathan bereits auf mich. Vielleicht ist er sogar schon auf der Suche nach mir. Dieser Gedanke weckt eine Hoffnung, die ich zu halten versuche.

Am Ende des langen Weges erwartet uns ein viktorianisches Herrenhaus, dessen graue Mauern mit Statuen und Verzierungen geschmückt sind. Der Wagen hält vor den Stufen des Eingangs, an dem ein alter Türklopfer in Form eines goldenen Löwen hängt. Im Schatten der untergehenden Sonne wirkt das Haus nicht gerade einladend. Rose steigt aus, während ich wie angewurzelt sitzen bleibe. Ich hoffe, etwas Zeit zu schinden, damit Jonathan noch rechtzeitig antanzt.

Rose taucht in meinem Blickfeld auf. Mit mürrischem Gesichtsausdruck öffnet sie die Wagentür. Der Wind dringt ins Fahrzeuginnere.

»Mach schon«, brummt sie und nickt zum Eingang herüber.

Ich gehorche und steige aus. Hinter mir knallt die Tür zu, ehe mir Rose ihre Hand auf den Rücken legt, um mich die Stufen hinaufzuschieben. Das Gefühl der sich nähernden Gefahr wächst mit jedem Schritt. Mir widerstrebt es zutiefst, dieses Haus zu betreten.

Rose sucht in ihrer Jackentasche nach dem Schlüssel, während hinter uns der Wagen abfährt. Dieser Moment kommt mir wie eine kleine Ewigkeit vor. Ich kann spüren, wie aufgeregt mein Herz schlägt, und hoffe zeitgleich, dass sie es nicht hören kann. Auch wenn das ein törichter Gedanke ist, immerhin ist sie ebenso ein Vampir wie ich.

Als sie die Tür öffnet, liegt vor uns ein großer Eingangsbereich. Die Wände sind mit dunklem Holz verkleidet und mit Gold umrahmten Porträts geschmückt. Direkt gegenüber führt eine geschwungene Treppe ins Obergeschoss hinauf. Meine Augen folgen ihr und ich entdecke dabei einen riesigen Kronleuchter, der von der meterhohen Decke hängt. Das schwache Licht ist schummrig und die Finsternis erdrückt einen beinahe. Dieser Ort wirkt kalt und trostlos.

Mir bleibt nicht viel Zeit, um all die Eindrücke auf mich wirken zu lassen. Rose führt mich die Stufen hinauf, deren blutroter Teppich meinen Blick fesselt. Irgendwie habe ich das Gefühl, von etwas Vertrautem erfasst zu werden. Ganz so, als wäre ich schon einmal hier gewesen. In diesem Moment werde ich von einer aufkeimenden Erinnerung erschlagen. Ich sehe, wie ich über das Geländer der Treppe falle und in die Tiefe stürze. Für einen Moment sehe ich sogar Vincent, der zu mir herabschaut, bevor sein Gesicht verschwimmt. Diese Bilder sind so intensiv, dass ich erschrocken stehen bleibe. Ich kralle mich hilfesuchend ans Geländer und traue mich nicht, auch nur einen Schritt weiterzugehen.

»Was ist?«, höre ich Rose, doch ihre Stimme dringt kaum zu mir hindurch.

Ich bin vollkommen durcheinander. Entsetzt schüttele ich den Kopf, während das Geräusch des Aufpralls in mir widerhallt. Weder das Gefühl noch diese Bilder lassen mich los. All das fühlt sich so real und wirklich an, genau wie die Erinnerung von Beth. War sie hier? Oder wessen Erinnerung ist das? Ich kann mich an den Schrei eines Kindes erinnern, doch ich weiß ihn nicht zuzuordnen. Wer schrie, als diese Person über das Geländer fiel? Und war es überhaupt ein Unfall oder wurde sie geschubst?

»Hör auf mit dem Unsinn«, schimpft Rose. Sie tritt die Stufen zu mir hinunter und ehe ich mich versehe, schleudere ich sie mit nur einer Handbewegung ins Obergeschoss hinauf. Sie stöhnt schmerzerfüllt, während ich ungläubig meine Hand betrachte. Dann durchfährt mich die Angst. Ich muss fliehen! Panisch renne ich die Stufen hinab und eile zur Haustür, doch egal wie kräftig ich am Griff ziehe, sie lässt sich nicht öffnen.

»Wage es nicht!«, zischt Rose. Ich werfe einen Blick zurück. Sie ist wieder auf den Beinen und hat die Hand ausgestreckt. Mit unsichtbarer Kraft hält sie die Tür zu.

»Lass mich gehen«, erwidere ich schwer atmend.

»Vincent wird gleich hier sein.« Ihr zorniger Blick durchdringt mich. »Und im Haus sind noch weitere Vampire. Ich würde dir raten, nicht so dumm zu sein.«

»Lass mich gehen«, wiederhole ich mich. Ich will nur weg von hier. Ich weiß nicht, was ich gerade gesehen habe, aber es staut sich in mir und weckt eine Energie, die ich kaum bändigen kann.

»Komm her!«, faucht sie.

»Niemals. Ich weiß, was hier passiert ist.«

Der Ausdruck in ihrem Gesicht verändert sich. »Wovon zum Teufel redest du?«

»Von Vincent«, erwidere ich. »Er hat sie geschubst, nicht wahr?«

Rose hat keinen blassen Schimmer. Ich kann ihr ansehen, dass sie von alldem nichts weiß.

»Hör mit diesem Unsinn auf und komm her!«

Die Energie in mir entlädt sich, als ich sie mit unsichtbarer Kraft am Hals packe. Sie röchelt, versucht, sich mit aller Macht aus meinen Fängen zu befreien. Doch sie hat keine Chance. Ich bin deutlich stärker, als ich je vermutet hätte. Ich drücke so fest zu, dass sie zu ersticken droht.

Nur Jonathans Stimme hält mich davon ab. Sie erklingt urplötzlich in meinem Kopf. Er sagt mir, dass er gleich da ist. Allein ihn zu hören, reißt mich aus diesem verwirrenden Zustand. Rose sinkt zu Boden, als mein Griff nachlässt. Der Weg ist jetzt frei, also drücke ich die Türklinke hinunter und jage über das Grundstück. Der kalte Wind weht mir durchs Haar und Tränen laufen mir übers Gesicht. Ich bin so schnell, dass meine Füße kaum mehr den Boden berühren. Der Schmerz in meinem Inneren lässt langsam nach. Er vermischt sich mit einem Gefühl der Dunkelheit und Leere. Ganz so, als hätte ich irgendetwas in diesem Haus zurückgelassen. Etwas, an das ich mich kurzzeitig erinnert habe und das ich nun mit jedem Meter mehr und mehr verliere.

»Beruhig dich«, flüstert Jonathan, als er mich am Straßenrand einsammelt. Doch das ist leichter gesagt als getan, denn ich bin vollkommen durcheinander. »Ich habe mir Sorgen gemacht und dich überall gesucht«, erzählt er und inspiziert mich besorgt.

»Ich bin nicht verletzt«, sage ich. *Nicht äußerlich zumindest.*

Mit einem Kopfnicken startet er den Motor. »Was ist passiert?«, will er wissen, als er das Fahrzeug auf die Straße lenkt.

Ich presse schuldbewusst die Lippen aufeinander und bringe zunächst nicht mehr als ein Brummen zustande. »Es war meine Schuld«, gebe ich daraufhin kleinlaut zu. »Ich wollte nur mein Handy und ein paar Sachen aus meiner Wohnung holen. Rose hat mich dort abgefangen und zu Vincent gebracht.«

Er wirft mir einen bedeutungsvollen Blick zu, verkneift es sich aber zu sagen, dass er recht hatte.

»Ich hätte auf dich hören sollen«, ergänze ich und werfe einen Blick aus dem Seitenfenster. Die Menschen und Gebäude, die an uns vorbeiziehen, wirken in diesem Moment so surreal wie das, was gerade passiert ist. Auch wenn ich diese unbeschreibliche Kraft gespürt und genutzt habe, war sie nicht greifbar.

Schon auf der Auffahrt zu Jonathans Haus geht es mir deutlich besser. Der Abstand zwischen mir und diesem unerklärlichen Empfinden wird größer. Jonathan fährt das Auto in die Garage und führt mich danach ins Wohnzimmer. Das Erste, was ich tue, ist mich aufs Sofa fallenzulassen, während er mir etwas zu trinken bringt.

»Du wirkst sehr geschwächt, also wirst du das dringender brauchen.« Mit diesen Worten schiebt er mir ein Glas über den Wohnzimmertisch, das bis zum Rand mit Lolas Blut gefüllt ist. Diesmal weckt der Anblick keinerlei Abscheu, er beruhigt mich eher, denn Jonathan hat recht. Ich fühle mich vollkommen ausgelaugt von dieser Energie, die mich erst durchströmt und dann wieder von mir abgelassen hat.

»Also. Was ist passiert?«, fragt er, als er sich neben mich setzt, während ich das Glas leere.

»Ich hatte wieder so eine Art Erinnerung«, antworte ich. »Aber diesmal war sie viel intensiver und einnehmender. Ich weiß nicht, wie ich es dir erklären soll. Da war plötzlich diese enorme Kraft in mir. Du hättest das sehen sollen. Rose hatte absolut keine Chance gegen mich.«

»Du hast gegen sie gekämpft?« Er ist vollkommen überrascht. Verständlich, denn wir beide wissen, dass mein Training eher bescheiden gelaufen ist.

Ich sage nichts, nicke stattdessen nur energisch.

»Was war das für eine Erinnerung?« Jonathan denkt angestrengt nach. »Ich wüsste nicht, dass Beth jemals dort war.«

»Vielleicht war sie es nicht«, mutmaße ich. »Ich sah, wie ich über das Treppengeländer fiel und herabstürzte. Vincent sah mir nach, ich konnte es von unten sehen. Und da war noch etwas ...«, erinnere ich mich. »Ich hörte den Schrei eines Kindes.«

Ich sehe ihm an, wie er nach einer Erklärung sucht.

»Unmöglich«, erwidert er. »Ich bin quasi bei ihm groß geworden. Seit dem Verschwinden seiner Tochter kamen ihm keine Kinder ins Haus. Niemand außer mir und ich kann mich nicht an so einen Vorfall erinnern. Möglicherweise vermischen sich Fantasie und Wirklichkeit. Es kann sein, dass du doch noch irgendetwas aus Beths Leben gesehen hast.«

»Nein«, antworte ich entschieden. »Genau das ist passiert. Ich weiß es. Ich habe es gefühlt.« Danach fasse ich mir an die Brust. »Vielleicht bin ich dort gestorben.«

Zwischen uns ist es ruhig. Meine Hände zittern und Jonathan legt behutsam den Arm um mich.

»Wenn es so war, dann ist das kein Zufall«, meint er und lehnt dabei seinen Kopf an meinen. »Vincent macht Jagd auf dich.«

»Wieso?«, will ich wissen.

»Vielleicht hat es mit dem Kind zu tun, das du gehört hast.«

Wir sehen einander an und scheinen beide denselben Gedanken zu haben.

»War ich es?«, frage ich ihn und schlucke die aufkeimende Erinnerung an das Gefühl der Leere und des Verlustes hinunter. »Die Mutter des Halbbluts?«

Er zieht mich an sich. »Ich weiß es nicht. Aber irgendetwas geht hier vor. Und wir müssen herausfinden, was es ist. Denn wenn Vincent deinen Tod will, dann bist du in sehr großer Gefahr.« Er presst mir einen Kuss auf die Stirn.

»Glaubst du, dass das Kind wirklich tot ist?« Meine Augen suchen in seinen nach einer Antwort.

»Ich weiß es nicht.«

»Ich habe irgendetwas in diesem Haus zurückgelassen«, erkläre ich. »In mir war nichts mehr außer dieser erdrückenden Leere.«

»Wir werden die Wahrheit finden«, verspricht er mir.

»Und was sollen wir jetzt tun?«

»Du scheinst Kräfte in dir zu tragen, die wir wecken und kontrollieren müssen. Sie könnten dich vor ihm beschützen. Wenn Rose dir nichts anhaben konnte, dann wird es Vincent nicht leicht haben. Schließlich hast du kaum Blut getrunken, also kamen sie irgendwo anders her. Wenn ich nur wüsste, womit sie in Verbindung standen.« Jonathan fährt sich nachdenklich übers Kinn.

»Es begann erst im Haus«, erinnere ich mich. »Kurz nachdem ich diese Vision hatte.«

»Also entweder steht es im Zusammenhang mit seinem Anwesen oder dieser Erinnerung.«

Ich zucke unwissend mit den Schultern. »Und wenn wir es nie herausfinden?«

»Es gibt einen Weg. Ich werde sobald wie möglich ein Treffen vereinbaren.«

»Mit wem?«

»Einer Wissenden.«

»Einer Wissenden?« Das geht mir eher unbeabsichtigt in einem deutlich skeptischen Tonfall über die Lippen.

»Du würdest sie vermutlich eher eine Hexe nennen«, meint Jonathan.

Ich räuspere mich. »Wie bitte?«

Er zwinkert. »Das wäre etwas zu viel gewesen, also habe ich das bisher für mich behalten.«

Ich denke, er scherzt, aber so wie er mich ansieht, bin ich mir nicht so sicher.

»Soll das ein Witz sein?«

Jonathan schüttelt mit dem Kopf. »Nein, da es nur noch wenige Wissende gibt, leben sie sehr zurückgezogen. Die Wahrscheinlichkeit, dass du also jemals einer Hexe begegnet wärst, war sehr gering.«

Aus mir tönt ein »Aha«.

»Du wärst überrascht, was es alles gibt.« Mit diesen Worten steht er auf und streckt mir einladend die Hand entgegen.

»Willst du mich jetzt etwa in eine Parallelwelt entführen oder wo gehen wir hin?«

Er lacht. »Nicht ganz. Es geht nur in den Garten. Wir müssen schließlich weitertrainieren.«

* * *

Auf dem Weg schnappt er sich eine Eierpackung aus dem Kühlschrank. Ich muss schmunzeln.

»Was soll das denn werden? Machen wir jetzt einen Eierlauf?«

»Noch lachst du«, erwidert er und öffnet die Terrassentür. Dann lässt er mir mit einer einladenden Handbewegung den Vortritt. Über uns leuchten die Sterne und der Mond strahlt in voller Pracht. Es ist eine wolkenlose Nacht, deren Schönheit mich einen Moment lang fesselt.

»Du stellst dich da drüben hin«, höre ich Jonathan sagen. Er deutet in die Richtung eines Baumes. »Wir brauchen ein paar Meter Abstand.«

Nachdem ich mich aufgestellt habe und er die Eierpackung öffnet, frage ich mich, was er eigentlich vorhat. Irritiert beobachte ich ihn, wie er ein Ei herausholt und seinen Stand festigt.

»Und jetzt?«, rufe ich ihm zu. Ich habe diese Frage kaum gestellt, da fliegt ein Ei auf mich zu. Ich bin so überrascht, dass es auf meiner Brust aufschlägt und zähflüssig über meinen Pullover läuft.

»Danke«, entfährt es mir.

»Das nächste landet in deinem Gesicht, wenn du es nicht abwehrst«, droht er.

Ich krempele mir die Ärmel hoch. »Na schön.«

Er holt aus und wirft das nächste Ei. Ich hebe reflexartig die Hand. Eigentlich, um es aufzufangen, doch es bleibt mit einem Mal in der Luft stehen. Einen kurzen Augenblick kann ich es halten, bevor es zu Boden fällt und auf dem Rasen zerplatzt.

Ich will schon jubeln, als bereits das nächste Ei auf mich zukommt. Erneut hebe ich die Hand und schaffe es, es mit unsichtbarer Kraft abzuwehren.

»Wirf es zurück«, verlangt Jonathan.

»Wie denn?«, wehre ich mich, doch er lässt mir keine Zeit. Abermals werde ich mit einem Ei beworfen, das ich zu spät kommen sehe. Es trifft mich an der Schulter.

»Hör auf, die Eier zu verschwenden«, ruft er.

»Dann sag mir, wie ich das mache«, klage ich.

»Stell dir vor, wie du es greifst«, erklärt er und wirft bereits das nächste.

Konzentriert lecke ich mir über die Lippen und fange es in der Luft ab. Diesmal schaffe ich es und werfe es zurück. Es kommt zwar nicht weit, aber immerhin.

Wir wiederholen das Ganze noch viermal, bis ich ihn mit einem Ei am Kopf treffe.

»Sehr gut«, lobt er mich und pellt sich dabei die Schale aus dem verklebten Haar. »Das war ein guter Treffer, aber ein ziemlich fieser Angriff.«

Es ist irgendwie süß, wie er sich die Packung unter den Arm klemmt und sich das Eigelb von der Stirn wischt.

»Du hast dich halt mit der Falschen angelegt«, erwidere ich triumphierend.

Lachend kommt er auf mich zu. »Ich wusste ja, worauf ich mich einlasse.«

»Ach ja?«

Er nickt und klemmt mir eine Strähne hinter das Ohr. »Du bist etwas Besonderes. Davor muss man sich in Acht nehmen.«

Er ist so perfekt. Zumindest für mich.

»Sie sind auch nicht übel, Mr Green.«

»Ah«, antwortet er mit einem Lächeln. »Mit den Höflichkeiten hältst du mich schon lange nicht mehr auf Abstand.«

Er legt die Packung auf den Boden und nimmt meine Hände. Dabei spüre ich, wie rot ich werde.

»Wie konnte ich nur jemals denken, dass du ein Monster bist?«, frage ich leise.

Er streichelt mir über den Handrücken.

»Hunde, die bellen, beißen nicht, auch wenn man es zunächst glaubt.«

Ich schmunzle. »Vampire, die bellen, beißen also auch nicht?«

»Nicht alle«, antwortet er und sieht mir tief in die Augen. »Und nicht jede«, haucht er und zieht mich danach an sich.

Wir stehen eine ganze Weile so da. Ich liege in seinen Armen und wir küssen einander unter dem Sternenhimmel. Dieser Augenblick scheint endlos zu sein. Zwischen uns entflammt ein Verlangen, das uns ins Haus zurücktreibt. Das ist die erste Nacht, in der wir uns lieben. Seine Finger wandern begierig über meinen Körper, während seine Lippen meine Haut berühren. Ich spüre diese tiefe Verbundenheit. Sie sorgt dafür, dass wir uns wie Fremde erkunden und zugleich doch so vertraut sind. Ich versinke in diesem Moment der Zärtlichkeit.

Meine nackte Haut schmiegt sich an seine. Wir befinden uns in einem Rausch von Gefühlen, der alles andere vergessen lässt. Es gibt nur ihn und mich. Hier und jetzt. Erst laut und dann leise.

Am nächsten Tag statten wir Maggie einen Besuch ab.

»Du wirkst vollkommen verändert«, sagt sie, nachdem sie mich darum gebeten hat, sie in die Küche zu begleiten. Ihre Mundwinkel heben sich. »Ich meine positiv verändert. Du bist etwas blass geworden, aber du strahlst so.«

»Ich schätze, ich habe mich tatsächlich verliebt.«

Sie seufzt entzückt. »Oh, Mäuschen«, entgegnet sie mir. »Gott, ich kann dich so verstehen. Er ist echt der Wahnsinn.« Danach sieht sie mich neugierig an. »Ist es denn wahr? Ich meine, werdet ihr heiraten?«

Ich lächele und zucke mit den Schultern.

»Ist das etwa ein Ja?«

»Es ist wohl etwas früh, um über so etwas nachzudenken.«

»Du musst mir unbedingt alles erzählen. Ich will wissen, was passiert ist. Ich meine, erst meldest du dich tagelang nicht und dann kreuzt du hier mit diesem Kerl auf.« Maggie strahlt mich an. »Ich freue mich dennoch sehr für dich, Cait.«

Dankbar umarme ich sie. Maggie ist meine beste Freundin und es wird mir sicher nicht leichtfallen, ihr Lügen zu erzählen.

»Beim nächsten Mal besuche ich dich allein und dann erfährst du alles«, verspreche ich Maggie und helfe ihr anschließend mit den Getränken. Gemeinsam kehren wir ins Wohnzimmer zurück.

Jonathan sitzt auf dem Sessel und wir drängen uns auf ihre kleine Couch. Der Duft ihres Blutes liegt in meiner Nase, aber er nagt nicht so stark an mir, wie es bei anderen Menschen schon der Fall war. Vielleicht liegt es daran, dass wir uns so vertraut sind und mein Unterbewusstsein sich weigert, ihr wehzutun. Bei meiner Mutter hat dieser Drang schließlich auch keinerlei Macht auf mich ausgeübt. Irgendwo tief in mir muss noch ein menschlicher Teil sein.

»Sie arbeiten also bei *The golden mirror*?«, fragt Jonathan, als Maggie ihm gerade einschenkt.

Freundlich nickt sie. »Ich habe dort direkt nach meinem Studium angefangen.«

»Ein paar Ihrer Artikel habe ich bereits gelesen. Sie schreiben wirklich gut.«

»Vielen Dank, Mr Green.«

»Ich muss mich noch bedanken«, meint er, während seine Grübchen zum Vorschein treten.

Verdutzt sieht Maggie ihn an. »Wofür?«

»Dafür, dass Sie Caitlyn Ihren Presseausweis gaben.« Er streckt seine Hand aus, um sie mir auf den Oberschenkel zu legen.

»Von ihr war auch das rote Kleid«, merke ich an.

»Ach, wirklich?« Jonathan lacht und betrachtet mich dabei, als würde ich es noch tragen. Dann rückt er etwas auf dem Sessel vor. »Vielleicht können wir es Ihnen abkaufen?«

Diese Frage ist so bizarr, dass mir beinahe mein Glas aus der Hand fällt. Meine beste Freundin wirft mir einen spitzen Blick zu. »Das Kleid hatte leider einen Unfall.«

»Vielleicht darf ich es mir trotzdem mal ansehen?«

Maggie willigt ein und verschwindet danach in ihrem Schlafzimmer.

»Es ist wirklich ruiniert«, brumme ich. »Und außerdem passt es mir überhaupt nicht. Also was sollen wir damit?«

»Umso besser. Wenn es kaputt ist, will sie es ohnehin nicht mehr haben. Ich bewahre gern Erinnerungen auf.«

Sofern es nach mir geht, kann das Andenken ruhig bei Maggie im Schrank bleiben. Während ich an diesen peinlichen Abend zurückdenke, kehrt sie bereits mit dem Kleid zurück. Sie legt es Jonathan in die Hände und setzt sich wieder.

»Da lässt sich bestimmt etwas machen«, sagt er, als er das Loch begutachtet.

»Glauben Sie mir, das ist unmöglich, wenn man nicht einen Flicken draufklatschen möchte.«

»Es ist aus Paris, nicht wahr?«

Seine Frage überrascht sie. »Ja. Woher wissen Sie das?«

»Ich erkenne es an dem Label. Meine zukünftige Ex-Frau hat dort oft Kleider gekauft.«

Das sieht Mrs Green ähnlich. Sie zwängt sich grundsätzlich in hautenge Kleider.

»Wenn Sie glauben, es wieder hinzubekommen, dann versuchen Sie Ihr Glück«, meint Maggie daraufhin. »Bei mir wäre es ohnehin bald im Müll gelandet.«

Jonathan bedankt sich und legt es sorgfältig auf der Sessellehne ab.

»Und Sie sind Makler?«, fragt sie interessiert.

»Ja, ich besitze ein schönes kleines Immobilienbüro im Westviertel.«

»In der Nähe von Connors Tankstelle?«

Dieses Gespräch ruft mir meinen Unfall mit dem Kaffeebecher in Erinnerung. Mit hängenden Mundwinkeln lege ich mir instinktiv die Hand auf die Brust.

»Richtig. Die Gegend ist wirklich sehr interessant.«

Maggie lächelt freundlich. »Interessant trifft es ganz gut.«

Das Westviertel gehört zu den Stadtteilen, in dem immer irgendwelche Trendsetter unterwegs sind. Dort werden Trends allerdings nicht nachgeahmt, sondern ins Leben gerufen. Zumindest glaubt das ein Großteil der jungen Anwohner. Ich weiß nicht, ob eine Jogginghose und Flip-Flops so stadttauglich sind. Wer sich jedoch mal modisch ausprobieren möchte, ist dort genau richtig.

In diesem Moment frage ich mich, ob Jonathan schon mal im Trainingsanzug im Büro saß und muss unweigerlich grinsen.

»Und was habt ihr in den letzten Tagen unternommen?«, fragt mich Maggie, die mich damit aus meinem Tagtraum reißt.

Nachdenklich kratze ich mir den Kopf. »Nichts Besonderes«, antworte ich.

Ihre Augenbrauen wandern in die Höhe.

»Eigentlich haben wir uns nur vor der Presse versteckt«, wirft Jonathan ein und sorgt dafür, dass Maggie nun deutlich verständnisvoller wirkt.

»Zum Glück ist es fast vorbei«, meint sie. »Ein Schauspielerpärchen liefert sich gerade eine Schlammschlacht in den sozialen Netzwerken und hat euch von der Titelseite verdrängt.«

Das ist eine gute Nachricht, obgleich ich mich für gewöhnlich natürlich nicht am Unglück anderer erfreue. Doch wir können diesen Presserummel nicht gebrauchen. Nicht jetzt wo ich noch im Training bin und sich ein Vampirältester meinen Tod wünscht. Auch wenn man daraus sicher ein paar tolle Schlagzeilen kreieren kann, verzichte ich nur allzu gern darauf.

Während Maggie uns danach von einigen Neuigkeiten aus der Redaktion erzählt, lässt mich Jonathan wissen, dass wir langsam gehen sollten. Ich habe ihn wieder einmal in meinem Kopf gehört und frage mich deshalb, wie um alles in der Welt er das nur anstellt. Plötzlich befürchte ich sogar, dass er vielleicht meine Gedanken lesen kann. Ich kneife skeptisch die Augen zusammen und bezeichne ihn innerlich als nervtötend. Entweder lässt er sich nichts anmerken oder er weiß tatsächlich nichts davon. Meine Beleidigungen werden ein wenig härter, doch er bleibt weiterhin die Ruhe selbst. Diese Befürchtung kann ich also abhaken, was äußerst erleichternd ist.

Eine halbe Stunde später verabschieden wir uns von Maggie. Es tat gut, sie wiederzusehen und ihr zumindest das Gefühl zu geben, dass ihre Sorgen unbegründet waren. Mit einem Taxi machen wir uns danach auf den Weg zu meiner Wohnung, wo wir Jonathans Wagen abholen. Diesen musste ich wegen Rose stehen lassen. Die Fahrt dauert ein paar Minuten. Der Mann am Steuer hat das Radio eingeschaltet und wippt vergnügt zu indischer Musik.

»Du solltest die Wohnung kündigen«, sagt Jonathan und bricht so unser einvernehmliches Schweigen.

Verunsichert sehe ich ihn an. »Ist das denn wirklich nötig? Ich meine, vielleicht finden wir eine Einigung mit ihnen und alles wird gut.«

Es folgt ein Kopfschütteln seinerseits. »Ich plane sicherheitshalber einen Hauskauf in England.«

Diese Information kommt vollkommen überraschend. Sogar der Taxifahrer wirft einen bangen Blick in den Rückspiegel.

»Du willst nicht nur, dass ich die Wohnung aufgebe, sondern auch, dass ich ins Ausland ziehe?« Mehr als diese Frage bringe ich nicht über die Lippen. Ich fühle mich überrumpelt.

»Nur für den Fall der Fälle«, meint er. »Es gibt da ein gutes Angebot in der Nähe von London.«

Ich bin durchaus ein Sommermensch und mag es, am Strand zu liegen. Noch habe ich gar nicht darüber nachgedacht, dass sich das wohl oder übel geändert hat. Meine Gedanken wandern unweigerlich zu Mrs Green und wie sie sich über diese Stadt beklagte.

»Ich kann doch nicht einfach verschwinden. Was ist mit meiner Mutter, Maggie und meinem Arbeitsplatz?«, gebe ich zu bedenken.

Jonathan sieht mich traurig an. »Irgendwann wirst du es tun müssen.«

Seine Antwort versetzt mir einen Stich. Auch wenn meine Mutter ihre Eigenarten hat, sind wir eine Familie. Wir haben nur uns.

Jonathan lehnt sich zu mir herüber, um mir ins Ohr zu flüstern. »Sie werden älter werden.« Danach entfernt er sich von mir, wodurch ich sehen kann, dass uns der Fahrer schon wieder beobachtet. Noch habe ich es verdrängt, dass ich diesen Umstand nicht ewig verheimlichen kann. Bestürzt lasse ich den Kopf hängen.

»Ich tue, was ich kann, damit es vorerst nicht nötig ist«, verspricht mir Jonathan. »Aber dafür müssen wir ihn loswerden.«

»Und was werden wir jetzt machen?«, will ich wissen.

»Ich kenne da ein paar Personen, die äußerst geschwätzig sind, sofern man ihnen einen großzügigen Anreiz gibt.«

Der Fahrer trommelt nervös auf dem Lenkrad. Vermutlich denkt er, dass er so eine Art Bonnie-und-Clyde-Pärchen durch die Gegend chauffiert, das ausgerechnet in seinem Auto den nächsten Coup bespricht.

»Ich will noch nicht gehen, also sollten wir nichts unversucht lassen«, mache ich deutlich.

»Es wird mehr als das kosten, was ich üblicherweise von Lola erhalte«, erwidert Jonathan. »Aber dafür werden wir hoffentlich ein paar wichtige Informationen bekommen.«

»Meinst du wegen des Kindes?«, frage ich, wobei der Fahrer schleunigst meinem Blick ausweicht.

»Ja. Ich habe mir einige Gedanken gemacht und glaube, dass es leben könnte.«

Voller Neugier horche ich auf.

»Die Krankheit wütet immer noch«, erklärt er, ohne weiter ins Detail zu gehen. Das muss er auch gar nicht, denn ich kann ihm auch so folgen. Wenn seine Seuche noch existiert, dann vielleicht nur deshalb, weil es selbst noch lebt.

Nachdem wir in Jonathans Auto sitzen, machen wir uns direkt auf den Weg ins Rotlichtviertel. Er stellt den Wagen in einer düsteren Seitenstraße ab. Einige Meter vor uns liegt ein Obdachloser zwischen großen grauen Mülltonnen. Seine Kleidung ist verschlissen und er hat nicht mehr als eine dünne Decke, um sich zu wärmen. Jonathan deutet mit einem Kopfnicken auf ihn. Ich werfe einen Blick durch die Windschutzscheibe.

»Muss das wirklich sein?«, frage ich ihn.

»Wir brauchen ihn, Caitlyn. Aber wenn du willst, dann gehe ich allein.«

»Bestimmt finden wir jemand anderen. Irgendwen, der es wenigstens verdient hat.«

»Wie bitte?«

»Auch wenn er es sicher schwer hat, ist er lebend immer noch besser dran als tot.«

Einen Moment lang ist es ruhig. Jonathan blinzelt mich mit

großen Augen an, ehe sein Lachen den Innenraum des Wagens erfüllt.

»Ich finde das überhaupt nicht witzig«, erwidere ich und schnaube gereizt.

»Der Kerl heißt Joe. Er ist einer der Informanten.«

Mein Mund öffnet sich überrascht.

»Du dachtest echt, wir würden jetzt einfach losgehen und irgendwen umbringen?« Wieder kann er sich sein gehässiges Grinsen nicht verkneifen. »Wie kommst du darauf?«

»Ich dachte, weil du mehr bräuchtest, als du normalerweise von Lola bekommst«, erkläre ich mich.

»Er nimmt auch ein paar Dollar und kauft sich das Blut dann auf dem Schwarzmarkt«, meint Jonathan und zwinkert schelmisch. Danach schiebt er lässig die Fahrertür auf. Mit aufgeblähten Wangen folge ich ihm. Dabei komme ich mir ziemlich blöd vor, denn noch habe ich anscheinend keinen blassen Schimmer von der Vampir-Szene. Woher soll ich auch wissen, wie das alles so läuft?

»Guten Abend, Joe«, hallt Jonathans Stimme durch die schmale Gasse.

Der Alte lässt von seiner Decke ab und blickt zu uns auf. Das Gesicht, das aus dem Schatten zum Vorschein tritt, ist tief vernarbt. Seine Augen wirken glasig und er zittert heftig.

»Hast du was da?«, fragt er ohne jegliche Begrüßung.

Jonathan geht in die Knie. »Kein Blut«, antwortet er. »Aber einen Haufen hübscher Scheine.« Danach greift er sich an die Gesäßtasche, um seine Geldbörse herauszuholen. Vor den Augen von Joe öffnet er diese und gewährt ihm ein Blick auf dessen Inhalt.

»Was willst du dafür?«, fragt der Mann.

»Nur ein paar Antworten.«

Skeptisch runzelt der Alte die Stirn. »Antworten worauf?«

»Ich habe Fragen zu Vincent Raven«, erklärt ihm Jonathan.

Der Mann verzieht das Gesicht, wodurch Zahnlücken zum Vorschein treten. »Über den spricht man lieber nicht«, schnaubt er.

»Das sind etwa eintausend Dollar«, erwidert Jonathan unbeeindruckt und hält ihm dabei die Geldbörse unter die Nase. »Wenn ich keine Antworten bekomme, bekommst du nicht einen mickrigen Dollar.«

Sein Gegenüber rauft sich die dünnen Haare und nickt dann nachgiebig. »Schon gut, aber das könnte dich alle Scheine kosten.«

»Du kriegst nur, was du dir verdienst.«

Joe sieht ihn grimmig an. »Schön. Was willst du wissen?«

»Wie viele Vampire gehören derzeit zu Vincents Clan?«

»Dreiundzwanzig hungrige Bestien«, erwidert der Mann und nimmt somit den ersten Schein entgegen. Während mich die Zahl nervös macht, bleibt Jonathan weiterhin die Ruhe selbst.

»Gibt es unter ihnen viele Ältere?«

Der Kerl hustet plötzlich so stark, dass ich für einen Moment befürchte, dass er daran erstickt.

»Knapp die Hälfte von ihnen ist nicht älter als ein halbes Jahrhundert«, erzählt er und wischt sich dabei etwas Spucke vom Kinn. »Aber der Rest ist sehr alt. Soweit ich weiß, haben sie zwischen einhundert und zweihundert Jahre auf dem Buckel. Nur eine Handvoll reicht sogar an knappe dreihundert heran.«

Besorgt lecke ich mir über die Lippen. *Na wunderbar. Wir sind geliefert.*

»Gibt es irgendetwas, über das die Leute reden?«

»Er hat viele Geliebte«, meint Joe.

»Seine Liebschaften interessieren mich nicht. Ich will wissen, ob er irgendwelche Geheimnisse hat.«

Der Alte zuckt mit den Schultern. »Hab ein paar Gerüchte gehört, aber weiß nicht, ob da was dran ist.«

Jonathan drückt ihm ein paar Scheine in die Hand. »Worum ging es?«

»Man erzählt sich, dass er oft im *Kingdom* ist.«

»Meinst du die Bar am Stadtrand?«

Der Kerl nickt und wischt sich dann mit zittrigen Fingern eine Haarsträhne aus der Stirn. Vermutlich ist er auf einer Art Blutentzug.

»Und was tut er da?«, fragt Jonathan.

Die braunen Augen des Alten mustern gierig die Scheine, die noch immer zum Greifen nah sind.

»Keine Ahnung. Er verschwindet ins Hinterzimmer. Hab schon 'ne Menge Theorien darüber gehört, was er da veranstaltet.«

»Ich gebe dir mein ganzes Geld, wenn du mir sagst, was du alles über seine Besuche gehört hast.« Danach zieht er die restlichen Scheine aus dem Portemonnaie und hält sie ihm entgegen.

»Die Tür ist immer verschlossen und wird permanent bewacht«, erwidert der Mann und leckt sich begierig über die Lippen. »Manchmal ist er Stunden da drin und manchmal nur Minuten. Deshalb glauben die meisten, dass er darin irgendetwas Wertvolles aufbewahrt. Vielleicht so 'ne Art Schatz. Hab aber auch schon gehört, dass der Kerl mal 'ne Tochter hatte und sie dort gefangen gehalten wird.« Dann lächelt Joe. »Zuzutrauen wäre es ihm.«

Ohne Weiteres drückt Jonathan dem Kerl das Geld in die Hand und stemmt sich auf die Beine.

»Wir müssen nachsehen«, sagt er und steuert direkt wieder auf das Fahrzeug zu. »Was auch immer er da versteckt, könnte uns wichtige Antworten liefern.«

Der Obdachlose sieht uns verwundert hinterher, während er die Scheine in seine Innentasche stopft.

»Aber die Tür wird bewacht«, gebe ich zu bedenken.

Hinter uns dröhnt das raue Husten von Joe durch die Gasse.

»Und wenn das unsere einzige Chance ist, um Vincent von dir fernzuhalten? Ich meine, vielleicht haben die Leute recht und er hält dort jemanden gefangen.«

Mein Herz krümmt sich, denn das Gefühl dieser endlosen Leere dringt durch mich hindurch, während sich die Schreie des Kindes in meine Gedanken drängen.

»Wir müssen uns den Laden wenigstens einmal ansehen, Caitlyn.« Mit diesen Worten zieht er die Fahrertür auf. »Noch weiß Vincent nicht, dass wir ihm hinterherschnüffeln, aber das wird nicht ewig so sein. Wir sollten uns beeilen«, erklärt er über das Autodach hinweg und steigt dann ein.

»Also gut«, antworte ich entschlossen. Was habe ich zu verlieren? Ich bin anscheinend schon öfter gestorben und bisher hat mich das auch nicht aufgehalten.

Kapitel 8

Wir benötigen etwa eine Dreiviertelstunde bis zum anderen Ende der Stadt. Unterdessen hat strömender Regen eingesetzt und lässt den Ausblick aus der Frontscheibe verschwimmen. Die Scheibenwischer bewegen sich rhythmisch auf und ab. Genau wie meine Gedanken, die zwischen Optimismus und Pessimismus pendeln. Irgendwie habe ich ein ungutes Gefühl und gleichzeitig doch so viel Hoffnung. Ich weiß, dass dieser Schrei eine tiefere Bedeutung hat. Das Kind, das ich hören konnte, hat diese enorme Energie entfacht. Es gibt irgendeine Verbindung, die ich zwar fühlen, aber nur schwer in Worte fassen kann. Vielleicht stoßen wir dort auf die Erklärung, die ich so dringend brauche. Oder wir folgen einer falschen Fährte und liefern uns Vincent aus. Wer weiß das schon?

Jonathan manövriert das Auto auf einen spärlich beleuchteten Parkplatz. Daneben befindet sich eine ziemlich heruntergekommene Bar. Die dunklen Außenwände sind mit Graffiti beschmiert und Risse ziehen sich über das alte Mauerwerk. Das Leuchtschild über der Tür hängt nur noch auf halb acht und einige Glühbirnen haben den Geist aufgegeben.

»Kigdm«, lese ich mit gerunzelter Stirn. Zum ersten Mal kommt mir der Spruch *»Ein Königreich für ein Pferd«* wie ein äußerst faires Angebot vor.

»Du solltest im Wagen bleiben«, meint Jonathan und lehnt sich dann zu mir herüber, um das Handschuhfach zu öffnen. Bis zu diesem Zeitpunkt habe ich nicht gewusst, dass wir mit einem ganzen Waffenarsenal herumfahren. Vor mir liegen drei Schusswaffen und ein paar Klappmesser. Jonathan nimmt sich eine Pistole und wirft danach das Fach zu.

»Nur für den Notfall«, erklärt er und steckt sich die Waffe in die Innentasche seiner Jacke.

Dabei beobachte ich ihn mit großen Augen.

»Wenn ich in fünf Minuten nicht zurück sein sollte, fährst du zurück zum Haus«, ordnet er an und will schon die Tür öffnen.

»Warte!«, platzt es aus mir heraus. »Du willst da doch nicht ernsthaft reingehen?«

»Ich muss«, beteuert Jonathan.

»Nein. Hier ist nichts«, entgegne ich. »Ich würde es ganz sicher spüren.«

»Und wenn du dich irrst?« Er sieht mich durchdringend an. »Irgendetwas ist da, sonst würde er sich nicht die Mühe machen, es bewachen zu lassen.«

Nachgiebig lasse ich mich in den Sitz fallen. »Fünf Minuten«, brumme ich. »Aber vergewissere dich vorher, ob Vincent dort ist.«

»Versprochen«, erwidert er und drückt mir einen Kuss auf die Wange. »Und bleib ja im Wagen.«

Die Fahrertür schwingt auf und das laute Prasseln des Regens schallt ins Fahrzeuginnere. Jonathan zieht sich den Kragen seiner Jacke ins Gesicht. Ich kann nicht stillsitzen und auf ihn warten.

»Von wegen«, dringt es aus meinem Mund, ehe ich aus dem Auto springe.

»Steig wieder ein«, höre ich Jonathan gegen den Lärm des Unwetters anbrüllen.

»Ich lasse dich da nicht allein reingehen!«

»Hör auf, so stur zu sein.« Er schlägt die Wagentür zu und tritt um die Motorhaube herum. Schon jetzt ist er bis auf die Haut durchnässt.

»Tu das nicht«, wispert er, als er zu mir aufschließt und mir über meine eiskalte Wange streichelt.

»Ich habe kein gutes Gefühl«, erkläre ich ihm.

Ehe wir einander noch etwas sagen können, öffnet sich die Tür der Bar. Blitzschnell zieht Jonathan mich hinter das Auto.

Stimmen erklingen. Erst verstehen wir nichts, doch nur kurze Zeit später folgt ein lautes Lachen.

»Und was hat er dann gesagt?«, fragt ein Mann.

»Er hat mich einen alten Herrn genannt und mich gebeten Platz zu machen.«

Wir sehen einander vielsagend an, denn bei dem Kerl, der antwortet, handelt es sich ganz offensichtlich um Vincent Raven.

»Das hat er sicher bereut.«

»Allerdings«, meint Vincent, der plötzlich stehen bleibt. Auch seine Begleitung hält augenblicklich inne. Es ist fast zu spüren, wie intensiv sie das Auto mustern.

»Steig ein«, dringt Jonathans Stimme in meinen Kopf. Dabei

tastet er vorsichtig nach dem Türgriff. »Ich will, dass du zu deiner Mutter fährst. Da bist du wenigstens nicht allein.«

Atemlos schüttele ich mit dem Kopf.

»Wir treffen uns dort.«

Obwohl ich mich in vielen Situationen weigern würde, meiner Mutter einen Besuch abzustatten, ist dieser Moment doch der undenkbarste. Ich will mich ganz sicher nicht an ihren runden Esstisch setzen, auf die Blümchentapete starren und dabei vor lauter Angst umkommen.

Flehend lege ich Jonathan die Hand auf den Arm, während sich die Schritte der beiden langsam nähern.

»Steig ein«, wiederholt er eindringlich. Für eine weitere Geste oder ein weiteres Wort bleibt keine Zeit. Jonathan zieht die Beifahrertür auf und verfrachtet mich sofort in den Wagen. Alles geht so schnell, dass ich vollkommen überrascht bin, als ich das Lenkrad statt Jonathans Arm unter meinen Fingern fühle.

»Mach schon!«, brüllt er und ich gebe Gas. Der Wagen donnert über den Bordstein und schürft dabei an einer Laterne entlang, ehe ich auf der Straße lande. Ich schaue nicht einmal in den Rückspiegel, so sehr schlägt mir das Herz bis zum Hals. Es dauert mehrere Minuten, bevor sich mein Puls und die Nadel des Tachos beruhigen. Erst danach packt mich die Sorge um Jonathan. Was ist, wenn Vincent ihn erneut so schwer verletzt und dann niemand da ist, um ihn zu retten?

»Du machst mich ganz nervös«, sagt meine Mutter mit einem Augenrollen, nachdem ich bereits seit einer knappen Viertelstunde stumm an ihrem Tisch sitze. »Willst du mir nicht endlich sagen, was los ist, und dir mal deinen Mantel ausziehen?«

Ich reagiere überhaupt nicht, denn sie besitzt die Fähigkeit, mir eine Lüge direkt anzusehen. Sobald sie einen Braten riecht, lässt sie nicht locker. Schweigen ist daher das Einzige, das sie nicht in Gefahr bringt.

»Die Uhr läuft nicht schneller, nur weil du sie anstarrst«, knurrt meine Mutter und schiebt mir unterdessen einen Becher Kaffee entgegen. »Hat es irgendetwas mit Jonathan zu tun? Geht es dabei vielleicht um seine Frau?«, mutmaßt sie.

Ich schüttele den Kopf. Skeptisch hebt sie eine Augenbraue und beäugt mich. Wenn ich ohne jegliche Anmeldung hereinplatze, dann habe ich irgendwelche Probleme. Wir beide wissen das. Es fing schon an, nachdem ich ausgezogen bin. Keine zwei Monate später stand ich wegen meiner ersten Geldprobleme auf der Matte. Danach folgten Krisensitzungen aufgrund von gescheiterten Beziehungen oder weil ich Probleme mit dem Studium hatte. Keine dieser Sorgen konnten je bei einer dieser Sitzungen geklärt werden. Ich fand mein Glück erst, als ich alles hinschmiss und Privatdetektivin wurde. Es macht also kein Sinn, meiner Mutter reinen Wein einzuschenken und sie mit der Existenz von Vampiren zu schockieren. Was soll sie schon tun? Sie kann ja nicht einfach ins Auto steigen und Vincent den Hintern versohlen.

»Ich mache mir wirklich Sorgen, Caitlyn«, kommt es ihr über die Lippen, während sie ihre Hand auf meine legt.

Besorgt schaue ich auf den Kaffeebecher hinab. Mit einem Becher Kaffee hat alles angefangen und ich hoffe, dass es nicht auch auf diese Art enden wird.

»Soll ich Maggie anrufen?«, fragt meine Mutter, als ich etwas im Treppenhaus höre.

Prompt löse ich mich von ihrer Berührung und bitte sie mit

erhobener Hand um Ruhe. Meine Ohren sind gespitzt, als ich nach dem Geräusch von Schritten horche.

»Jonathan«, presse ich erleichtert hervor und springe sogleich auf. Hierbei stoße ich mit dem Ellenbogen gegen die Tischkante und verschütte meinen Kaffee, der sich über die Platte ergießt. Während meine Mutter meckert und sich um ihr altes Holz sorgt, eile ich zur Haustür.

Kaum habe ich sie geöffnet, fällt mir Jonathan mit blutverschmiertem Hemd um den Hals. Erschrocken wandern meine Augen an ihm herab. Seine Haut ist warm, viel zu warm für einen Vampir.

»Was ist passiert?«, frage ich. Dabei löse ich mich von ihm, um mir das Blut anzusehen, mit dem sich der Stoff seines Hemdes vollgesogen hat.

»Mir geht es gut«, versichert er, doch es ist unmöglich, ihm das zu glauben. Zügig schiebe ich die Haustür zu und führe ihn den Flur entlang. Schwer atmend folgt er mir. Jeder Schritt ist mühselig.

»Mach Platz«, dränge ich meine Mutter, die verwirrt von ihrem Esstisch aufsieht.

»Ach du meine Güte«, krächzt sie entsetzt und schlägt sich die Hand vor den Mund.

»Es ist alles in Ordnung. Ich hatte nur einen kleinen Unfall«, erklärt Jonathan und lässt sich dann auf den freien Stuhl fallen.

»Ich rufe einen Krankenwagen«, reagiert meine Mutter und will schon in den Flur laufen, um das Telefon zu holen.

»Nein!«, schreien Jonathan und ich wie aus einem Mund.

Verdutzt sieht sie uns an, während ich meine Hand auf seine Wunde presse. »Ich brauche ein Handtuch«, rufe ich, ohne ihr eine Erklärung zu liefern.

Für einen Moment steht sie einfach nur da. Vermutlich klingeln ihre mütterlichen Alarmglocken, weil ihr gerade klar wird, dass hier irgendetwas ganz und gar nicht stimmt. Doch obwohl man ihr vom Gesicht ablesen kann, dass sie tausend Fragen hat, gehorcht sie schließlich und bringt mir, was ich verlange. Unterdessen schiebe ich den Stoff seines Hemdes hoch, um mir seine Verletzung anzusehen. Die Wunde heilt zwar, allerdings furchtbar langsam. Seinem Körper fehlt vermutlich die Kraft, um damit fertig zu werden. Schlimmstenfalls könnte er verbluten.

»Wir müssen zu Lola«, beschließe ich, doch Jonathan packt mich kopfschüttelnd am Arm.

»Das dauert zu lange.«

Keine Ahnung, wie viel Blut er verloren hat, aber die Tatsache, dass sich seine Haut so furchtbar warm anfühlt, kann nichts Gutes bedeuten.

»Was soll ich dann tun?«, frage ich ihn von Angst ergriffen.

»Wir müssen wohl oder übel einfach warten«, antwortet er. »Es gibt keine andere Möglichkeit, als ruhig zu bleiben und so Kraft zu sammeln.«

Mit großen Augen blicke ich auf meine blutverschmierten Finger hinab. Ich will weder warten müssen, noch ihm beim Sterben zusehen. Schließlich sehe ich ihm an, dass er mich anlügt. Unter seinem Hemd verbirgt sich eine tiefe Wunde und mit seinem Versuch, all das herunterzuspielen, reißt er mir ebenso eine.

In diesem Moment bringt meine Mutter die Handtücher. Sie hält mir einen ganzen Stapel entgegen.

»Mom?«, dringt es aus meinem Mund, während ich mit Tränen in den Augen zu ihr aufblicke. »Es tut mir leid. Es tut mir unendlich leid.« Mit diesen Worten schlage ich ihr mit der Kraft meiner Gedanken einen Kerzenständer an den Hinterkopf. Zuzusehen, wie sie zu Boden geht, schmerzt, doch ich habe keine andere Wahl.

»Ich hole ein Messer«, schniefe ich und springe auf, um eines aus der Küche zu holen.

»Nicht doch«, protestiert Jonathan, aber ich denke gar nicht daran, darauf einzugehen.

Er wird sie weder beißen noch verwandeln, aber er wird jetzt trinken, ob er das für eine gute Idee hält oder nicht.

Hektisch wühle ich mich durch die Schubladen, ehe ich zwischen all den Brotmessern etwas Anständiges finde. In der scharfen Klinge spiegeln sich die Kacheln der Küche, ehe ich mein fahles Gesicht sehe. Ein kurzer Blick in meine von Furcht gezeichneten Augen lässt mich innehalten.

Mir wird klar, dass es jetzt kein Zurück mehr gibt. Meine Mutter wird aufwachen und Fragen stellen. Fragen, die ich ihr niemals beantworten kann. Nicht wenn ich will, dass sie in Sicherheit ist. Vielleicht muss ich sie also doch verlassen. Allein der Gedanke versetzt mir einen Stich. Ich beiße mir auf die Unterlippe und betrete unterdessen das Esszimmer. Jonathans Gesicht ist schmerzverzerrt. Seine Finger liegen auf seinem Bauch, der sich im schweren Rhythmus seines flachen Atems hebt und senkt.

»Es geht gleich wieder«, verspreche ich ihm und hocke mich neben den reglosen Körper meiner Mutter. Ihre Hand hängt schlaff in meiner, als ich sie vom Boden hebe. Ihr die Klinge ins Fleisch zu drücken ist alles andere als leicht, aber es muss sein. Ihr Blut tropft auf das alte Parkett. Obwohl ich ihm so nah bin, weckt es nichts in mir. Es ist, als würde ich Wasser dabei beobachten, wie es in die Spalten des Holzes rinnt. Auf Jonathan hat es eine ganz andere Wirkung. Wie hypnotisiert starrt er auf die Wunde in ihrer Hand. Er ringt mit sich. Das Feuer in seinem

Inneren lodert, auch wenn er es mit letzter Kraft zu bändigen versucht.

»Du musst«, flüstere ich und strecke den Arm meiner Mutter. Stöhnend erhebt er sich vom Stuhl, um sich danach neben mir auf die Knie fallen zu lassen. Er drängt mich beiseite und presst gierig sein Gesicht in ihre Handfläche.

Das saugende Geräusch, das den Raum erfüllt, ist kaum zu ertragen. Hinzusehen ist deshalb unmöglich. Meine Augen liegen auf der potthässlichen Tapete, dessen Blumen sich zu bewegen anfangen, desto intensiver man sie ansieht. Es ist hypnotisierend und lässt mich wenigstens für den Moment darin verschwinden.

Erst als Jonathan von ihr ablässt und sich gegen die Wand lehnt, erwache ich aus meiner Trance. Mit den Fingern wischt er sich das Blut von den Lippen.

»Irgendetwas ist da«, meint er dann. »Vincent war ziemlich sauer darüber, dass wir dort gewesen sind.«

Mit großen Augen sehe ich ihn an. »Was ist passiert?«

»Er hat mir seinen Begleiter auf den Hals gehetzt und wollte dir folgen.« Dabei schüttelt er mit dem Kopf. »Das konnte ich nicht zulassen, also habe ich Vincent attackiert.«

»Was er sich nicht bieten ließ«, folgere ich.

»Vincent wollte mich nicht so schwer verletzen. Ich wollte ihn mit meiner Waffe auf Abstand halten, aber der andere griff mich von hinten an. Bei dem Durcheinander löste sich versehentlich ein Schuss. Als der laute Knall unseren Lärm durchbrach, hat sich keiner der beiden gerührt. Erst als ich mich wieder auf die Beine stemmte, sind sie abgehauen.«

Wütend sehe ich ihn an. »Dieser Mistkerl!«

»Er wusste, dass ich dich aufsuchen werde, also müssen wir

schleunigst hier weg. Ich kann nicht versichern, dass mir keiner von ihnen gefolgt ist.«

»Wohin sollen wir denn fahren?«, will ich wissen. »Ich kann unmöglich irgendwo mit meiner bewusstlosen Mutter aufkreuzen.«

»Es gibt da einen Ort«, entgegnet er mir und rafft sich hoch. »Ich trage deine Mutter.« Jonathan wirft sich ihren Körper daraufhin wie einen Kartoffelsack über die Schulter. Bereitwillig nicke ich und begebe mich noch mal in die Küche. Dort lege ich das Messer zurück in die Schublade, als mein Handy klingelt.

»Komm schon«, höre ich Jonathan aus dem Flur brüllen.

»Fuck«, dringt es aus meinem Mund. Es ist Flinch, dessen Name auf dem Display aufleuchtet. Mit dem Handy in der Hand gehe ich schnurstracks in den Flur. Mit einem Kopfnicken deute ich Jonathan vorzugehen und nehme unterdessen das Gespräch entgegen. Was ihn dazu veranlasst, noch mal einen ungläubigen Blick zurückzuwerfen, während er über die Türschwelle ins Treppenhaus tritt.

»Arbeitest du überhaupt noch für mich?«, dringt Flinchs Stimme an mein Ohr. Er klingt ziemlich sauer. »Ich habe keinen einzigen Bericht von dir.«

Ich will ihn gerade um Geduld bitten und ihm erklären, dass der Fall sehr einnehmend ist, doch ehe ich zu Wort komme, bleibt Jonathan wie angewurzelt stehen.

»Warte mal«, sage ich zu Flinch und befördere ihn in die Warteschleife. Dass er sich jetzt eine dieser nervigen Melodien anhören muss, wird ihm sicher noch weniger gefallen, aber irgendetwas stimmt nicht.

»Was ist los?«, frage ich und strecke meinen Kopf, um an Jonathan vorbeizusehen. Mir bleibt fast das Herz stehen, als ich die etwas mollige Nachbarin Mrs Tale auf den Stufen vor uns erblicke. Ihrem entsetzten Blick nach zu urteilen ist sie gerade dabei, ihre Gedanken zu sortieren und eine Lösung für den reglosen Körper meiner Mutter zu finden. »*Ist sie tot?*«, entfährt es Mrs Tale erschrocken.

»Keine Sorge«, höre ich mich selbst sagen und dränge mich an Jonathan vorbei.

»Die Arme«, wimmert Mrs Tale und wirft einen neugierigen Blick zur Wohnung meiner Mutter. »Wer wird denn dann hier einziehen?«

»Tut mir leid«, brumme ich in den Kragen meines Mantels. »Aber meine Mutter ist nicht tot.«

»Es war nur ein kleiner Unfall«, fügt Jonathan hinzu.

Mrs Tale scheint ihn erst jetzt zu erkennen. Ihre Augen pendeln zwischen uns umher.

»Mr Green«, geht es ihr verblüfft über die Lippen.

»Wir haben leider keine Zeit zum Plaudern«, entgegne ich und schiebe die Frau zur Seite.

»Das ganze Blut«, japst sie, als sich Jonathan, mit seinem verschmierten Hemd, an sie vorbeizwängt. Dabei fächert sie sich unruhig Luft zu. »Herrgott, beeilen Sie sich doch!«

Kopfschüttelnd eile ich die Treppe hinab, ehe wir das Haus verlassen. Noch bevor wir ins Auto steigen, kommt mir Flinch in den Sinn.

»Scheiße«, fluche ich und hole ihn aus der Warteschleife.

»Ich glaube, du verstehst das nicht«, höre ich ihn sagen. Anscheinend unterhält er sich längst mit jemand anderem. »Sie hat mich einfach in die Warteschleife gelegt«, beschwert er sich, wobei ich mir gut vorstellen kann, wie seine Gesichtsfarbe das Rot seines karierten Lieblingshemdes angenommen hat.

»Pierce?«, frage ich, um seine Aufmerksamkeit zu erregen. Doch er ist so in Rage, dass er nichts davon mitbekommt.

»Steig ein«, sagt Jonathan, bevor er meine Mutter auf den Rücksitz legt.

Als ich auf dem Beifahrersitz Platz nehme, versuche ich es erneut, während ich einen besorgten Blick nach hinten werfe. Sie schläft noch immer tief und fest. »Pierce? Hallo?«

»*Ohhhh*«, dröhnt es mir entgegen. »Hat die werte Dame jetzt Zeit für mich?«

»Es tut mir leid«, antworte ich, auch wenn das eigentlich unnötig ist. Schließlich habe ich einen guten Grund. Man ist ja nicht alle Tage auf der Flucht vor einer Gruppe blutsaugender Killermaschinen und muss nebenbei noch seine bewusstlose Mutter an der größten Klatschtante des Viertels vorbeitragen. Ein Anruf in so einer Situation ist nun einmal unpassend und wenn er die Wahrheit kennen würde, hätte er allen Grund dazu, sich zu entschuldigen.

»Meine Mutter hatte einen Unfall«, lüge ich stattdessen.

Für einen Moment ist es still.

»Oh, das tut mir leid. Ich wusste nicht ...«, stammelt Flinch. »Geht es ihr gut?«

»Wir sind gerade auf dem Weg zum Krankenhaus.« Noch eine Lüge. Es ist schon verrückt, wie leicht es mir fällt. Sonst war ich immer auf der Suche nach der Wahrheit und nun bin ich selbst eine Lügnerin. Das Leben geht seltsame Wege.

»Das ist natürlich wichtiger. Kümmere dich gut um sie und melde dich einfach, sobald du kannst.«

»Das werde ich.«

Danach verabschiede ich mich und lasse dann das Handy in meine Manteltasche gleiten.

»Wohin werden wir fahren?«, frage ich Jonathan.

Er schaut gerade über die Schulter, um den Wagen aus der Parklücke zu manövrieren. »Zu einer alten Bekannten.«

»Einer Freundin?« Schon nachdem ich es ausgesprochen habe, kommt es mir so vor, als würde sich diese Frage furchtbar eifersüchtig anhören.

Seine Grübchen treten zum Vorschein. Er wirft mir einen vielsagenden Blick zu.

»Keine Sorge, sie ist mir viel zu alt.«

Wir haben die Stadt längst verlassen. Anstelle von geteerten Straßen liegen nur noch Sandwege vor uns. Langsam bezweifle ich, dass wir hier draußen eine Vampirdame treffen. Das passt einfach nicht in das Bild, das ich bisher von ihnen habe.

Untergrund-Vampire, die mit Blut dealen, sich von zugedröhnten Prostituierten welches abzapfen oder in riesigen Clans, wie in Mafiafamilien, in Städten große Geschäfte machen. Sie alle scheinen den Kontakt zu anderen Vampiren zu brauchen und hier draußen ist bis auf die vielen Bäume, Felder und die Wildtiere weit und breit niemand zu sehen.

Naja niemand – außer uns.

»Caitlyn?« Das Flüstern meiner Mutter reißt mich aus meinen Gedanken. Ich werfe einen besorgten Blick auf die Rückbank. Sie hält sich den Kopf und betrachtet durch schmale Augen die Wunde auf ihrer anderen Handinnenfläche.

»Was ist passiert?«, will sie wissen. Ihre Stimme ist brüchig. Vermutlich hat sie der Schlag doch stärker erwischt, als es beabsichtigt war. Noch hatte ich meine Kraft also keineswegs voll unter Kontrolle.

»Es ist alles in Ordnung«, antworte ich und berühre sie tröstend an ihrem Bein.

Meine Mutter schmatzt müde. »Wie spät ist es?«

Ich werfe einen Blick auf die Uhr des Bordcomputers. »Kurz nach ein Uhr nachts«, antworte ich. Mir ist nicht bewusst, dass ich ihr damit auf die Beine helfe. Wie vom Hafer gestochen schießt sie urplötzlich auf dem Sitz hoch. Sie murmelt irgendetwas Unverständliches.

»Mom? Was ist denn los?«

Die Fähigkeiten meines Freundes sind so ausgereift, dass eine einzige Berührung an ihrer Stirn dafür sorgt, dass sie erneut auf dem Sitz zusammensackt.

Meine Augen sind weit aufgerissen. Ich kann die Luft förmlich auf meiner Netzhaut fühlen und dabei wahrnehmen, wie die Kälte auf ihr prickelt. Jonathan amüsiert es, mich so zu sehen.

»Wie zum Henker hast du das gemacht?!«

»Ich verrate nie meine Tricks«, albert er und biegt in diesem Moment in einen schmalen Weg ein, der nicht aus Sand, sondern aus dunklem Erdboden besteht. Lediglich die Spurrillen sind vom umliegenden Gras befreit. Wir holpern über die Erhebungen und der finstere Wald, der eben noch entfernt war, starrt nun förmlich ins Fenster.

Mich erinnert diese Szenerie an die vielen Horrorfilme, die ich in meinem Leben gesehen habe, und hoffe, dass nicht gleich irgendwer plötzlich auf der Straße steht.

»Muss sie denn ausgerechnet irgendwo im Nirgendwo wohnen?«, brumme ich und vergrabe das Kinn im Kragen meines Mantels.

»Hast du etwa Angst?«, will er wissen und lacht. »Du bist doch längst selbst das Monster.«

Ich zwicke Jonathan in den Oberarm und schlage danach fast mit der Stirn auf dem Armaturenbrett auf. Er hat so abrupt gebremst, dass mich nur mein Gurt davor bewahrt hat. Ich werfe einen Blick aus der Frontscheibe. Ein Reh hat unseren Weg gekreuzt und steht nun wie erstarrt im Licht der Scheinwerfer. Es neigt den Kopf und presst die Augen zusammen, als versuchte es, irgendetwas zu erkennen.

»Jonathan?«, murmele ich nervös. Ich traue mich nicht, es auszusprechen, aber es wirkt erschreckend menschlich.

»Es ist alles in Ordnung«, antwortet er leise. So als will er es nicht aufscheuchen. Dann erklingt ein Klicken, als er sich abschnallt, und ich höre, wie sich der Gurt über den Stoff seiner Jacke zieht. Mein Blick wandert zu ihm hinüber.

»Warte«, flüstere ich, als er bereits vorsichtig die Wagentür aufschiebt. Vollkommen ungerührt tritt er in das fahle Licht, inmitten der Dunkelheit. Die kalte Luft strömt ins Fahrzeuginnere und hat zur Folge, dass meine Mutter leise aufstöhnt. Besorgt schaue ich kurz zur Rückbank, bevor sich meine Augen wieder ängstlich auf Jonathan heften. Er nähert sich dem Tier, das keinerlei Anstalten macht fortzulaufen. Neugierig streckt es den Kopf vor, während die feuchte Nase zuckt.

Jonathan sagt etwas, doch ich kann ihn nicht verstehen. Der Herbstwind tobt pfeifend durch die Baumkronen und der glucksende Motor ist unheimlich laut. Am liebsten würde ich aussteigen und ihn wieder zum Auto rufen, aber irgendwie traue ich mich nicht, aus dem sicheren Fahrzeuginneren auszusteigen. Die Dunkelheit um uns herum ist so tiefschwarz, dass ich mich in die Zeit von Campingausflügen zurückversetzt fühle. Ich habe sie gehasst und ich weiß auch genau warum. Wieso um alles in der Welt soll es Spaß machen, nachts in vollkommener Finsternis in einem

Zelt zu liegen und sich auszumalen, was in der Schwärze alles lauert? Ich habe zu jener Zeit nie schlafen können, weil meine Ohren gespitzt und mein Puls auf hundertachtzig waren. Diesem Gefühl von damals bin ich erschreckend nahe. Irgendetwas stimmt an diesem Reh nicht. Vor uns steht wieder irgend so ein Monster auf der Straße. Ich spüre es, auch wenn ich noch nicht erkennen kann, um was für eine Art von Kreatur es sich diesmal handelt.

Als sich das Reh plötzlich aufbäumt und seine Vorderbeine in die Höhe ragen, tue ich das für mich einzig Richtige – ich schlage mit der Handfläche auf die Hupe, deren Dröhnen die gesamte Gegend erfüllt.

Das Tier prescht los und rennt den Weg hinauf. Jonathan läuft zum Auto zurück und springt auf den Fahrersitz. Er schließt die Tür mit der Kraft seiner Gedanken und schnallt sich ebenso an. Seine Hände liegen längst auf dem Steuer und er gibt Gas. Der holprige Untergrund scheint sich bei diesem Tempo in ganze Berglandschaften zu verwandeln. Wie im Wellengang geht mein Körper auf und ab. Meine Mutter ist schon fast von der Rückbank gerutscht und ich flehe nur, dass er langsamer fahren soll. Doch Jonathan hat nicht vor, das Tier aus den Augen zu verlieren. Noch immer können wir das weiße Fell seines Hinterns im Fernlicht sehen.

Die Verfolgungsjagd dauert mehrere Minuten, ein paar Abzweigungen und drei beinahe Zusammenstöße mit der Fahrzeugdecke. Danach taucht es wie aus dem Nichts vor uns im Schutz des Nebels auf: ein altes Holzhaus inmitten des Waldes, welches zum Großteil mit Efeu bedeckt ist und dessen morsche Fensterläden schief im Wind klappern.

Das Reh ist plötzlich wie vom Erdboden verschluckt und der provisorische Weg endet an dieser Stelle. Während ich mich mit offenem Mund vorbeuge, um das Geisterhaus zu betrachten, dreht Jonathan am Zündschlüssel. Der Lärm des Motors stirbt und zurück bleibt nur das Geräusch des pfeifenden Windes und das Stöhnen des altersschwachen Holzhauses.

»Du willst doch nicht da reingehen?«, frage ich fassungslos.

»Möchtest du lieber hier draußen bleiben?«, fragt er und kneift währenddessen skeptisch die Augen zusammen. Anscheinend hat Jonathan längst den Entschluss gefasst, hier mitten in der Nacht auszusteigen.

»Sie wird nicht ewig warten«, sagt er.

Ich schüttele unverständlich den Kopf. »Wie bitte? Sie wohnt hier?«

Er lächelt lediglich und schwingt sich aus dem Wagen. Danach öffnet er die Hintertür und zieht meine Mutter vorsichtig an sich.

»Na toll«, knurre ich, als die Tür zufällt und er sich langsam vom Auto entfernt. Ich habe keine Ahnung, was mich dort erwartet, aber in mir tobt ein seltsames Gefühl. Es ist, als wäre wieder ein Sturm aufgezogen.

Dunkel, laut und kalt.

Die Tür knarrt, als Jonathan sie aufschiebt. Die Luft riecht feucht und modrig. Im Haus ist es eiskalt. Der Boden ist an einigen Stellen aufgebrochen und Holzdielen ragen in den Raum hinein. Die wenigen Möbel, die im Eingangsbereich stehen, sind eingestaubt und nur teilweise mit vergilbten Laken überzogen.

»Wir gehen am besten nach oben«, sagt Jonathan, nachdem er sich prüfend umgesehen hat. Eine geschwungene Treppe führt ins Obergeschoss, doch ich traue dessen morschen Stufen nicht.

Sie wirken so brüchig wie der Rest des Hauses. Schon während er seinen Fuß drauf setzt, quietscht sie, als würde das Holz aufschreien. Jonathan vergewissert sich, indem er die Stufe intensiver belastet, ehe er das Gewicht von sich und das meiner Mutter darauf wuchtet.

Ich stehe am Fuß der Treppe und beobachte, wie er sich langsam hinauf kämpft. Irgendetwas sagt mir allerdings, dass wir dort oben niemanden finden werden. Es ist nur ein Gefühl, doch es kriecht mir eiskalt den Rücken hinauf.

Man beobachtet uns.

Ich drehe mich um und versuche, die Person aufzuspüren, die mich aus den umliegenden Räumlichkeiten mustert. Aber da ist nichts. Stattdessen höre ich, wie leise Musik ertönt. Während ich mich ungläubig umsehe, dringt ein weiteres Geräusch an meine Ohren. Es klingt ganz so, als würde man Papier über Stein ziehen. Ich will Jonathan zurufen, doch die Musik und die Geräusche werden mit einem Mal lauter. Irgendetwas hält mich davon ab, den Mund zu öffnen oder mich sonst irgendwie zu bewegen. Staub rieselt aus den Spalten der Holzwände. Der Boden unter meinen Füßen zittert. Weil ich Angst habe, bleibt mir nichts anderes übrig, als dazustehen und mit anzusehen, wie sich das Holz der Wände in Stein verwandelt. Tapetenfetzen wandern darüber, um letztendlich wie unbeschadet auszusehen. Unter mir zieht ein blutroter Teppich entlang und die Laken wirbeln zusammen mit dem Staub in der Luft herum, ehe sie vom Nichts verschluckt werden. Ich will aus vollem Leibe schreien, doch ich kann nicht. Was auch immer mich in seiner Gewalt hat, ist stärker. Die Musik ist mittlerweile so dröhnend laut, dass sie jedes andere Geräusch übertönt. Mein Körper beginnt sich zu drehen. Vielleicht ist es aber auch das Haus, dessen Bewegung schwindelerregend Fahrt aufnimmt.

Erst als alles zum Stillstand kommt, erlischt die Musik. Das Licht eines Kronleuchters geht an.

»*Jonathan?*«, entfährt es krächzend meiner Kehle.

Panisch laufe ich die Stufen hinauf, die urplötzlich ganz anders aussehen. Überrascht bleibe ich am oberen Ende der Treppe stehen, als ich erkenne, dass ich mich in Vincents Haus befinde.

»Anna!«, erklingt es flehend aus dem Flur des Obergeschosses. Der unerwartete Ausruf lässt mich zusammenzucken.

In meinem Blickfeld taucht ein junges Mädchen auf. Sie sieht fast genauso aus wie ich, als ich in ihrem Alter war. Sie trägt ein altertümliches Kleid und läuft so schnell auf mich zu, dass ich glaube, dieses junge Ebenbild wird jeden Moment in mich hineinlaufen. Doch obwohl ich mich bereits erschrocken der Wand hinter mir nähere, passiert das nicht. Das Mädchen wird kurz vor mir von einem Mann am Handgelenk gepackt. Es ist ohne Frage Vincent Raven, der sie mit Tränen in den Augen anfleht zu bleiben. Anscheinend kann weder er noch sie mich sehen, auch wenn es sich so anfühlt, als wäre ich leibhaftig an diesem Ort.

Wütend schlägt sie ihn mit der flachen Hand ins Gesicht, woraufhin er sie fest am Kragen ihres Kleides packt. Ich hebe reflexartig die Hand, ganz so, als könnte ich das verhindern, was ich bereits zu ahnen glaube.

»Du widerspenstiges Gör«, schnaubt Vincent und wirft einen Blick zum Ende des Flurs, in dem ein dunkelhaariger Junge steht. Er ruft: »Anna«, und rennt dann auf die beiden zu, doch er erreicht sie nicht. Stattdessen schleudert Vincent ihn mit unsichtbarer Kraft zurück in den Gang. Die Tür fällt vor ihm ins Schloss. Das Mädchen schreit auf, bevor er sie mit einem kräftigen Stoß über das Geländer wirft. Mir schlägt das Herz bis zum Hals. Das war er – der Schrei des Kindes, den ich nicht zuordnen konnte.

Ich kann sehen, wie sie in Zeitlupe zu Boden stürzt, doch ehe sie aufschlägt, verpufft ihr Körper in einer Staubwolke. Genau wie der von Vincent, der mit kaltem Blick auf sie hinabsieht. Nur der Junge liegt noch immer bewusstlos hinter der Tür. Ich sehe ihn nur schemenhaft. Ängstlich mache ich mich auf den Weg zu ihm. Bevor ich allerdings die Klinke in die Hand nehmen kann, beginnt sich sein Körper zu winden. Erschrocken trete ich zurück, als er sich schlagartig verändert. Innerhalb von Sekunden wächst er zu einem Mann heran. Einem Mann, der mir so vertraut ist und den ich über alle Zeit hinaus liebe.

Kapitel 9

Ich ringe nach Luft, als ich diesem Szenario durch einen strudelnden Sog entrissen werde. Vor mir taucht Jonathans Gesicht auf. Besorgt betrachtet er mich, während er mir einen feuchten Lappen auf die Stirn tupft.

»Ganz ruhig«, flüstert er, als ich versuche, mich vor lauter Unruhe aufzurichten.

»Du ...«, beginne ich um Worte ringend. »Du warst dort.«

Auf seiner Stirn bilden sich Falten. Ich möchte ihm alles erklären, doch gerade als ich den Mund öffne, sehe ich neben ihm das Gesicht einer alten Frau auftauchen. Ihre knochigen Finger legen sich auf meine Wangen und ich kann fühlen, wie sie die Erschöpfung aus meinen Gliedern saugt. *Was um alles in der Welt passiert hier?*

Kaum bin ich wieder bei voller Kraft, entziehe ich mich ihrer Berührung.

»Es ist alles in Ordnung«, beteuert Jonathan, während ich meine Beine an mich ziehe.

Ich sehe ihn noch immer vor mir. Wie er den Namen dieses Mädchens ruft und wie er zu einem Mann heranwächst.

Nervös blicke ich mich nach meiner Mutter um. Das alte Holzhaus ist mittlerweile vom Sonnenlicht erhellt. Trüb fällt es durch die schmutzigen Fenster. Wir befinden uns in einem Raum, der mit Bücherregalen und einer Standuhr geschmückt ist. Hinter mir stehen ein durchgescheuertes Ledersofa und ein kleiner Ofen. Ich kann die Flammen knistern hören und die Wärme in meinem Rücken spüren. Von meiner Mutter fehlt jede Spur, genau wie von den Tapeten in Vincents Haus, dem blutroten Teppich und den goldgerahmten Gemälden. *Was ist passiert?* Das alles fühlte sich so real an. So als wäre ich eben noch in der Vergangenheit und urplötzlich wieder in der Gegenwart gewesen.

»Wir sollten uns unterhalten«, ertönt die krächzende Stimme der Alten. Sie streckt mir ihre Hand entgegen, um mir beim Aufstehen behilflich zu sein. Fragend sehe ich zu Jonathan hinüber, der mir sanftmütig zunickt.

»Geht schon, danke«, erwidere ich und stemme mich auf die Beine. Danach klopfe ich mir den Staub von der Hose.

»Ihr könnt euch gern auf das Sofa setzen«, meint die Alte und verschwindet in den Flur hinaus.

Der zerrupfte Lederbezug ist braun. Die Füße der Couch sind mit aufwendigen Schnitzereien versehen. Es wirkt, als würde sie hier schon Ewigkeiten stehen. Während sich Jonathan auf das alte Ding fallen lässt, betrachte ich es, als würde ich einen Geist sehen. Und irgendwie stimmt das ja auch. Schließlich war all das hier gerade nicht da. Es tauchte einfach wieder auf, nachdem es zuvor mit den immer lauter werdenden Klängen der Musik verschwand.

»Komm schon«, wispert Jonathan und lächelt mich liebevoll an. Seine Finger umklammern meine Hand und ziehen mich behutsam hinunter. Das Leder ist unangenehm kalt. Es wird einen Moment dauern, bis es sich erwärmt hat. Gerade als ich etwas durchatme und mich anlehnen will, dringt ein schrilles Pfeifen durch das Haus. Ich fahre erschrocken hoch und sitze kerzengerade am Rand des Sofas.

»Das ist nur der Tee«, beruhigt mich Jonathan und legt dabei seine Hand auf meinen Oberschenkel.

»Verdammt«, stoße ich fluchend aus. »Ich muss hier raus.« Ich will aufstehen, als mich Jonathan zurück aufs Sofa zieht.

»Was ist denn mit dir los?«, will er wissen.

Ich sehe ihn verwirrt an. »Wie lange war ich weg?«

Er zuckt mit den Schultern. »Du bist am Fuß der Treppe zusammengebrochen und warst dann ein paar Stunden bewusstlos.«

»Ein paar Stunden?«, wiederhole ich ungläubig. »Und wo ist meine Mutter?«

»Sie schläft. Ich habe sie oben in eines der Betten gelegt.«

»Du hättest mir sagen können, dass du sie ins Nimmerland befördern kannst«, fauche ich. »Ich meine, ich habe sie vollkommen grundlos bewusstlos geschlagen.«

Jonathan lächelt. »Keine Sorge«, erwidert er. »Du hast dir nichts vorzuwerfen. Ich bringe Menschen nur zum Einschlafen, wenn ich ihr Blut getrunken habe, und diese Kontrolle hält nur einige Zeit an.«

»Und diese Frau?«

»Ich habe dir doch von der Wissenden erzählt …«, beginnt er, kann seinen Satz jedoch nicht mehr beenden.

Die Alte kehrt in diesem Augenblick zu uns zurück. Sie trägt ein verschnörkeltes Tablett, dessen goldene Griffe wie Schleifen ineinander verwoben sind. Darauf steht eine Porzellankanne und dazu passende Teetassen. Sorgfältig stellt sie alles auf einem klapprigen Beistelltisch ab. Danach schenkt sie uns zittrig Tee ein. Im Anschluss schiebt sie ihre runde Brille die Nase hinauf und fragt, ob wir Zucker möchten. Wir beide schütteln stumm den Kopf.

»Sie sind ziemlich unbedacht mit den Dingen, die Sie tun«, sagt die Alte und übergibt mir eine Tasse.

»Wie bitte?«

»Ich spreche von der Hupe«, sagt sie und schnalzt daraufhin mit ihrer Zunge. »Dieser Lärm hätte Sie und mich gleichermaßen in Gefahr bringen können.«

»Vielleicht solltest du dich erst mal vorstellen, bevor du ihr einen Vorwurf machst«, unterbricht sie Jonathan.

Die Alte sieht ihn mit ihren grauen Augen durchdringend an.

»Natürlich«, erwidert sie. »Wo sind nur meine Manieren?« Sie gibt Jonathan seine Tasse Tee und stellt sich dann mit einer Hand auf ihrer Brust vor: »Ich bin Agnes.«

Ich nicke und ziehe die Stirn kraus. Ich erinnere mich sehr gut daran, wie Jonathan sagte, dass ich die Wissende wohl eher als Hexe bezeichnen würde.

In meiner Kindheit habe ich viele wundersame Geschichten gelesen. Angefangen von den vielen Märchen, in denen sich Frauen die Zehen oder Fersen abhackten, um in einen verdammten Glasschuh zu passen, bis hin zu fantastischen Welten voller Drachen, Zwerge oder gar einer grinsenden Katze. In all den Stunden, in denen ich mich der Fantasie der Autoren hingab, kam mir nicht ein einziges Mal der Gedanke, woher sie die Vorstellung derartiger Wesen eigentlich hernahmen.

Nun weiß ich es.

Vermutlich habe ich mich bereits in dem teuren Restaurant am Pier an einem Glas Wein verschluckt und bin einfach daran erstickt. Nur das kann eine glaubhaft gute Erklärung für all diese bizarren Begebenheiten sein. Schließlich bin ich ein Vampir, genau wie Jonathan, und wir trinken gerade Tee mit einer Hexe. Diese skurrile Situation lässt mich keinen klaren Gedanken fassen.

»Sie brauchen wohl einen Moment«, meint Agnes lächelnd. Verwundert sehe ich sie an, während sie den Rückweg in den Flur antritt. Kann sie etwa Gedanken lesen?

»Ist alles in Ordnung?«, will Jonathan wissen.

»Keine Ahnung«, erwidere ich. »Ich bin gerade etwas überfordert. War sie das da im Wald?«

Er nickt.

»Okay.«

»Sie wird uns helfen«, versichert er mir. »Als du ohnmächtig warst, hat sie irgendetwas gesehen. Sie glaubt, genau zu wissen, mit welchem Fall sie es zu tun hat.«

»Mit welchem Fall?«

Ich schlucke. Dieses Wort verbinde ich mit meiner Arbeit als Privatdetektivin. Noch nie habe ich das Bild vor Augen gehabt, auf dem ich selbst in einer der Akten auf einem Foto in die Kamera lächele. Doch genau in diesem Moment kommt es mir so vor, als ginge es bei alldem um nichts anderes. Als wäre ich auf der Suche nach mir.

Was weiß diese Frau?

Nachdenklich klammere ich mich an die Teetasse und halte für einen Augenblick den Mund. Ich versuche, meine Gedanken auszublenden, aber es gelingt mir nicht. Der Name Anna und der Schrei, der sich in meinem Inneren wiederholt, lässt mich nicht los. War ich an diesem Ort, als Vincents Tochter auf diese Art ums Leben kam?

»Muss ich mir um dich Sorgen machen?«, will Jonathan wissen.

»Nein. Aber ich habe etwas gesehen.« Mit diesen Worten begreife ich erst die Tiefe und enorme Reichweite meiner anscheinend grenzenlosen Geschichte. Ich habe als eine der wenigen die Möglichkeit bekommen, einen Blick in die Vergangenheit zu werfen, und dabei feststellen dürfen, dass jedes Ende nur ein neuer Anfang ist. Und obwohl sich alles immer wieder verändert, verändert sich eines nicht. Jonathan ist Teil all dessen.

»Wo ist sie?«, frage ich und schieße unterdessen von meinem Platz hoch. Ich warte nicht einmal seine weitere Antwort ab, als ich meine Tasse bereits auf dem Beistelltisch abstelle, um den Weg in Richtung Flur einzuschlagen.

»Ich schätze, sie ist oben«, höre ich Jonathans Stimme hinter mir.

Eilig trete ich die ächzenden Stufen hinauf. Dabei folge ich einem unsäglichen Durst. Nicht nach Blut, sondern nach der Wahrheit. Irgendetwas ist in diesem Haus. Es ist so präsent, dass ich glaube, es in jeder Zelle meines Körpers fühlen zu können.

»Agnes?« Als ich die Tür zu einem der Schlafzimmer aufschiebe, erblicke ich meine Mutter in einem buntbemalten Holzbett. Der Lack blättert bereits an einigen Stellen ab, doch man kann sich gut vorstellen, wie jemand einst mit viel Sorgfalt die farbenprächtigen Blumen darauf gemalt hat.

»Sie ist in einem wunderschönen Traum gefangen und wird alles vergessen haben, wenn ich sie aus diesem entlasse.« Die Alte steht mit einem Mal hinter mir. Als ich mich zu ihr umdrehe, schaut sie mich wohlwollend an. Ganz so, als wüsste sie längst, dass mir gerade alles bis auf die Antworten, die sie mir geben kann, vollkommen egal ist.

»Komm mit«, bittet sie mich und führt mich in den Raum am Ende des Flurs.

Stumm folge ich ihr.

In dem überschaubaren Zimmer steht nicht mehr als ein Stuhl, der zum Fenster hin aufgestellt ist. Der Holzboden ist genau wie der Rest des Hauses eingestaubt und die eisige Kälte umklammert mich hier ganz besonders.

»Setz dich«, sagt sie. Ich zögere einen Moment, ehe ich nach der Lehne des Stuhls greife und ihn mir ein Stück zurückziehe.

»Von dir geht eine enorme Energie aus«, meint sie und wandert unterdessen langsam um mich herum. »Du bist alt. Sehr alt sogar.«

»Haben Sie gesehen, was ich gesehen habe?«, frage ich sie, als ich mich setze.

Agnes zieht weiterhin Kreise. Ich beobachte sie dabei, so gut ich kann.

»Ja und ich werde dir noch mehr zeigen als das.«

Sobald sie für einen Moment hinter meinem Rücken verschwindet, ist es, als wäre ich ganz allein an diesem Ort. Es wirkt, als würde sie sich mit jeder Runde mehr und mehr entfernen. Als würde sie leiser werden, dunkler und schwächer, bis sie sich aufzulösen droht.

Unruhig rutsche ich auf dem Stuhl herum. Etwas im Raum fängt sich zu verändern an. Es wird wärmer und das Holz beginnt rhythmisch unter meinen Füßen zu vibrieren. Beinahe wie ein Herzschlag, dessen dumpfe Schläge durch mich hindurchdringen.

Die Wand vor mir bricht auf. Das Holz ächzt und knarrt, während sich tiefe Risse ihren Weg bahnen. Mit weit aufgerissenen Augen beobachte ich das Schauspiel vor mir.

»Agnes?«

Sie ist wie vom Erdboden verschluckt. Als ich vom Stuhl aufspringe, gibt die Wand gänzlich nach. Unter einem lauten Donnern stürzt sie hinaus und prallt im Laub des Waldbodens auf. Fassungslos nähere ich mich dem klaffenden Loch. Kalter Wind schlägt mir entgegen und wo eben noch Herbstlaub lag, ist der Wald plötzlich mit tiefem Schnee bedeckt.

»Vincent, warte!«, erklingt es zwischen den Bäumen. Vorsichtig klammere ich mich an die Bruchstellen des Holzes und lehne meinen Oberkörper hinaus. Ich kann einen fremden Mann erblicken, der eilig durch den tiefen Schnee hinter Vincent Raven hinterher stapft.

»Sie ist noch ein Kind«, sagt der Fremde, nachdem er ihn eingeholt hat.

»Was weißt du schon?«, antwortet Vincent und drängt ihn mit einem kräftigen Stoß beiseite.

»Sie wird das nicht überleben«, mahnt er ihn, doch Vincent schnaubt nur verächtlich. Ich kann beobachten, wie die beiden auf das Haus von Vincent zusteuern, das sich mit einem Mal zwischen den Bäumen auftürmt.

»Nein!«, schreie ich, als die Alarmglocken in mir läuten. Ich will mich hinunterhangeln und seiner Tochter zu Hilfe eilen.

»Bitte denk dabei auch an meinen Sohn! Was soll aus ihm werden?«

Vincent bleibt schlagartig stehen. Meine dunklen Haare wehen wild im Wind, während meine Finger nach dem Rand des Fußbodens tasten.

»Ich komme«, flüstere ich und schwinge mein Bein über den Abgrund.

»Dein Sohn ist der Grund dafür, dass sie sich mehr und mehr

von mir entfernt«, brüllt Vincent zornig. »Weder du noch irgendwer sonst wird meinem Kind die Macht versagen, die es durch mich erlangen wird.«

»Tu das nicht«, bittet ihn der Mann, doch Vincent hört nicht auf ihn. Während mein Fuß auf die Suche nach einem Vorsprung geht, höre ich, wie Vincent die Stufen zu seinem Haus hinaufsteigt.

In diesem Moment zieht es mich von der Außenwand des Hauses. Die Kälte verschwindet und Wärme umhüllt mich. Schlagartig stehe ich im Eingangsbereich des Anwesens und beobachte, wie Vincent durch die Tür tritt.

»Anna!«, ruft er und wirft seinem Bekannten die Tür vor der Nase zu. Der hämmert mit wilden Schlägen gegen das kräftige Holz, doch das ändert nichts.

»Nein«, flehe ich und stelle mich vor Vincent, der einfach durch mich hindurchläuft. Als er sich der geschwungenen Treppe nähert, erfasst mich ein unsagbares Gefühl von Angst.

»Anna«, ruft er erneut nach ihr. Gerade als er die erste Stufe der Treppe betritt, friert dieser Moment ein. Nichts regt sich mehr. Ich kann weder das panische Klopfen an der Tür hören, noch den pfeifenden Wind vor den Fenstern.

»Du befindest dich im oberen Stockwerk«, erklingt die Stimme der Alten, die urplötzlich um mich herumschleicht.

»Wie bitte?«, geht es mir zittrig über die Lippen.

»Er wird gleich die Stufen hinaufgehen, dich in deinem Zimmer vorfinden und dich an den langen Haaren packen, um dir die Zähne in den Hals zu schlagen.«

Tränen sammeln sich in meinen Augen. »Ich bin Anna?«

Die Alte nickt. »Du kannst dich von ihm losreißen, aber du kommst nicht sehr weit.«

»Wo ist Jonathan?«, frage ich.

»Er hat sich in deinem Schrank versteckt und kommt erst heraus, nachdem er dich schreien gehört hat.«

Meine Augen wandern die Treppe hinauf. »Vincent ist mein Vater?«

»Ich sagte ja, dass du sehr alt bist.«

Ich kann kaum glauben, was ich da höre. »Jonathan sagte, Annabelle sei weggelaufen.«

»Er war noch ein Kind. Das, was er gesehen und gehört hat, sind seiner Meinung nach schlimme Albträume gewesen. Vincent hat die Wahrheit mit niemandem geteilt.«

»Und der Mann vor der Tür?« Besorgt schaue ich zum Eingang. »Ist das Jonathans Vater?«

»Ja und er hat lange Zeit geschwiegen. Trotzdem musste er eines Tages mit dem Leben bezahlen.«

Die Alte sieht mich durchdringend an. »Vincent ist sehr gefährlich und das Wissen über diese Wahrheit hat einen hohen Preis.«

Kopfschüttelnd blicke ich auf das eingefrorene Abbild von ihm. »War ich ein Halbblut oder gehört das auch nur zu einer Lüge?«

»Das warst du. Aber es gab kein Kind, das je eine Krankheit erschuf. Das alles haben die Ältesten einst erfunden, weil Halbblüter sehr viel Macht vereinen konnten, wenn man sie mit einem Fluch belegte. Auf diese Art konnten sie selbst den Tod überdauern. Es gab eine Zeit, in der viele Vampire starben, um Halbblüter aufzuhalten.«

»Das bin ich also? Eine Verfluchte, die er wegen seiner Machtgier geschaffen hat?«

»Vincent würde vor nichts zurückschrecken«, antwortet Agnes streng.

»Und was verbindet mich mit Jonathan?«, will ich wissen.

»Die Liebe. Sie ist stärker als jeder Zauber und jeder Fluch. Vincent weiß das. Jonathan dient nur als Mittel, um dich immer wieder zu finden.«

Ich sinke erschöpft zu Boden. Der Gedanke, dass dieser Mann mein Vater sein soll, ist unerträglich. In mir herrscht nichts als Wut.

»Und warum musste ich mehr als einmal sterben?«, frage ich mit angespanntem Gesichtsausdruck.

»Er hat gehofft, du würdest eines Tages die Macht annehmen, die du in dir trägst. Aber dein Weg führte dich immer und immer wieder fort von ihm. Aus seinem krankhaften Wunsch nach deiner Zuneigung wuchs auch eine unbändige Angst.«

»Er hat Angst?«, frage ich verwundert. »Angst wovor?«

»Vor dir, Annabelle Raven. Du bist die Einzige, die seinen Jahrhunderte währenden Aufstieg in einen tiefen Fall verwandeln könnte.«

Als ich wieder zu mir komme, kehren wir gemeinsam zu Jonathan zurück. Er leckt sich nachdenklich über die Lippen, während Agnes ihm von meinen Visionen erzählt. Auch wenn ich sie sagen höre, dass ich Annabelle bin, kann ich all das noch immer kaum begreifen. Wie muss es ihm da erst gehen?

Irritiert wirft er mir einen kurzen Blick zu. »Er war es?« Seine Stimme bebt.

»Du hättest nichts tun können«, antwortet Agnes.

»Ich dachte, sie ... du«, korrigiert er sich und nimmt dabei meine Hände. »Ich dachte, du wärst weggelaufen.« Den Schmerz, den er fühlt, kann ich ihm von den Augen ablesen. Es tut weh, ihn so leiden zu sehen.

»Du warst noch ein Kind«, antworte ich, als dieses Gefühl der Leere in meinem Inneren aufkeimt. Ich atme tief durch.

»Ich hätte es wissen müssen!«, dringt es entrüstet aus seinem Mund. »Man kann ihm nicht trauen.«

Während er mit sich ringt, ringe ich mit mir.

Agnes beobachtet mich intensiv.

»Du kannst die Vergangenheit nicht ändern«, sagt sie. »Dir bleibt nur die Zukunft.«

»Was muss ich tun, um Vincent Raven aufzuhalten?«, will Jonathan wissen und drückt dabei kräftig meine Hand.

»Vincent schloss seinerzeit einen Pakt mit einer Hexe. Er bestand aus ein paar Worten, die sie mit seinem Blut auf Pergamentpapier schrieb. Es war nichts Ungewöhnliches, doch man zahlte einen hohen Preis für derartige Hexenkünste.«

»Inwiefern?«, frage er, während die Flut an Erinnerungen langsam in mir abebbt.

»Angeblich hat dieser blutjunge Vampir ihr mehrere Leben versprochen. Opfer, die sie brauchte, um sich selbst jung zu halten. Zu der Bezahlung ist es jedoch nie gekommen.«

»Was ist passiert?«

»Er betrog sie und verbreitete das Gerücht, dass Hexen Verbindungen zu Halbblütern pflegten. Zu dieser Zeit hatten Vampire bereits furchtbare Angst vor ihren ungeahnten Mächten, also machten sie Jagd auf meinesgleichen. Die Frau, die als Erstes auf dem Scheiterhaufen brannte, war die, die ihm den Fluch übergab.«

»Wo ist dieses Dokument?«, fragt Jonathan und lehnt sich neugierig vor.

»Ich schätze, er bewahrt es irgendwo auf, wo er es in Sicherheit weiß.«

»Im Kingdom«, platzt es aus ihm heraus. Sein Blick streift mich aufgeregt. »Ich wusste es.«

»Ich würde dir nicht raten, dich vorschnell darauf zu stürzen. Noch ist Annabelle schwach und ohne sie wirst du niemals daran gelangen.«

»Heißt das, ich kann nichts tun? Nur abwarten und mich mit der Rolle des Köders zufriedengeben?«

Die Alte lacht. »Ohne dich hätte sie sich nicht erinnert. Die Verwandlung zum Vampir war der erste und wichtigste Schritt, um ihre Kräfte freizusetzen. Und als Köder solltest du dich keineswegs bezeichnen. Das, was euch verbindet, ist etwas sehr Tiefes.« Danach zitiert sie laut eigener Aussage irgendeinen japanischen Patriarchen, in dem es um zwei Seelen geht, die einst aus einer entstanden sind und sich deshalb immer wieder finden. Auch wenn es wie die Faust aufs Auge passt, wäre mir lieber, sie würde uns einen Zaubertrank geben, anstatt uns mit alten Weisheiten zu kommen. Der Gedanke, dass ich die Einzige bin, die Vincent aufhalten soll, fühlt sich nämlich alles andere als gut an.

»Und Caitlyn könnte Vincent ein für alle Mal besiegen?«, hakt Jonathan nach.

»Ich weiß nicht, ob sie dazu fähig ist, ihn zu töten. Doch das Stück Pergament reicht aus, um seinem Clan bewusst zu machen, dass er einen Plan verfolgt, in dem sie keinerlei Rolle mehr spielen.« Nach diesen Worten schiebt sie sich ihre Brille den Nasenrücken hinauf und nickt mir wohlwollend zu. »Vampire wie Vincent Raven müssen aufgehalten werden. Er ist für den Tod meiner Brüder und Schwestern verantwortlich. Nur seinetwegen verkrieche ich mich hier im Wald und lebe unter dem Schutz meiner Zauber.«

»Aber wie soll ich das anstellen?«, frage ich sie. »Es ist nicht gerade so, als wäre ich ein Naturtalent.«

»Es ist vollkommen egal, was du über dich denkst. Diese Macht ist in dir. Vincent ist der Vater deiner sogenannten Urseele und jedes seiner gelebten Jahre hat dich gestärkt. Während andere Seelen vor ihrer Wiedergeburt ruhen, ließ der Fluch deiner Seele keine Ruhe. Sie war rastlos und unermüdlich. Auch wenn du es dir nicht vorstellen kannst, kann ich diese Energie spüren.«

»Ich glaube, ich konnte sie ebenfalls schon einmal fühlen«, erwidere ich. Dabei denke ich an meinen Kampf mit Rose.

»Das ist ein Anfang. Du kannst diese Macht bündeln und kontrollieren, Anna. Du musst nur lernen wie.«

Während Jonathan meine bewusstlose Mutter ins Auto bugsiert, übergibt mir Agnes noch eine Visitenkarte. Verwundert sehe ich mir erst die Vorder- und dann die Rückseite an. Es steht nichts als ein Name drauf – *Brian McFarmer.*

»Vielleicht kann er euch helfen«, meint sie und tippt auf die schwarze Schrift. »Gebt auf euch acht.« Dabei lächelt sie wehmütig. »Vincent Raven ist ein einflussreicher Mann. Er wird alles tun, um euch aufzuhalten. Ich würde euch gern helfen, aber meine Kräfte sind mit dem Alter erschöpft.«

»Schon gut«, antworte ich und bedanke mich bei ihr.

»Sagt Brian, dass ich euch geschickt habe, und lerne, was auch immer er dir beibringen kann.«

»Hast du denn nicht mehr als einen Namen?«, frage ich in aller Hoffnung, dass sie uns sagen kann, wo wir ihn finden.

»Ich pflege schon seit langer Zeit keinen Kontakt zu ihm. Aber ihr werdet sicher keine Schwierigkeiten haben, ihn zu finden.« Ihre Mundwinkel heben sich sanft.

»Na schön«, erwidere ich so zuversichtlich wie möglich. Was bleibt mir anderes übrig? Mehr als das habe ich nicht und anscheinend kann sie uns nicht mehr geben.

Zum Abschied winke ich ihr über das Fahrzeugdach zu, bevor ich mich auf den Beifahrersitz setze.

»Und was machen wir jetzt?«, fragt Jonathan, nachdem er den Motor gestartet hat.

»Ich kenne nur eine Person, die uneingeschränkten Zugriff auf die Stadtarchive hat«, antworte ich und werfe ihm einen durchdringenden Blick zu.

»Maggie.«

»Ganz genau.«

Kapitel 10

Gegen Mittag biegen wir in die kleine Seitenstraße ab, in der Maggie ihre überschaubare Eigentumswohnung besitzt. Zuvor haben wir Jonathan ein neues Hemd besorgt, während meine Mutter immer noch tief und fest auf der Rückbank schläft. Es wird langsam Zeit, sie von dem Zauber zu erlösen. Im Gegensatz zu uns braucht sie dringend etwas zu essen und zu trinken. Blinzelnd sehe ich durch das Seitenfenster zu Maggies Wohnung hinauf. Vermutlich sitzt sie längst mit einem Kaffee auf dem Sofa und arbeitet an einem ihrer Artikel.

»Wollen wir sie jetzt wecken?«, fragt Jonathan. In der Hand hält er eine Pipette, die uns Agnes mit auf den Weg gegeben hat.

Prüfend werfe ich einen Blick auf meine Mutter. Ihr friedlicher Gesichtsausdruck tut gut. Diesen Moment der Stille möchte ich am liebsten länger genießen, doch dafür bleibt keine Zeit. Zustimmend nicke ich. Woraufhin er behutsam ihren Mund öffnet und ihr den blauen Trank auf die Zunge träufelt.

»Jetzt heißt es warten«, schnauft er und lässt sich wieder in den Sitz sinken.

Nachdenklich schaue ich zum Hauseingang. Ich kann mir schon vorstellen, wie Maggie reagieren wird. Vermutlich ist sie zuerst genervt, weil ich ihren Abgabetermin gefährde, ehe sie sich dafür entschuldigt. Für einen Moment wird sich ihre Laune heben, zumindest so lange, bis ich ihr meine Mutter aufhalse. Ich kann nur hoffen, dass ich es schaffe, sie dazu zu überreden, mit ihr zum Haus am See zu fahren. Maggie muss mir einfach vertrauen und mir ohne große Erklärung glauben, dass es das Beste ist.

Das Haus am See haben mein Vater und Großvater zusammen gebaut. Es ist überschaubar und urgemütlich. Das Wichtigste ist jedoch, dass es vollkommen sicher ist. Dieser Platz ist schon immer unser Rückzugsort gewesen. Er gehört zu den wenigen Dingen, die mein Vater mit niemandem teilte.

Für ihn war es undenkbar, dass ich Freunde dahin einladen wollte. Deshalb ist Maggie auch erst einmal dort gewesen. Das war kurz nach der Beerdigung meines Vaters. Ich habe mich nach ihm gesehnt und wusste, dass ich ihm in diesem Haus näher sein würde. Wäre ich allein hingefahren, wäre ich vermutlich für immer dageblieben. Es fiel mir einfach unendlich schwer, diesen Ort und all seine Erinnerungen zurückzulassen. Daddy verließ uns so plötzlich, dass es meiner Mutter und mir das Herz brach. Ich ertrug es nicht, ihr in die tränenerfüllten Augen zu sehen. Ich dachte, ich würde ihn bei meiner Rückkehr irgendwie ersetzen müssen. Doch Maggie wusste es besser. Als wir damals auf dem Steg saßen und unsere nackten Füße ins kalte Wasser tauchten, sagte sie, dass mein Vater nicht wollen würde, dass irgendwer sein Leben an diesem Ort verbringt. Dafür war das Haus nicht gebaut worden.

Wie recht sie doch hatte.

Mein Finger legt sich auf den Klingelknopf.

»Bitte, Maggie. Mach auf«, bete ich.

Zunächst regt sich nichts. Nervös trete ich von einem Bein aufs andere. Dann knistert es in der Gegensprechanlage, ehe ich ihr brummiges Stöhnen höre.

»Ja?«, dröhnt es genervt.

»Ich bin es, Cait«, erwidere ich erleichtert.

»Cait?« Sie klingt irritiert. »Moment«, sagt sie. Danach herrscht wieder Stille, bevor der Öffner summt.

»Sie ist da«, sage ich zu Jonathan, als ich die Tür zum Treppenhaus aufschiebe.

Er steht am hinteren Teil seines Wagens und deutet mit einem Kopfnicken in die Richtung meiner Mutter. Diese ist gerade dabei, langsam wach zu werden, was bedeutet, dass sie gleich eine Menge Fragen haben wird.

»Sie sind eingeschlafen«, meint Jonathan, während sie sich blinzelnd umsieht.

Meine Mutter kann sich an nichts erinnern. Auch wenn sie merklich irritiert ist, lächelt sie ihm freundlich zu. Vermutlich fragt sie sich gerade, wie sie aus ihrem Esszimmer hierhergekommen ist.

»Caitlyn?« Ihre Augen wandern suchend umher. Ich kann sie durch die Seitenscheibe sehen. Bevor sie sich die Blöße gibt und Jonathan fragt, will sie die Antworten lieber von mir.

»Cait?«, hallt es in diesem Augenblick wieder durch die Sprechanlage.

»Einen Moment noch«, sage ich zu Maggie und bitte Jonathan

darum, die Tür aufzuhalten. Schon als ich auf das Auto zugehe, wirkt meine Mutter deutlich erleichtert.

»Ja?«, frage ich so lässig wie möglich. Schließlich will ich ihr lieber das Gefühl geben, dass sie langsam alt wird, anstatt ihr irgendwas von unserem Ausflug in den Hexenwald zu erzählen.

»Schätzchen?«, beginnt sie säuselnd.

»Maggie wartet«, brumme ich.

Ihre Augenbrauen heben sich verwundert.

»Ja, äh ... richtig«, erwidert sie nervös. »Also was das angeht. Ich ...« Sie sucht nach Worten, während ich sie durch große Augen ansehe. »Es ist etwas peinlich.«

»Was ist denn los?«, frage ich und gehe vor der Fahrzeugtür in die Hocke.

»Ich habe irgendwie eine Art, wie sagt man? Einen Aussetzer?«

»Einen Blackout?«, gebe ich überrascht zur Antwort.

Sie nickt peinlich berührt.

»Oh«, stöhne ich.

»Eben waren wir noch im Esszimmer. Du warst so furchtbar nervös«, meint sie.

In mir klingelt es förmlich. *Jackpot.* Meine Mutter erinnert sich also nicht mal mehr daran, dass Jonathan verletzt war. Ich hätte Agnes darum bitten sollen, Mrs. Tales Festplatte ebenfalls zu löschen. *Verdammte Axt.*

»Jonathan hatte einen kleinen Unfall. Nichts Gravierendes. Es sah schlimmer aus, als es ist«, lüge ich. »Du bist direkt in Ohnmacht gefallen, als du sein blutiges Hemd gesehen hast. Wir wollten dich schon ins Krankenhaus bringen. Das weißt du doch, oder? Ich meine, als du im Wagen aufgewacht bist?«

Sie wirkt nachdenklich. »Oh, natürlich«, erwidert sie. Vermutlich hat mein besorgter Gesichtsausdruck dazu beigetragen, dass sie mir keine Angst machen will. »Ich habe nur danach Probleme. Warum sind wir doch gleich hier?«, fragt sie.

Meine Augen wandern zwischen ihren umher. »Wegen des Wochenendes am See?«, erwidere ich.

Ich ernte ein Lächeln. »Ach, selbstverständlich. Entschuldige, Liebling.«

Anschließend rutscht meine Mutter auf der Rückbank vor, um auszusteigen. Dabei helfe ich ihr. Noch immer sehe ich, wie es in ihr arbeitet. Hoffentlich macht sie sich nicht allzu große Sorgen um ihre Gesundheit. Nur zu gern würde ich ihr einfach alles erzählen, anstatt sie anzulügen. Doch es muss sein.

Vincent lässt mir keine andere Wahl. *Dieser Mistkerl.*

Unser Weg führt uns ins Treppenhaus. Dabei dränge ich mich erst an meiner Mutter und dann an Jonathan vorbei. Maggie soll nicht gleich einen Herzinfarkt bekommen. Schließlich versteht sie sich nur mäßig mit meiner Mutter. Wobei das Wort mäßig sehr positiv formuliert ist.

Als ich in ihrem Blickfeld auftauche, lächelt sie, doch dieses Lächeln friert gespenstisch ein, als ihr klar wird, wen ich mitgebracht habe. Maggie bemüht sich darum, uns trotzdem allesamt freundlich zu begrüßen, auch wenn ich diesmal keine Umarmung bekomme. Eilig räumt sie ihren Laptop und einige Papiere beiseite, während sie uns das Sofa anbietet. Jonathan und meine Mutter lassen sich dankbar in den Stoff sinken.

»Wir sollten reden«, meint Maggie im Vorbeigehen.

Die Art, wie sie das sagt, kenne ich nur zu gut. Genauso klang sie, als mich ihr ehemaliger Highschool-Schwarm Mike um ein Date gebeten hat. Wenn in Maggies Stimme dieser enttäuschte Ton mitschwingt, sollte man besser den Kopf einziehen. Schließlich kann sie zum Hulk werden, wenn ihr irgendetwas nicht passt.

Kaum ist die Küchentür hinter uns ins Schloss gefallen, pöbelt sie los.

»Soll das ein Witz sein?«, fragt sie und stemmt dabei die Hände in die Hüften. »Du tauchst hier unangemeldet mit deiner Mutter auf?«

Beschwichtigend signalisiere ich ihr runterzukommen. »Maggie, bitte.« Innerlich habe ich mir schon ein paar Erklärungen zurechtgelegt, doch meine Ausreden sind irgendwie verschwunden. Als hätten sie sich beim ersten Ton von Maggie aus dem Staub gemacht.

»Ich ... ich kann dir das erklären. Es ist so ...«, stottere ich.

»Spar dir das!«, fällt Maggie mir ins Wort. »Du weißt, dass deine Mutter mich nicht leiden kann.«

Die beiden verstehen sich in etwa so gut wie Cola mit Mentos. Es dauert nicht lange, bis die Situation explodiert, nachdem sie sich gegenseitig ordentlich aufgeschäumt haben.

»Hast du ihr Verhalten an Ostern schon vergessen?«, fragt sie mich. »Deine Mutter hat eine verdammte Hühnerkeule nach mir geworfen!« Maggie verschränkt stur die Arme. »Schaff sie hier raus«, fordert sie anschließend.

»Eigentlich wollte ich dich darum bitten, dass du mit ihr zum Haus am See fährst«, entgegne ich vorsichtig und ernte damit ein fassungsloses Aufstöhnen.

»Wie bitte?« Sie bohrt sich mit dem Zeigefinger im Ohr, um mir zu demonstrieren, dass sie sich verhört haben muss.

»Wir kommen, so schnell es geht, nach«, füge ich hinzu.

»Ihr kommt also nach?«, wiederholt sie ungläubig.

»Ich möchte es dir wirklich gern erklären ...«

»Ja?«, erwidert sie. »Dann erklär mir das mal, denn ich verstehe überhaupt nicht, was hier los ist.« Dabei erwähnt sie noch mal die Geschichte von Ostern. Wobei sie das Wort Hühnerkeule so betont, als ob meine Mutter auf sie geschossen hätte.

»Ich verstehe das«, versuche ich, sie zu beruhigen. »Es ist nur so ...« Ich suche nach den passenden Worten, während es zwischen uns still ist. In dieser Zeit sieht Maggie mich durchdringend an. Für einen kurzen Moment glaube ich, dass es das Beste wäre, sie einzuweihen, doch dann gäbe es kein Zurück mehr.

»Ich habe einen neuen Fall«, sage ich stattdessen. »Es geht um einen Mann namens Vincent Raven und ich denke, ich habe mir womöglich eine Menge Ärger eingehandelt.«

»Inwiefern?«, will sie wissen. Dabei entspannen sich ihre Gesichtszüge.

»Insofern, dass ihr beide hier vorerst nicht sicher seid.«

»Wovon zum Henker redest du?«

»Es wird nicht lange dauern, nur so lange, bis ich alles geklärt habe.«

»Bis du alles geklärt hast?« Ihre Augen ziehen sich zusammen. »Was meinst du damit?«

»Du musst mir vertrauen«, erwidere ich und sehe sie dabei mit einem Hundeblick an. »Bitte«, füge ich flehend hinzu. »Ich will nicht, dass dieser Mann sich an mir rächt, indem er euch irgendetwas antut.«

»Cait, du machst mir langsam Angst. Was um alles in der Welt ist denn passiert?«

»Ich könnte ihn ruinieren. Dieser Mann ist in illegale Geschäfte verwickelt und mit ihm ist nicht zu spaßen.«

Mit dieser Lüge fällt meine Entscheidung. Für Maggie werden weiterhin weder Vampire noch Hexen existieren. Stattdessen verbringt sie nur ein paar schöne Tage am See.

Na ja, zugegeben, ein paar Tage mit meiner Mutter.

Nachdem ich endlich ihr Einverständnis habe, will sie direkt wieder ins Wohnzimmer verschwinden.

»Warte«, dringt es aus meinem Mund, wobei ich den Arm zwischen sie und die Tür halte. »Da ist noch etwas.«

Maggie zieht ihre Finger zurück und sieht mich gefrustet an. »Was ist? Willst du, dass ich ihr auf dem Weg ein Eis kaufe, das sie mir dann ins Gesicht drücken kann?«

Ich hebe eine Augenbraue. Jetzt in schallendes Gelächter auszubrechen wäre unklug, also reiße ich mich zusammen.

»Das überlasse ich dir«, entgegne ich und schüttele den Kopf. »Eigentlich brauche ich nur ein paar Infos.«

»Worüber?«, will sie wissen.

»Über einen Kerl.«

Sie verschränkt die Arme. »Über diesen Vincent Raven?«

»Nein. Da solltest du dich besser raushalten.«

»Anscheinend stecke ich ja schon mit drin«, brummt sie.

»Das war nie meine Absicht«, entschuldige ich mich, doch meine Worte ändern nichts.

»Also?«, fragt sie, ohne darauf einzugehen.

»Ich brauche Informationen über einen gewissen Brian McFarmer.«

»Brian McFarmer?« Ihr Blick spricht Bände. Anscheinend hat sie keinen blassen Schimmer.

»Ich muss ihn dringend finden.« Dabei schnappe ich nach Maggies Festnetztelefon. Es ist so ein altes Ding, das an der Wand angebracht ist und an dem ein gekringeltes Kabel hängt. Sie steht auf solchen Retrokram. »Du musst unbedingt in der Redaktion anrufen«, meine ich und drücke Maggie den Hörer in die Hand.

»Was soll ich denn sagen? Ich weiß nicht einmal, wer der Kerl ist.«

»Sie sollen in den Archiven nachgucken und sobald du irgendetwas herausgefunden hast, meldest du dich bei mir.« Danach presse ich ihr dankbar einen Kuss auf die Wange. »Ich weiß, dass ich viel von dir verlange, aber bitte glaub mir, wenn ich dir sage, dass es nicht anders geht.«

Maggie nickt dezent. »Wollt ihr los?«

»Ja, wir sollten uns langsam auf den Weg machen.«

Noch bevor ich die Küchentür hinter mir schließen kann, steht Maggies Fuß darin.

»Hey«, ertönt ihre Stimme. »In welchem Zeitraum sollen sie denn suchen? In den letzten zwei, drei Jahren?«

Ich runzle die Stirn. »Nun ja ...«, beginne ich und denke angestrengt nach. Agnes hat mir schließlich nicht verraten, ob er vielleicht auch ein Vampir oder Zauberer ist. »Lass sie einfach alles checken.«

Maggie sieht mich mit großen Augen an. »Alles?«

»Japp«, antworte ich und beiße mir danach auf die Unterlippe. »Nur vorsichtshalber.«

»Okay«, entgegnet sie mir spöttisch. »Also sage ich ihnen, sie sollen nach Brian McFarmer und seinen gesamten Vorfahren suchen.« Dabei schüttelt sie den Kopf, während ihre Augenbrauen nach oben wandern. »Wie du meinst«, schnauft sie und nickt mir verabschiedend zu.

Nach unserem Abstecher bei Maggie steuern wir die Detektei an. Vielleicht weiß Flinch etwas über Brian McFarmer. Schließlich kennt er eine Menge Leute und selbst wenn nicht, hat er ausreichend Kontakte.

Flinch lässt uns nicht lange warten. Direkt nachdem wir uns am Empfang angemeldet haben, taucht er im Eingangsbereich auf und bittet uns in sein Büro. Freundlich bietet er uns die Stühle vor seinem Schreibtisch an.

Ich erinnere mich noch gut daran, wie ich das letzte Mal dort saß. Der Stier auf dem Bild hinter ihm wirkt heute weniger angsteinflößend. Erst jetzt erkenne ich die feinen Details. Bei unserer letzten Unterhaltung hatte ich wohl einfach nicht den Kopf dafür. Dabei ahnte ich nicht einmal, was mich im Laufe des Tages noch erwarten würde. All das werde ich vermutlich nie vergessen.

Flinch räuspert sich und mustert Green äußerst interessiert. Er hat sein rotkariertes Hemd mit einer dunkelgrauen Krawatte kombiniert und anscheinend nicht gemerkt, dass er dessen Spitze offensichtlich in Kaffee getunkt hat. Mit zusammengepressten Lippen deute ich taktvoll darauf hin.

Ratlos sieht er mich an, wobei sich seine Stirn in Falten legt. »Nun«, beginnt er das Gespräch. »Wie geht es deiner Mutter?«

»Deutlich besser«, erwidere ich mit einem unterdrückten Grinsen.

»Das ist gut«, meint er.

Danach herrscht einen kurzen Moment lang eine peinliche Stille.

»Deine Krawatte«, flüstere ich und werfe ihm einen vielsagenden Blick zu.

Seine Augen wandern an sich hinunter. »Oh«, stöhnt er, während Kelly gerade ins Büro tritt und ein paar Getränke vor uns abstellt. Dabei nebelt sie den Raum mit dem süßlichen Geruch ihres Blutes ein. Ich habe große Mühe, mich zu beherrschen. Der Geruch von Flinch war bislang kein Problem, aber der Drang in mir wächst mit einem Mal so enorm, dass ich Schwierigkeiten habe, ihn unter Kontrolle zu bringen. Hilflos kralle ich mich an meine Oberschenkel.

»Ich brauche eine neue Krawatte«, sagt er herrisch zu ihr und zwängt seinen dicken Hals durch den engen Bund. Ich sehe Kelly nicht einmal an, so sehr konzentriere ich mich darauf, meinen Körper zur Vernunft zu zwingen. Dieses Verhalten bleibt von Jonathan nicht unbemerkt. Er legt seine Hand auf meine.

Kelly nickt gefügig. »Gern«, antwortet sie freundlich. »Haben Sie einen besonderen Wunsch?«

»Irgendwas, das nicht so lang ist«, brummt er und lässt den Stoff in ihre Hand wandern.

»Natürlich.« Mit einem Lächeln verabschiedet sie sich.

Die Gute macht diesen Job schon seit zwei Jahren und benimmt sich immer noch tadellos. Für mich wäre das nichts. Ich hätte Flinch vermutlich längst mit einer seiner Krawatten erdrosselt. Schließlich ist es nicht das erste Mal, dass er sie einkaufen schickt.

»Darf ich Ihnen sonst noch etwas bringen?«, höre ich sie fragen.

Ich beiße die Zähne zusammen. Keine Ahnung, wie lange ich diese Qual noch aushalte.

»Nicht nötig«, meint Flinch und winkt mit einer lässigen Handbewegung ab.

Langsam wackelt Kelly auf ihren hohen Absätzen hinaus. Erst als sie weg ist, kann ich meine schmerzenden Beine loslassen. Vermutlich habe ich mir ihretwegen einen Nerv abgeklemmt.

»Bedient euch«, sagt Flinch und deutet auf die Getränke. »Wie kommst du denn in deinem Fall voran?«, will er daraufhin wissen.

»Ganz gut«, antworte ich. »Allerdings bin ich genau deshalb hier. Ich brauche nämlich ein paar Informationen zu einem gewissen Brian McFarmer.«

»Brian McFarmer?«, erwidert er deutlich überrascht und lehnt sich voller Neugier vor. »Was willst du denn von einem Mörder?«

Seine Frage überrumpelt mich und auch Jonathan atmet tief durch. »Ich habe nur ein paar Fragen an ihn.«

»Ich weiß ehrlich gesagt nicht mal, ob der Kerl noch lebt«, antwortet Flinch und drückt auf die Telefontaste, die ihn mit dem Empfang verbindet.

»Kelly?«, dröhnt er in die Anlage. »Ruf mal bei meinem Kumpel vom Kriminalamt an. Ich brauche ein paar aktuelle Informationen zu einem Mann namens Brian McFarmer.«

Während Kelly ihm mit ihrer liebreizenden Sekräterinnenart zu verstehen gibt, dass sie sich sofort darum kümmert, pule ich nervös an meinen Fingernägeln. Ich habe ja mit vielem gerechnet, aber sicher nicht mit einem Mörder. Was soll ich von so einem Menschen lernen? Zumal er anscheinend nicht der unauffälligste Killer ist, wenn man ihn bereits bei der Polizei kennt.

»Was willst du von McFarmer wissen?«, fragt Flinch. Ich will mir bereits irgendwas aus den Fingern saugen, als das Telefon klingelt.

Flinch bittet uns um Verzeihung und nimmt ab. »Ja?« Er nickt, auch wenn ihn sein Gegenüber nicht sehen kann. »Alles klar. Ich bin schon auf dem Weg.« Er legt auf und entschuldigt sich dafür, dass er mal kurz an den Empfang muss.

Kaum hat Flinch seinen runden Körper durch die Tür geschoben, werfe ich einen irritierten Blick auf Jonathan.

»Diese Geschichte könnte äußerst interessant werden.«

»Warum schickt sie uns denn ausgerechnet zu so einem Typen?«, frage ich ihn. In diesem Augenblick bekomme ich eine Nachricht von Maggie. Darin steht:

»Brian McFarmer saß knapp zwanzig Jahre wegen Mordes. Nachdem der Fall neu aufgerollt wurde, hat man ihn wegen mangelnder Beweise freigelassen. Heute lebt er auf einem kleinen Hausboot am Hafen. Brian McFarmer ist mittlerweile 79 Jahre alt und seit den Achtzigern alleinlebender Witwer.«

Damit macht sie das Bild dieses Mannes komplett. Unsere Suche führt uns also zu einem vergreisten Mörder.

Dank Flinch und seinem Kontakt haben wir nur kurze Zeit später die Anschrift von Brian McFarmer.

Man kann das quietschgelbe Häuschen schon von Weitem erkennen. Die roten Fensterläden sind geschlossen und die Blumen in den weißen Kästen verdorrt. Das kleine Hausboot wippt auf und ab. Vorsichtig betrete ich den Steg, zwischen dessen Spalten man das Wasser sehen kann. Beim Anblick des schwimmenden Puppenhäuschens fällt es mir schwer, mir vorzustellen, dass darin ein eiskalter Killer wohnt.

Anscheinend führt uns Agnes direkt zu einem durchgeknallten Psychopathen. Anders lässt sich das alles nicht erklären.

Als es darum geht, die wacklige Oberfläche des Hausbootes zu betreten, übernimmt Jonathan die Führung. Für einen Moment frage ich mich, ob man das eigentlich auch ein Grundstück nennt. Doch ich werde prompt aus meinen Gedanken gerissen. Ein mir wohlbekanntes Geräusch unterbricht die friedliche Stille.

Hinter uns ertönt ein Klicken, noch bevor Jonathan an die Haustür klopfen kann. Anschließend spüre ich den Lauf einer Waffe in meinem Nacken und hebe instinktiv die Hände.

»Ganz ruhig«, höre ich Jonathan sagen, während er sich langsam umdreht.

»Was wollen Sie?«, knurrt eine rauchige Stimme hinter mir.

»Wir suchen nach Brian McFarmer«, erklärt Jonathan.

»Den haben Sie vor sich, Jungchen.« Mit diesen Worten spuckt er in den Spalt zwischen seinem Hausboot und den Steg. »Und wer sind Sie?«

»Mein Name ist Jonathan Green und die junge Frau heißt Caitlyn Young.«

»Polizei oder Presse?«, fragt der Alte.

»Weder noch«, antwortet Jonathan.

Daraufhin lässt der Mann murmelnd die Waffe sinken. Endlich kann ich einen Blick auf ihn werfen. Brian McFarmer hat graues Haar, das ihm wild in die Stirn fällt. Seine gebückte Körperhaltung, das faltige Gesicht und der zottelige, lange Vollbart deuten auf einen sehr ausgelaugten Einsiedler hin. Anscheinend ist ihm sein Äußeres nicht wichtig. Selbst das Haus wirkt trotz der ausgetrockneten Blumen gepflegter als er.

»Ich kann weder Bullen noch neugierige Journalisten leiden«, knurrt McFarmer und funkelt uns mit seinen dunklen Augen an. »Kann's nicht haben, wenn jemand sich in meine Angelegenheiten einmischt.«

»Wir haben nur ein paar Fragen«, erklärt ihm Jonathan.

Der Alte winkt direkt ab. »Päh«, stößt er aus und verzieht mürrisch das Gesicht. »Keine Chance. Sie sollten jetzt lieber von meinem Hausboot verschwinden, ehe ich Ihnen Beine mache.«

Mit diesen Worten tritt er auf uns zu. Eilig greife ich mir in meine Manteltasche, während Brian McFarmer uns zurück auf den Steg drängt. Dann macht der Mann kehrt. Noch bevor er jedoch den Schlüssel in die Haustür stecken kann, um sich in seinem Boot zu verkriechen, werde ich fündig.

»Warten Sie«, rufe ich. »Ich soll Ihnen sagen, dass Agnes uns geschickt hat.«

Skeptisch dreht sich der Alte um. Dabei strecke ich ihm die Visitenkarte entgegen. Prüfend stampft er auf uns zu und nimmt mir vorsichtig die Karte aus der Hand.

»Vampire?«, fragt er mit zusammengekniffenen Augen. Wir nicken. »Hätte ich mir ja denken können.« Danach macht McFarmer sich wieder auf den Weg zu seiner Haustür. »Na schön«, brummt er. »Dann kommen Sie mal rein.«

Im Inneren des Hausboots ist nicht viel Platz. Es gibt einen Wohnbereich mit einer Couch zum Ausklappen. Unter dem braunen Bezug kann man die Schlaufen sehen, an denen man die Schlaffläche hervorzieht. Angrenzend liegt eine offene Küchennische und direkt daneben eine schmale Tür, die vermutlich ins Bad führt.

»Setzen Sie sich«, grunzt McFarmer.

Ich schiebe ein paar Kleidungsstücke von der Couch. Mit verzogenem Gesicht schlägt Jonathan eine Socke beiseite, als würde es sich dabei um eine fette Spinne handeln. Für einen Moment ist es amüsant, doch dann entdecke ich die vielen Zeitungsartikel in der unteren Ablage des Wohnzimmertisches.

»Der Axtmörder«, steht dort in großen Lettern auf der Titelseite einer vergilbten Ausgabe. *»Menschenfresser«*, ist das Nächste, was ich mit gedrehtem Kopf lesen kann. Nervös schlucke ich.

»Wollen Sie was trinken? Hab noch 'ne Kanne Kaffee von vorhin da. Müsste auch noch warm sein«, meint der Alte und öffnet unterdes eine quietschende Küchentür. Ich nutze die Gelegenheit und mache Jonathan auf die Zeitungen aufmerksam.

»Haben Sie Tomaten auf den Ohren?«, fragt McFarmer und dreht sich verärgert zu uns um. »Ach so«, brummt er mürrisch. »Sie haben wohl die Schreckensmeldungen gefunden.«

Wir beide nicken unruhig, sagen aber nichts.

»Das ist alles Unfug«, verteidigt er sich und schwenkt dabei mit der Kaffeekanne herum. »Ich hab sie nicht mal angerührt. Wir kannten uns ja nicht einmal.« Danach dreht er sich wieder zu seiner Küchentheke und schenkt sich etwas Kaffee in einen zerkratzten Becher.

»Wir kennen diese Geschichte nicht, Mr McFarmer«, ergreift Jonathan das Wort. »Und deshalb sind wir auch nicht hier.«

Der Mann lacht spöttisch. »Sie haben also keine Ahnung? Ich dachte, mittlerweile wüsste jeder davon.« Dann nähert er sich uns und ballt eine Hand. »Hab ihn zerlegt wie 'n alten Schrank«, berichtet er. »Der Typ hat sie angefallen. Man sollte meinen, ein toter Werwolf mehr oder weniger würde der Welt nicht schaden. Aber dass man mir den Scheiß angehangen hat, das verzeihe ich diesem gottverdammten Vincent Raven mein Lebtag nicht.«

Meine Augenbrauen heben sich verwundert. *Hat er gerade Werwolf gesagt?* Irritiert sehe ich zu Jonathan herüber. Doch er regt sich nicht. McFarmer hat weiterhin seine ganze Aufmerksamkeit.

»Sie kennen Vincent?«, fragt Jonathan.

Am liebsten möchte ich aufspringen und ihn anschreien: *»Hallo? Er redet von Werwölfen!«* Aber ich rege mich nicht. Mein Körper ist wie erstarrt.

»Vincent Raven ist ein mieser Dreckssack«, antwortet McFarmer verbittert, während er nun auch die andere Hand ballt. »Der machte 'nen beschissenen Deal mit dem Rudel der umliegenden Waldgebiete. Hat denen versprochen, er würde sie ab und zu mit Menschenfleisch versorgen, wenn sie ihm dafür ein paar Gefallen täten. Keine Ahnung, ob's so saftig ist, dass man sich alle Krallen nach ableckt, aber sie haben auf ihn gehört wie Schoßhündchen. Die haben nur drauf gewartet, dass irgendein dummer Trottel in der Nähe ist, dem man's später anhängen kann.«

»Also waren Sie nur zur falschen Zeit am falschen Ort?«, folgert Jonathan mitfühlend.

»Richtig«, erwidert McFarmer. »Hab dafür zwanzig Jahre bekommen und meine Frau psychisch krank gemacht. Meine Entlassung hat sie nicht mehr mitbekommen, aber diesen ganzen Mist, den man in der Presse verbreitet hat. Ich sei ein Axtmörder und Menschenfresser. Ein Psychopath und Monster. Ich bin nichts von alledem, Mr Green. Ich bin nur alt und bin's leid, mich für Dinge zu rechtfertigen, die die Öffentlichkeit nicht kapiert.«

»Haben die Ihnen das angetan?«, will Jonathan wissen.

Ich mustere den Alten, doch ich habe keine Ahnung, wovon er spricht. McFarmer antwortet nicht. Nur sein Gesichtsausdruck zeigt deutlich, wie sehr ihn die Frage trifft. Wortlos stapft er zurück in die Nische, um sich seinen Kaffee zu holen.

»Ich frage, weil Sie keinen menschlichen Geruch an sich haben«, erklärt Jonathan.

»Das Vieh hat mich gebissen«, brummt der Alte leise und ich

rutsche unruhig auf dem Sofa vor. »Hat mich am rechten Arm erwischt und ich bin's nicht losgeworden. Erst als ich mit der Axt zuschlug, die ich mir von der Ladefläche meines Jeeps krallen konnte.«

»Das macht zwanzig Jahre im Gefängnis sicher nicht einfacher«, meint Jonathan.

»Ich hatte Einzelhaft und kaum was zu essen«, erwidert McFarmer. »Das zähmte die Bestie.«

Die Bestie, hallt es in mir wider. Ich kann nicht fassen, dass mein Leben mit jedem Tag verrückter wird. Unterhalten wir uns hier gerade ernsthaft mit einem Werwolf auf Entzug? Tief einatmend wedele ich mir etwas Luft zu.

»Vincent Raven steckt mittlerweile knietief drin im Menschenhandel«, fährt der Alte fort und gönnt sich einen Schluck Kaffee. Der ist vermutlich eiskalt, denn die Brühe dampft nicht einmal. »Ist heutzutage ja nichts Außergewöhnliches mehr, wenn hier und da mal wer verschwindet. Er sackt damit ordentlich Kohle ein und duldet dafür das Rudel in der Stadt.«

»Das erklärt einiges«, geht es Jonathan nachdenklich über die Lippen. »Und jetzt leben Sie nach alledem hier?« Er lässt seinen Blick durch den Raum gleiten.

»Tja, mehr brauche ich nicht. Nur die Einsamkeit und ein blutiges Kilo Fleisch am Tag.«

Er klopft auf seinen Kühlschrank und lächelt traurig.

»Und was muss man über Sie wissen?«, fragt McFarmer. »Freunde von Vincent sind Sie anscheinend nicht.«

Ich lächele zynisch. »Ganz im Gegenteil.«

Im weiteren Gesprächsverlauf lerne ich eine Menge über seine Art. Ein Werwolf braucht täglich etwa zehn Stunden Schlaf. Meist ist er nachtaktiv. Ein halbes Kilo Fleisch ist das Minimum, das Brian McFarmer benötigt, um sich irgendwie am Leben zu halten. Mehr als ein Kilo frisst er jedoch nie. Er erzählt uns, dass er Angst hat, die Kontrolle zu verlieren. Während er uns den Drang nach Fleisch beschreibt, fühle ich mich an den Blutdurst erinnert. Zu seiner Haftzeit war er stark unterernährt und kraftlos. Das ist auch der Grund, weshalb man ihm bei seinem damaligen Gerichtsprozess vorhielt, nicht mehr alle Tassen im Schrank zu haben. Der Fleischentzug und die Einsamkeit machten das Rudeltier mürbe und bescherten ihm ein paar Wahnvorstellungen. Nach seiner Entlassung gab er seinem andauernden Verlangen nach und gönnte sich eine große Menge Fleisch.

»Es war das erste Mal, dass ich Bekanntschaft mit der Bestie gemacht habe«, erzählt McFarmer. »Manchmal bin ich nackt im Wald aufgewacht und hatte dabei sogar noch Haare von irgendwelchen Nagern im Mund.« Die Kontrolle über sich zu verlieren machte ihm derart Angst, dass er beschloss, sich nicht mehr Fleisch zu gönnen als unbedingt notwendig. Seitdem ist er auf *»Diät«*, wie er es nennt. Er leidet zwar andauernden Hunger, aber solange er die Bestie nicht füttert, schläft sie.

»Die Verwandlung kostet viel Kraft«, meint er und zupft sich dabei am langen Bart.

Ich frage mich, wie er mir helfen soll. Warum hat Agnes mich hierhergeschickt? Was kann mir schon ein Werwolf beibringen, der nicht einmal einer sein will?

Jonathan lenkt das Gespräch wieder auf Vincent. Er will mehr über den Menschenhandel wissen. McFarmer informiert uns darüber, dass Vincent und sein Clan den Handel kontrollieren. Neben den Blutgeschäften verdient er sein Geld auch dank des großen Wolfsrudels. Vincent hat also weder Hemmung noch Skrupel. Ihm geht es nur darum, Macht über all diese Wesen zu besitzen und seinen eigenen Reichtum zu vermehren. So langsam begreife ich, wie zerstörerisch er ist und das er unbedingt aufgehalten werden muss.

Kapitel 11

Nachdem Brian McFarmer gehört hat, dass wir Vincent an den Kragen wollen, bietet er uns eines der nebenstehenden Hausboote als Unterkunft an. Es steht über die kalten Monate leer und da man ausgerechnet ihn mit der Betreuung beauftragt hat, besitzt er sogar einen Schlüssel.

Jonathan scherzt, als wir über den Steg laufen: »Ganz praktisch, so ein Wachhund nebenan.« Dabei grinst er schelmisch, weshalb ich ihm einen Seitenhieb verpasse. Schließlich will ich nicht, dass McFarmer das hört und wir plötzlich den Wolf im Schafspelz wecken.

Während er vor uns läuft, kratzt sich der Alte immer wieder auffallend im Gesicht, dem Nacken und an den Fingern. Ich weiß nicht, ob er Flöhe hat, aber ich hoffe, dass er nicht mit ins Haus kommt.

Er führt uns bis zum Ende des Stegs. Das Hausboot ist deutlich größer und der schlichte weiße Anstrich wirkt einladend. Eben vollkommen anders als das quietschgelbe Haus von McFarmer, dessen grellen Farbton ich noch immer im Augenwinkel sehe.

»Ich zeig Ihnen schnell alles«, sagt er und tritt über die Schwelle, nachdem er die Tür geöffnet hat. Angeekelt verziehe ich das Gesicht. Irgendwie habe ich geglaubt, dass er uns einfach den Schlüssel in die Hand drückt und verschwindet. Doch Fehlanzeige. Am Kopf kratzend marschiert er direkt hinein.

Mit heruntergezogenen Mundwinkeln werfe ich Jonathan einen vielsagenden Blick zu. Es folgt ein Grinsen seinerseits und er lässt mir amüsiert den Vortritt.

»Vielen Dank auch«, knurre ich und folge dem Alten mit ausreichendem Abstand.

Mit schmutzigen Fingern deutet McFarmer zittrig zu den beigefarbenen Gardinen, nachdem er das Licht eingeschaltet hat.

»Die müssen geschlossen bleiben«, meint er harsch. Wir beide nicken artig.

»Außerdem herrscht hier Nachtruhe, also erwarte ich, dass Sie mucksmäuschenstill sind.«

»Natürlich«, erwidert Jonathan freundlich. Während McFarmer auf die Tür zum Badezimmer zusteuert, sehe ich mich im Wohnraum um. Er ist nicht nur größer, sondern auch deutlich gepflegter. Auf einer Kommode entdecke ich ein Bild der Hausbootbesitzer. Anscheinend lebt hier ein älteres Ehepaar. Ihre Bräune lässt darauf schließen, dass sie den Herbst und Winter vermutlich gerade irgendwo im Süden verbringen. Was mich zwangsläufig wieder daran erinnert, dass das für mich leider der Vergangenheit angehört.

»Hier ist das Bad«, murmelt McFarmer und öffnet dann die Tür daneben. »Hier das Schlafzimmer und den Gang runter geht's zur Küche. Noch Fragen?«

»Wann gibt es Frühstück?«, fragt Jonathan grinsend.

McFarmers Gesicht zeigt keinerlei Regung. »Sie müssen früh aufstehen«, erwidert er im typisch brummigen Tonfall. »Allerspätestens zwei Stunden vor Sonnenaufgang.«

»Und dann?«, frage ich.

»Dann werde ich Sie dazu zwingen, Ihre Fähigkeiten einzusetzen.«

So wie er das sagt, klingt es nicht danach, als würde ich das tatsächlich wollen. Dominant funkelt er mich an.

»Nur dass wir uns richtig verstehen«, beginnt Jonathan. »Sie hat ihre Fähigkeiten längst nicht unter Kontrolle. Sie muss erst lernen damit umzugehen.«

»Ist mir bewusst, Jungchen«, erwidert McFarmer. »Hartes Training hat noch keinem geschadet. Sie sollten nur daran denken, dass es nicht ausreichen wird, flehend auf mich einzuquatschen. Sie werden sich vor den Angriffen dieses ausgehungerten Geschöpfes heftig wehren müssen. Also sollten Sie sich ausreichend stärken. Mir ist daher herzlich egal, wann Sie frühstücken und wie das aussehen wird. Machen Sie nur nichts schmutzig.«

Dann tritt McFarmer zurück zur Haustür und zieht wortlos die Tür hinter sich zu.

Für einen kurzen Augenblick herrscht zwischen Jonathan und mir eine nachdenkliche Stille.

»Er meint das ernst, oder?«, frage ich daraufhin perplex.

»Scheint so«, antwortet Jonathan und lässt sich dabei auf das Sofa fallen.

Ich streife mir die Schuhe ab und folge ihm erschöpft. Mein Kopf sinkt auf seine Schulter.

»Gibt es noch irgendetwas, was du mir vielleicht erzählen solltest?«, frage ich ihn mit gehobenen Augenbrauen.

»Nein«, antwortet er lächelnd und drückt mir einen Kuss auf die Stirn.

»Sicher?«, hake ich nach. »Ich frage nur vorsichtshalber. Schließlich wäre es gut, vorher Bescheid zu wissen, bevor wir mit einem Zwerg Mittag essen oder mit einem Zyklopen Bowlen gehen.«

Jonathan lacht. »Da kann ich dich beruhigen. Zyklopen hassen Bowling.«

Für einen Moment ist alles vergessen. Unbeschwert albern wir herum und necken uns liebevoll. So wie jedes normale Paar.

Doch leider lässt sich die Zeit nicht anhalten und auch der schönste Moment verflüchtigt sich.

»Ich werde Lola anrufen«, meint Jonathan mit einem Mal. »Wenn wir das morgen wirklich tun wollen, dann werden wir sie brauchen.«

»Tun wir es denn?«, frage ich und sehe ihn erwartungsvoll an.

Er zuckt mit den Schultern. »Ich habe noch nie gegen einen Werwolf kämpfen müssen. Aber ich habe viel darüber gehört.«

»Was denn?«

»Nichts, was dich jetzt beruhigen würde.«

Erneutes Schweigen.

»Vertraust du ihm?«, will ich wissen.

»Wem? McFarmer?«

Zustimmend nicke ich. »Er wirkte irgendwie nervös.«

»Ich vertraue Werwölfen nicht, die sind immer so seltsam«, antwortet Jonathan.

»Aber du vertraust Agnes?«

»Nur weil mir nichts anderes übrig bleibt. Ohne meine Clanschwestern und Brüder habe ich keine andere Wahl.«

»Fehlen sie dir?«

Jonathan sieht mir tief in die Augen. »Nein. Ich war nur einsam ohne dich.«

Seine Lippen berühren meine, bevor er sich von mir entfernt.

»Ich hoffe, ich erreiche sie«, sagt er und verschwindet den schmalen Gang entlang.

Die plötzliche Stille zwingt mich zum Nachdenken. Nicht nur über den morgigen Tag, sondern auch über alles andere. Die Menschen haben keine Ahnung, was hinter ihrem Rücken passiert. Ich hatte keine Ahnung. Und jetzt fühlt sich dieses Wissen so erdrückend an. Irgendwie einschüchternd.

Es mag sein, dass jede dieser Spezies sich mit ihren Lügen nur zu schützen versucht, aber wie lange kann all das gut gehen? Zu lügen ist ein gefährliches Spiel. Es ist wie russisches Roulette. Man weiß, dass einen die Wahrheit jederzeit treffen kann, man weiß nur nicht, wann das sein wird.

Gegen drei Uhr morgens werde ich von Jonathan geweckt. Die Nacht ist deshalb furchtbar kurz und da ich mittlerweile bereits mehrere Tage abstinent lebe, fühle ich mich stark geschwächt.

»Lola wird gleich hier sein«, flüstert Jonathan und presst mir einen Kuss auf den Scheitel.

»Treffen wir uns am Steg?«, frage ich müde.

Er verneint meine Frage. Hoffentlich erzürnen wir McFarmer nicht, wenn wir in das Hausboot seiner Nachbarn eine Prostituierte bestellen. Schließlich ist es ja schon verboten, die Vorhänge zu öffnen, was würde er da erst von nächtlichem Besuch halten? Meine Mundwinkel heben sich, bevor ich mir das Kissen aufs Gesicht drücke.

»Was gibt es da zu grinsen?«

»Machen Sie nur nichts schmutzig«, äffe ich den brummigen McFarmer nach.

»Hast du etwa Angst vorm bösen Wolf?« Jonathan lacht amüsiert.

»Ein bisschen vielleicht«, gebe ich zwinkernd zu.

»Ich werde auf dich aufpassen«, verspricht er mir und streichelt mir liebevoll über den Arm.

In diesem Moment klopft es leise an der Tür.

»Da ist sie«, sagt Jonathan und macht sich sogleich auf den Weg, um sie hereinzulassen.

Lola betritt das Hausboot. Sie sieht blass und erschöpft aus und wirkt deshalb ganz anders als bei unserer letzten Begegnung. Ihr dunkles Augen-Make-up ist verschmiert und sie begrüßt Jonathan lediglich mit einem Kopfnicken.

»Anstrengende Nacht?«, fragt er höflich.

»Geht schon«, erwidert sie. Die Jacke, die sie trägt, ist viel zu dünn für die Jahreszeit. Ihre langen Beine stecken in Overknee-Stiefeln und ihr knapper Rock lugt nur gelegentlich hervor.

»Setz dich«, sagt Jonathan und deutet auf das Sofa.

»Nachts ist es teurer«, meint Lola und lässt sich unterdessen in den Stoff sinken. »Hab auch alles mitgebracht«, fügt sie hinzu und kramt dabei in ihrer Handtasche. »Dafür ist aber ein Zehner extra drin.«

»Natürlich« erwidert Jonathan.

Diese Szene wirkt vollkommen skurril. Es ist, als würden sie über Sex sprechen, während sie die nötigen Utensilien auf dem Wohnzimmertisch ablegt. Neben ein paar Kondomen legt sie die eingepackten Spritzen auf das dunkle Holz, bevor sie sich gekonnt den Arm abbindet. Danach streckt sie ihm bereitwillig die Hand entgegen und schert sich nicht länger darum, was er tut. Stattdessen spielt sie gedankenversunken an ihrem Handy.

»Okay, es geht los«, informiert Jonathan sie und setzt dann behutsam die Spritze an. Auf irgendeine Art fesselt mich der Anblick, wie sich der Behälter langsam mit ihrem Blut füllt. Meine Sinne werden schärfer, mein Körper spannt sich an. Der Raum ist plötzlich von einem anziehenden Duft erfüllt.

»Um Gottes willen«, stöhne ich und lege mir die Hand auf die Brust. *Tief durchatmen*, sage ich mir, während mir das Wasser im Mund zusammenläuft und alles meinem klar denkenden Verstand zusetzt. *Schnapp sie dir*, schreit dieser Durst, der mich mit einem Mal in seiner Gewalt hat. Ich darf auf gar keinen Fall über die Frau herfallen, die ihn so anstandslos mit ihrem Blut versorgt. Wenn ich ihr jetzt zu nahe komme, ist der Deal geplatzt.

Jonathan hat unterdessen die erste Spritze aufgefüllt. Mein Herz hämmert wie verrückt. Kräftig schlägt es gegen meinen Brustkorb. Mein Blick verschwimmt langsam, weshalb ich mir hilflos die Augen reibe. Mein inneres Monster siegt über die Vernunft und zwingt mich dazu aufzustehen.

Meine Gedanken rasen. Ich weiß ganz genau, was gerade passiert, doch ich habe die Kontrolle verloren.

»Caitlyn?«, ertönt Jonathans Stimme verwundert. Ich kann nur verschwommen erkennen, wie er zu mir herübersieht. »Du solltest dich setzen.«

Lola schaut interessiert von ihrem Handy auf.

»Moment«, höre ich Jonathan sagen, ehe er sich erhebt. Währenddessen spüre ich, wie sich meine Beine zittrig in Bewegung setzen.

»Was hat die denn?«, fragt Lola.

Ich komme nicht weit, als mich Jonathan am Arm packt. Sein

Griff ist fest und es kostet ihn nicht viel Kraft, um mich zurück ins Schlafzimmer zu ziehen. Mein wackeliger Körper folgt ihm wie eine Marionette.

»Hey«, sagt er sanft. »Alles okay?«

Ich antworte nicht, auch wenn ich am liebsten »Nein« sagen will.

»Du bist stärker als das«, flüstert er mir zu, während sich mein starrer Tunnelblick wieder auf Lola richtet. *Lass mich jetzt bloß nicht los.*

Zu meinem Glück ist Jonathan clever genug, um genau das nicht zu tun.

»Caitlyn«, wispert er einfühlsam. »Versuche, es zu kontrollieren. Es dauert nicht mehr lange und ich lasse sie gehen.«

»Es zerreißt mich«, bricht es mühsam aus mir heraus.

»Du kannst das. Denke an irgendetwas anderes. Etwas Bedeutungsvolles. Irgendetwas, das dir Kraft gibt.«

Ich versuche, an meinen Vater zu denken, doch meine Gedanken wandern ungehindert zu Vincent Raven und der Erinnerung daran, wie er mich über das Geländer stößt.

»Können wir hier weitermachen? Ich muss gleich los«, zetert Lola nebenan.

»Ich liebe dich, Caitlyn«, sagt Jonathan vollkommen unerwartet und bringt damit alles zum Stillstand. »Ich hätte es dir gern anders gesagt, aber ich will verdammt sein, wenn ich dich jetzt an den Blutdurst verliere. Ich weiß, dass du stark genug bist, der Versuchung zu widerstehen.«

Mit diesen Worten lässt er mich los und fixiert mich nur noch mit seinen Augen. Wie erstarrt stehe ich vor ihm. Mein Herzschlag wird ruhiger und mein Blick langsam klarer. Der Geruch ihres Blutes löst sich irgendwo zwischen seinen Worten und dem friedlichen Gefühl, das sie in mir erwecken, auf.

»Alles okay?«, fragt Jonathan und ich bringe nicht mehr als ein leises »Ja« heraus.

Hat er gerade gesagt, dass er mich liebt?

Er lächelt beruhigt und küsst mich sanft, bevor er sich zügig um Lola kümmert. Vorsorglich schließe ich unterdessen die Tür und lasse mich ausgelaugt auf das Bett fallen. Jetzt weiß ich, wie es ist, wenn man die Kontrolle verliert, und wie sich McFarmer damals gefühlt haben muss.

Nebenan dröhnt plötzlich ein »Ihr seid ziemlich schräg« durch die Tür. Danach kann ich ihre Absätze über den Boden poltern hören, bevor Ruhe einkehrt.

Meine Gedanken wandern unwillkürlich wieder zu Brian McFarmer. Wenn sein Körper morgen auch so auf den Entzug reagiert, dann wird diese Lehrstunde heftig.

»Alles wieder gut?«, fragt Jonathan, nachdem er die Tür aufgeschoben hat.

»Ja, danke«, erwidere ich.

»Du wirkst nachdenklich.« Jonathan setzt sich neben mich aufs Bett.

»Das war ziemlich unschön.«

»Aber du hast dich in den Griff bekommen.«

»Deinetwegen«, antworte ich und lächele ihn an.

»Ich habe nur ein klein wenig geholfen«, meint er und legt sich zu mir.

»Ich habe jetzt ziemlich Bammel wegen morgen«, gebe ich zu. »Wenn es ihm genauso geht ...«

»Dann verschwindest du«, unterbricht er mich.

»Das tue ich nicht.«

»Du musst«, erwidert er. »Du bist die Einzige, die Vincent die Stirn bieten kann.«

»Ich weiß nicht«, sage ich verunsichert.

»Um deine Fähigkeiten zu kontrollieren, brauchst du letztendlich nur zwei Dinge. Kraft und Mut. Für die Kraft konnten wir dank Lola sorgen, aber den Mut musst du selbst aufbringen. Vertrau dir und es wird alles gut werden.«

Mit diesen Worten streichelt er mir zärtlich über die Wange. »Denk daran, was Vincent alles getan hat und was er immer noch tut.«

Jonathan wirkt sehr bedrückt. Ich versuche, mir all die Personen vorzustellen, die Vincent mit seiner Machtgier beeinflusst. Vampire, die sich bemühen, ihren Trieb zu kontrollieren, und dafür einen hohen Preis zahlen. Hexen, wie Agnes, die ihr Dasein in Einsamkeit fristen. Und die Werwölfe, die er mit der Erweckung ihrer Urgelüste in eine Abhängigkeit treibt.

Niemand tut etwas dagegen. Niemand stellt sich ihm in den Weg. Wie soll all das also jemals aufhören?

»Ich schaffe das«, flüstere ich und wiederhole diese Worte gedanklich wie ein Credo.

»Natürlich«, pflichtet mir Jonathan bei und stemmt sich dann auf die Beine, um Lolas Blut zu holen. Gierig schlucke ich danach jeden Tropfen hinunter und spüre, wie mein Körper zunehmend an Kraft gewinnt.

Als Brian McFarmer eine halbe Stunde später an unsere Tür klopft, bin ich bereit. Bereit, um die Welt zu verändern.

McFamer führt uns zu seinem alten Jeep. Mürrisch fordert er uns dazu auf einzusteigen. Es ist eine stotternde Rostlaube, deren Zündung mehrere Anläufe braucht, bis der Motor endlich startet. Wir sitzen wie Hühner auf der Stange und beobachten stillschweigend den Straßenbelag, der sich im Licht der Scheinwerfer durch die Stadt schlängelt.

Irgendwann biegen wir auf eine Landstraße.

»Es ist wichtig, dass wir weit genug rausfahren«, ertönt McFarmers raue Stimme. »Die Bestie könnte sonst Witterung aufnehmen und sich auf 'n Weg in die Stadt machen. Aus dem Training sollte keine Hetzjagd werden.«

Im Rückspiegel ist schon längst nichts mehr als Dunkelheit zu sehen. Von der Landstraße geht es auf einen Schotterweg, der in den Wald führt. Danach fahren wir noch ein paar Meilen über holprigen Erdboden. Ich habe bereits die Orientierung verloren.

Jonathan hält schweigend meine Hand und drückt sie sanft. Vermutlich teilt er meine Sorge darüber, dass vielleicht doch etwas schieflaufen könnte. Manchmal hat man eben ein ungutes Gefühl bei dem, was man tut. Und mir geht es mit jeder Minute schlechter, was mir langsam den Schweiß auf die Stirn treibt. Schon wenn McFarmer das Wort *Bestie* in den Mund nimmt, wird mir flau im Magen. Schließlich habe ich noch nie einen Werwolf gesehen und wenn McFarmer mich immer wieder daran erinnert, dass er vor sich selbst Angst hat, dann wirkt das nicht sehr beruhigend. Vermutlich ist uns in diesem Augenblick allen etwas unwohl zumute. Kaum jemand sagt etwas. Jeder ist nur mit sich und seinen Gedanken beschäftigt. Während Jonathan meine Hand drückt, tippt McFarmer nervös auf dem Lenkrad herum. Am liebsten würde ich jetzt alles abblasen. Meine Euphorie hat sich mit jeder Meile weiter verflüchtigt. Ich versuche deshalb, erneut an Vincent und an das zu denken, was er uns allen antut.

Ich packe das, sage ich mir wieder und wieder. Die Bereitschaft, die ich verspürt habe, als McFarmer an unsere Tür geklopft hat, muss um jeden Preis noch mal aufkeimen.

Ich wische mir den Schweiß von der Stirn und presse angespannt die Lippen aufeinander. Ich muss damit aufhören, mir ständig Angst zu machen. Schließlich soll ich mutig sein und es hilft nun einmal nicht, wenn ich mir jedes erdenkliche Schreckensszenario ausmale.

Also, alles wird gut. Atme. Glaube an dich. Du kannst das.

»Wir sind da.« Mit diesen Worten reißt mich McFarmer aus meinen Gedanken. Der Wagen steht inmitten einer Waldlichtung. Die umliegende Dunkelheit verschluckt uns, als das Licht der Scheinwerfer erlischt. Der Alte öffnet den Reißverschluss seiner Jacke und steckt sich dann den Autoschlüssel in die Innentasche. Mit einer schwungvollen Bewegung öffnet er die Fahrertür und steigt aus dem Auto. Im Licht des Mondscheins beginnt er, sich aus seiner Jacke zu schälen. Beunruhigt schaue ich Jonathan in die Augen.

»Du schaffst das«, redet er mir gut zu und küsst meinen Handrücken. Danach suchen seine Finger nach dem Türgriff.

»Dein Wort in Gottes Ohren«, murmele ich.

Draußen ist es kalt und windig. Ich reibe mir fröstelnd die Arme, nachdem ich mich hinter Jonathan aus dem Wagen gedrängt habe.

McFarmer trägt bereits nicht mehr außer seinen ausgeleierten Boxershorts. Der gebückte Mann sieht mager und ungefährlich aus. Wenn der Wolf seinem menschlichen Abbild ähnelt, dann habe ich wohl doch ganz gute Chancen.

»Sind Sie bereit, Ms Young?«, fragt der Alte und knackt dabei mit den Gelenken seiner Finger.

»Ja, wir können anfangen«, bestätige ich und kralle mich an den Gedanken, dass ein alter Wolf vermutlich kein Problem sein wird. »Statt sich auszuziehen, hätten Sie sich lieber warm anziehen sollen«, scherze ich, um die Stimmung aufzulockern.

McFarmer lacht gehässig. »Wir werden sehen.«

Dann öffnet er den Kofferraum, in dem eine weiße Kühltruhe steht. Behutsam schiebt er den Deckel beiseite. Der Geruch von Fleisch steigt mir in die Nase. Den Alten stört das nicht. Gierig würgt er sich bestialisch die rohen Stücke hinunter, die er nach und nach aus dem Inneren der Truhe fischt. Schwer atmend beobachte ich ihn. Irgendwie warte ich darauf, dass etwas passiert. Mein ganzer Körper ist angespannt, während sein hastiges Kauen und Schmatzen an meine Ohren dringt.

Dann beginnt sich seine Gestalt zu verwandeln. Die Bestie, die sich vor uns aufbaut, ist riesig. Aus ihrer sich langsam formenden Schnauze wachsen mächtige Eckzähne. McFarmers Körper wird mehr und mehr von schwarzem Fell bedeckt. Seine Beine und Arme nehmen stark an Muskelmasse zu, während sich seine Finger in furchteinflößende Klauen verwandeln. Die dunklen Augen sehen jetzt noch unheimlicher aus als ohnehin schon. Der Blick der Bestie richtet sich auf mich, als sie zu knurren beginnt. Dabei stößt ihr Atem in die kalte Nachtluft und bildet große Wölkchen.

Jonathan tritt instinktiv zurück. Ich bin hingegen wie erstarrt.

»Cait«, flüstert er eindringlich und wirkt ganz und gar nicht mehr wie jemand, der glaubt, dass ich auch nur die kleinste Chance gegen dieses Ungetüm habe. »Komm her!«

Vorsicht gehe ich rückwärts und bringe so etwas Abstand zwischen den Werwolf und mich. Das Monstrum heult laut auf und schreckt damit einige Vögel auf, die panisch durch die Baumkronen brechen. Danach macht es sich plötzlich zum Sprung bereit.

Jonathan drängt mich beiseite und schleudert die Bestie zurück. Das bringt uns zwar etwa vier Meter Abstand, doch statt die Beine in die Hand zu nehmen, machen wir uns kampfbereit. Wir können unmöglich zulassen, dass sich dieses hungrige Tier aus dem Staub macht.

»Bleib hinter mir!«, schreit Jonathan und streckt schützend die Arme aus.

»Vielleicht können wir ihn müde machen«, schlage ich vor und eile zum Auto. Meine Hand fährt, auf der Suche nach dem Türgriff, über den Lack. Mit einem leisen Klicken öffnet sich das Schloss und ich ziehe vorsichtig die Beifahrertür auf.

Das Wolfsheulen dröhnt durch die Dunkelheit.

»Bleib, wo du bist«, mahnt Jonathan das Tier und ballt bereitwillig die Hände zu Fäusten.

»Der Schlüssel«, murmele ich nervös und durchsuche den Innenraum des Jeeps. McFarmer hat seine Klamotten achtlos in den Fußraum geworfen und so dauert es einen Moment, ehe ich endlich seine Jacke finde. Gerade als ich den Kopf hebe, fliegt Jonathan am Seitenfenster vorbei. Der Schlag, der ihn getroffen hat, hallt dumpf über die Waldlichtung.

Ich schaue mich besorgt um, doch ich kann das Tier nirgends sehen. Meine Lippen öffnen sich und ich spitze die Ohren, während ich durch die Scheiben in die Dunkelheit starre. Dabei stellen sich mir die Nackenhaare auf. Vielleicht schleicht es längst um den Wagen herum und packt mich gleich mit seinen riesigen Pranken.

Mit einem Mal ertönt ein knarrender Laut und das Wagendach wölbt sich. Ich fürchte, zerquetscht zu werden, und schreie deshalb aus vollem Leibe. Panisch springe ich aus dem Wagen und lande dabei unsanft auf dem Erdboden. Neben mir schiebt sich plötzlich ein Schatten über den Nachthimmel. Die Bestie kauert direkt über mir. Ihr stinkender Atem schlägt mir ins Gesicht und aus ihrem Maul trieft zähflüssiger Speichel. Ängstlich krabbele ich so weit zurück, dass ich an das Fahrzeug stoße. Noch bevor der Werwolf zubeißen kann, donnert Jonathan ihm einen großen Stein auf den Schädel. Jaulend geht die Bestie zu Boden. Ich nutze die Gelegenheit, um mich auf die Beine zu stemmen. Jonathan zieht mich sogleich an sich und schiebt meinen Körper schützend hinter sich. »Hast du die Schlüssel?«, keucht er.

»Nein, noch nicht«, antworte ich.

In diesem Moment erhebt sich das Tier und richtet dabei seine ganze Aufmerksamkeit auf Jonathan.

»Beeil dich«, ruft er mir zu. Schnellstens laufe ich um das Auto herum und ziehe die Fahrertür auf. Als ich durch die Fensterscheiben zu ihnen hinüberschaue, beobachte ich, wie Jonathan der Bestie einen Tritt versetzt. Das Tier wehrt sich und holt mit seiner Pranke aus. Jonathan kann geradeso ausweichen. Ich schnappe nach der Jacke und durchsuche erst die falsche Innentasche, bis ich endlich den Schlüssel in der Hand halte.

»Ich hab ihn!«, rufe ich triumphierend. In diesem Moment zieht sich ein Schmerzensschrei durch die Dunkelheit. Mit großen Augen werfe ich einen Blick zu Jonathan, der kraftlos zu Boden geht.

»Nein!«, schreie ich und springe aus dem Auto. In mir erwacht die blinde Angst, ihn verlieren zu können. Sie sorgt dafür, dass ich vollkommen achtlos bin. Kaum habe ich das Fahrzeug verlassen, trifft mich ein kräftiger Schlag an der Brust. Ich fliege mehrere Meter weit, bevor ich auf dem harten Boden aufpralle. Zittrig richte ich meinen Oberkörper auf. Mein Schädel brummt und ich habe das Gefühl, keine Luft zu bekommen. Ich lege mir die Hand auf die Brust, japse und keuche. Was ist, wenn er uns beide tötet? Und dieser Kampf gar kein Training, sondern nur eine Falle ist?

Agnes und McFarmer kennen Vincent. Sie wissen, wozu er fähig ist, und sie fürchten ihn. Vielleicht sollte ich all das erfahren. Alles, über meine Vergangenheit, über die der Hexe und des Werwolfs. Blinde Wut lässt einen nachlässig werden. Ich habe ihnen vertraut. Wesen, die ich kaum kenne. Und nun drohen wir hier zu sterben.

Meine Augen weiten sich. Ich begreife, dass all das womöglich gar nicht weit hergeholt ist. McFarmer wirkte so nervös, als er uns in das Hausboot führte. Das ständige Kratzen erschien mir so, als wäre er irgendwie unruhig. Nicht zu vergessen ist auch die Stille auf der Fahrt hierher. Er hatte uns nicht viel zu sagen und schien genau wie ich in seinen Gedanken vertieft zu sein. Und Agnes? Sie sagte mir, dass ich vorsichtig sein solle. Sie sagte, Vincent sei ein einflussreicher Mann und dass er alles tun werde, um uns aufzuhalten.

Alles.

Während ich den Tatsachen ins Auge sehe, stapft die Bestie langsam auf mich zu. Vincent hat wahrscheinlich seine Finger im Spiel und genießt gerade den Gedanken daran, dass ich von einem Werwolf in Stücke gerissen werde.

Hinter dem Umriss dieses Riesen höre ich Jonathan keuchen. Ich kann ihn nicht sterben lassen. Ich muss irgendetwas tun. Willens weiterzumachen stehe ich deshalb trotz der Schmerzen auf. Meine Brust fühlt sich noch immer eng an, doch ich spüre auch, dass meine Wunden bereits zu heilen beginnen.

»Vincent hat dich bezahlt, nicht wahr?«, frage ich das Geschöpf wütend.

Die Augen des Tiers ziehen sich fokussierend zusammen.

»Sag schon!«, brülle ich und strecke der Bestie meine Hand entgegen, um zu verdeutlichen, dass ich mich wehren werde.

Ein dunkles Lachen dringt aus dem Maul des Ungeheuers. Das bestätigt meine Vermutung. Es hat anscheinend Gefallen daran, dass ich mir jetzt im Klaren darüber bin, was vor sich geht.

»Und Agnes?«, frage ich. »Hat er sie auch gekauft?«

»Hör auf zu quatschen«, knurrt die Bestie und lässt sich auf alle viere sinken. Wir sind nun nicht mehr als drei Meter voneinander entfernt.

»Ging es um Geld oder um Macht?«, frage ich und spreize die Finger. Wenn er springt, werde ich ihn wie eines der Eier zurückschleudern.

»Hexen interessieren sich für nichts als ihre Jugend«, dröhnt es dunkel aus dem schnaufenden Tier.

Es stimmt also. Aber dieser Ort ist nicht der, an dem ich mir zu sterben gestatte. Wenn es einen Tod gibt, den ich zu akzeptieren bereit bin, dann ist es ein Augenblick, an dem ich mir sicher bin, dass Vincent Raven mit mir sterben wird.

Die Bestie senkt ihren Kopf, ehe sie sich mit einem Sprung auf mich stürzt. Noch bevor mich die messerscharfen Klauen treffen, schaffe ich es, das Tier beiseite zu schleudern. Mit einer blitzschnellen Bewegung fege ich zu Jonathan hinüber und lasse mich dort auf die Knie sinken. Er atmet schwer und hat eine tiefe Fleischwunde an der Schulter.

»Bring dich in Sicherheit«, dringt es mühsam aus seinem Mund. Unter Klagelauten versucht er, sich aufzurichten. »Ich lenke ihn ab.«

»Nein«, erwidere ich. »Es gibt nur eine Möglichkeit, um uns hier heil herauszuholen.« Mit diesen Worten presse ich ihn fest an mich. Die Bestie kommt auf uns zugelaufen. Ihre Krallen graben sich dabei tief in den Erdboden, während sich meine Finger in Jonathans Haut bohren.

Der Werwolf jagt mit offenem Maul auf uns zu. Ich kneife die Augen zusammen. Tränen rinnen mir über das Gesicht. Mich beherrscht nichts als Angst. Dann spüre ich einen heftigen Stoß, ehe ein starker Sog alles um uns herum auffrisst.

Wir landen unsanft auf einem hölzernen Steg, als wir plötzlich aus etwa einem Meter Höhe herabstürzen. Ächzend fasst sich Jonathan an die verletzte Schulter, ehe er sich ungläubig umsieht.

»Wie um alles in der Welt ...«, murmelt er überrascht. »Warst du das?«

Im ersten Moment weiß ich gar nicht, ob wir tot sind oder was gerade passiert ist. Nur zögerlich löse ich meine steifen Finger von Jonathans Körper.

»Wo sind wir?«, fragt er mich. Erst jetzt nehme ich das Zwitschern der Vögel wahr und das leise Plätschern des Wassers. Meine Augen wandern über die weite Landschaft und den See, der sich vor uns erstreckt. Nur wenige Meter hinter uns liegt das Haus meiner Familie, dessen Anblick mir in jenem Moment das Herz zerreißt. Auch wenn ich es zu unterdrücken versuche, beginne ich zu weinen. Nicht weil ich bis vor Kurzem noch Todesangst gehabt habe, sondern weil mein erlösender Schattensprung uns ausgerechnet hierher brachte. An den Ort, den ich mit meinem Vater verbinde. Es fühlt sich fast so an, als hätte er uns gerettet, und das treibt mir Tränen in die Augen.

Liebevoll legt Jonathan seine Arme um mich, auch wenn es ihm offensichtlich Schmerzen bereitet.

»Du hast es geschafft«, flüstert er. »Einen Schattensprung und das mit zwei Körpern.«

Er ist furchtbar stolz auf mich. Sanft drückt er mir einen Kuss auf den Mund. »Du bist unglaublich.«

»Danke«, antworte ich, während ich mir die Tränen von den Wangen streiche. »Das ist unser Haus.«

Jonathan schaut zu der Blockhütte hinüber. »Es ist wunderschön.«

Die Sonne geht langsam auf und das Auto von Maggie steht bereits auf dem Sandweg, den man zum Haus hinauffährt. Vermutlich sind sie erst vor wenigen Stunden angekommen. Dass sie schon da sind, beruhigt mich zwar, doch dass wir ohne jegliches Auto hier aufkreuzen, wird sicher Fragen aufwerfen. Das und – ich werfe einen besorgten Blick auf Jonathans Verletzung – diese Wunde muss schnellstens heilen.

»Auch wenn ich es mir nur ungern eingestehe, aber wir brauchen etwas Blut für dich«, sage ich zu ihm und deute dabei auf seine Schulter.

Jonathan lächelt. »Na zum Glück bin ich ein hervorragender Jäger.«

»Hoffentlich ein besserer als in Sachen Werwölfen«, entgegne ich ihm und werde prompt empört geschubst.

»Du wirst schon sehen«, stöhnt er und erhebt sich mit zusammengebissenen Zähnen. »Ich bin gleich wieder da.« Mit diesen Worten wandert er in das umliegende Waldgebiet hinein.

Hoffentlich hat er Glück, denn andernfalls wird es schwer, hier welches zu bekommen. Im nächstgelegenen Ort gibt es nur einen kleinen Tante-Emma-Laden und ich schätze mal, dass sie dort keine Blutrationen vorrätig haben.

Er lässt mich etwa zehn Minuten warten, bevor er triumphierend auf mich zumarschiert. Seine Schulter ist bereits verheilt, auch wenn das Hemd und die Jacke ruiniert sind.

»Und?«, fragt er mich und legt den Kopf schräg.

»Bravo.« Dabei deute ich einen mächtigen Applaus an.

»Sind sie schon da?«, will Jonathan dann wissen, als er einen Blick zum Haus wirft.

»Ja, das ist Maggies Auto.«

»Und was machen wir jetzt? Werden wir erst mal hierbleiben?«

Mit zusammengepressten Lippen sehe ich zu ihm auf.

»Was ist?«, fragt er und geht sogleich in die Knie.

»Hast du das Gespräch mit McFarmer gehört?«

Er schüttelt unwissend den Kopf.

»Vincent hat uns reingelegt«, erkläre ich ihm. »Agnes und McFarmer stecken mit ihm unter einer Decke.«

»Wie bitte?« Er kann das gar nicht glauben.

»Vincent wollte, dass ich es weiß, oder eben auch nicht. Keine Ahnung, was noch Wahrheit oder Lüge ist.«

»Agnes hat ganz bestimmt nicht gelogen«, meint Jonathan ernst.

»Woher sollen wir das wissen? Vielleicht lockt er uns in das Kingdom und führt uns absichtlich auf eine falsche Fährte.«

»Und wenn er genau das damit erreichen will? Dass wir denken, es sei nur ein Täuschungsmanöver?«

»Ich weiß nicht«, antworte ich und verschränke die Arme hinter meinem Kopf. »Das alles ist total verrückt.«

»Auch wenn du vorher nicht daran geglaubt hast, weißt du jetzt hoffentlich, dass du eine echte Chance gegen ihn hast«, meint Jonathan.

»Wegen eines gelungenen Schattensprungs?«

»Cait«, sagt er eindrücklich. »Das schaffen nur die wenigsten und ganz sicher kein junger Vampir.«

»Okay, okay«, erwidere ich resignierend. »Und was glaubst du? Gehörte Agnes nun zu seinem hinterlistigen Plan oder nicht?«

»Ich nehme an, sie wusste davon. Das heißt aber noch lange nicht, dass sie nicht versucht hat, uns zu helfen.«

»Sie schickte uns zu McFarmer«, erwidere ich.

»Sie hätte uns schon mit etwas Gift im Tee töten können«, hält Jonathan dagegen.

Ich sehe ihn nachdenklich an. »Glaubst du denn, dass McFarmers Kaffee vergiftet war?«

»Vielleicht. Werwölfe sind wesentlich unehrenhafter als Vampire.«

Ich blase die Wangen auf. »Also glauben wir es? Vincent war mein Vater?«

»Ich wüsste nicht, woher du diese Kraft sonst haben könntest.«

»Mir wäre lieber, es wäre eine Lüge«, erwidere ich.

»Mir aber nicht«, antwortet Jonathan und hebt liebevoll mein Kinn. »Egal welchen Namen du auch trägst, du wirst stets diejenige sein, in die ich mich unsterblich verliebt habe.«

Vorsichtig öffne ich die Tür. Meine Mutter versteckt immer einen Ersatzschlüssel in einem hohlen Baum. Dieser verschafft uns nun problemlos Eintritt.

Das Haus ist urig eingerichtet und strahlt eine angenehme Wärme aus. Auf dem großen Sofa liegen bunte Kissen und selbstgehäkelte Decken. Von den Holzbalken hängen Teelichthalter und auf dem Kaminsims stehen lauter Bilderrahmen. Sie alle zeigen das Leben meines Vaters. Mal zeigt eines der Bilder ihn mit meiner Mutter und mal mit mir. All das sind Momente gewesen, für die man keine Ewigkeit auf Erden braucht. Schließlich ist es die Endlichkeit, die diese Erinnerung so wertvoll macht. Jemand wie Vincent Raven wird das niemals verstehen. Für ihn gibt es ganz offensichtlich niemand Wichtigeren als sich selbst. Vermutlich wusste ich das schon, als ich noch Annabelle war.

Ich nehme mir ein Bild meines Vaters und presse es mir an die Brust. »Er mochte diese Aufnahme«, sage ich zu Jonathan und lächele wehmütig.

Traurig schaue ich mir das Bild an. Es zeigt ihn bei einem Tanz mit meiner Mutter. Dieser Mann wird immer mein Vater sein. Er hat mir das Angeln und Fahrradfahren beigebracht und selbst dann herzhaft gelacht, wenn ich tollpatschig mein Glas über seinem Lieblingssessel ausschüttete. Für ihn war nichts so wichtig wie die Zeit mit uns.

Mit einem Mal ertönt ein lautes Poltern. Jemand steigt die Treppe herab, weshalb ich das Bild wieder zurück auf seinen Platz stelle. Dabei trifft es mich wie ein Geistesblitz. Vermutlich gibt es nur eine Möglichkeit, um Vincent Raven aufzuhalten.

»Ihr habt uns ganz schön erschreckt«, erklingt die Stimme meiner Mutter, als sie zu uns stößt. In den Händen hält sie meinen alten Baseballschläger. »Ich dachte, dass jemand eingebrochen ist. Wir haben euch hier noch gar nicht erwartet.« Mit diesen Worten lässt sie den Schläger sinken und nimmt erst Jonathan und dann mich in den Arm. »Ich dachte, du hättest einen wichtigen Fall zu erledigen.«

»Das habe ich auch«, antworte ich und lege Jonathan meine Hand auf den Arm. »Ich bin nur hier, um ihn abzusetzen. Er wollte sich etwas Zeit nehmen, um euch besser kennenlernen zu können.«

Meine unvorhersehbare Antwort bringt Jonathan aus der Fassung. »Das ist ... also ich«, stottert er, wird jedoch prompt von meiner Mutter unterbrochen.

»Das ist sehr nett von Ihnen. Ich setze uns am besten mal schnell einen Kaffee auf.« Seine zerschlissene Kleidung fällt ihr dabei nicht einmal auf. Pfeifend schlürft sie in ihren Hausschuhen zur Küchentür hinüber. Unterdessen sieht mich Jonathan wütend an. Wir schweigen jedoch so lange, bis sie in der Küche verschwunden ist.

»Was soll das?«, fährt er mich an, kaum dass die Tür hinter meiner Mutter zufällt.

»Ich muss das allein tun.«

»Du musst ...? Was?« Er ist sichtlich enttäuscht. »Glaubst du etwa allen Ernstes, ich lasse dich allein zurückgehen?«

»Ich werde Vincent aufhalten«, verspreche ich.

»Caitlyn«, bittet er inständig. »Dieser Vampir ist so viel stärker als ein Werwolf. Er könnte dich umbringen, wenn du allein gehst, und ich kann das auf gar keinen Fall zulassen. Nicht noch mal.«

»Das wird er nicht«, erwidere ich fest entschlossen. »Er wird mir kein einziges Haar krümmen.«

Jonathan schüttelt den Kopf. »Doch das wird Vincent tun, sobald du ihm die Gelegenheit dazu gibst«, erwidert Jonathan und packt mich an den Armen. »Bitte, tu das nicht. Tu mir das nicht an.«

Ich küsse ihn, ohne noch irgendetwas zu sagen. Es ist ein kurzer, aber leidenschaftlicher Kuss, der keine Widerworte zulässt. Er kann sagen, was er will. Nichts wird mich von meinem Vorhaben abbringen.

»Du musst auf sie aufpassen, solange ich weg bin. Ich will, dass du dir nichts anmerken lässt. Weder meine Mutter noch Maggie sollen je die Wahrheit erfahren, ganz gleich, wie das ausgehen wird.«

»Hör auf damit«, bittet er mich, doch ich will meinen Abschied nicht länger hinauszögern.

»Ich liebe dich, Jonathan«, sage ich. »Bitte pass auch auf dich auf.«

Er küsst meine Stirn, meine Wangen und meinen Mund. »Ich kann das nicht«, haucht er. »Du kannst nicht von mir verlangen, dass ich hierbleibe.«

»Versprich es mir«, wiederhole ich stur.

»Du bist nicht stark genug.« Dabei klingt Jonathan zutiefst besorgt. »Du musst noch so viel lernen.«

»Sieh mich doch an«, flüstere ich. »Ich habe alle Zeit der Welt, aber ich habe nicht die Geduld, etwas zu lernen, solange ich weiß, dass Vincent mir die wertvollste Zeit dieser Ewigkeit nehmen könnte. Die Zeit mit meiner Mutter. Die Zeit mit Maggie und auch die in der verdammten Detektei von Pierce Flinch.« Nun bin ich es, die ihn packt. »Versprich es mir, Jonathan. Versprich mir, dass du sie beschützen wirst, solange ich um sie kämpfe.«

Seine Zunge fährt über die trockene Haut seiner Lippen. Ihm fällt es deutlich schwer, meinem Wunsch nachzugeben.

»Das bricht mir das Herz«, sagt er wehmütig.

»Bitte, mach es mir nicht so schwer.«

»Ich verspreche es nur, wenn du mir schwörst, dass du auf dich aufpasst, und mir versicherst, dass du weißt, was du da tust.«

»Ich verspreche es«, beteuere ich und wische mir mit dem Ärmel über die feuchte Nase.

»Na schön«, seufzt Jonathan widerwillig. Es fällt ihm nicht leicht, mich loszulassen. Nachdem ich ihm einen letzten Kuss gegeben habe, rufe ich meiner Mutter zu, dass wir uns bald wiedersehen. Danach werfe ich Jonathan noch einen letzten vielsagenden Blick zu. Ganz so, wie es mein Vater getan hat, wenn er zu einem Ausflug in die Natur aufbrach. Er verließ das Haus immer ohne große Worte und erweckte damit den Eindruck, als würde es im Leben nichts geben, vor dem man sich fürchten muss.

Kapitel 12

Nachdem ich die Hütte verlassen habe, laufe ich den langen Waldweg bis zur Straße hinunter. Durch die Fähigkeit, mich schnell bewegen zu können, komme ich schon bald bei der Kleinstadt an. In der Tür des Ladens hängt ein schiefes Schild, auf dem steht, dass sie bereits geöffnet haben. Ich gehe die Straße hinab und steure auf das Geschäft zu.

Als ich die Tür öffne, läutet es über mir. Statt der einstigen älteren Dame steht ein junges Ding hinter der Theke. Die Wasserstoffblondine lehnt über einer Zeitschrift und blättert gelangweilt darin herum. Nicht einmal einen guten Morgen wünscht sie mir, obwohl sie die Klingel ohne Frage hätte hören müssen. Schließlich ist es mucksmäuschenstill. Ich räuspere mich, wodurch sie mir wenigstens kurz ihre Aufmerksamkeit schenkt.

»Oh«, brummt sie. »Guten Morgen.« Danach sind ihre Augen wieder auf den neusten Klatsch und Tratsch gerichtet. Für gewöhnlich würde mich das überhaupt nicht stören, aber ich bin mit den Nerven am Ende. Ich kann meine Energie jetzt nicht dafür verschwenden, bis zur Stadt zurückzulaufen, und habe keine Zeit für diese stumpfe Ignoranz. Mit der Faust schlage ich auf die Ladentheke und bringe damit das poröse Holz zum Vibrieren. Erschrocken hebt das junge Ding den Kopf.

»Ich brauche dringend ein Taxi«, fordere ich trocken.

Das große Fragezeichen in ihrem Gesicht gefällt mir überhaupt nicht. Für einen Moment denke ich ernsthaft darüber nach, ob ich ihr erklären sollte, dass ich damit einen Fahrdienst meine.

»Das tut mir leid ...«, beginnt sie zögerlich. »Aber Sie werden hier sicher keines bekommen.«

Dieser Laden war schon in meiner Kindheit die reinste Enttäuschung. Dort bekam man grundsätzlich nie, was man gerade brauchte. Es hat sich bis auf die Verkäuferin also nichts geändert.

»Können Sie mir vielleicht sagen, wie ich sonst zur Stadt komme?«

»Nun ja«, sagt sie unsicher. »Wie sind Sie denn hierher gekommen?«

Für einen Augenblick will ich am liebsten über die Theke greifen und die Gute mal ordentlich durchschütteln, doch ich beherrsche mich.

»Meine Mitfahrgelegenheit ist leider abgesprungen«, lüge ich stattdessen und klimpere danach hilflos mit den Wimpern. »Kennen Sie denn niemanden, der mich mitnehmen könnte?«

»Vielleicht kann Sie mein Freund Glenn fahren«, erwidert sie, nachdem sie mich mit hochgezogenen Augenbrauen abgecheckt hat. Vermutlich ist das ihre Art zu prüfen, ob es für sie okay ist, wenn Glenn mich mitnimmt. Da ich aber anscheinend keine Gefahr für das blonde Gift darstelle, nimmt sie den alten Telefonhörer in die Hand und verschwindet damit so weit, wie es die Schnur zulässt.

Einen Moment später informiert sie mich darüber, dass er sowieso noch in die Stadt muss und mich in etwa einer halben Stunde abholt.

In der Zwischenzeit schlendere ich durch den kleinen Laden und sehe mir eine aktuelle Ausgabe von *»The golden mirror«* an. Jonathan und ich sind nicht einmal mehr auf den hinteren Seiten zu finden. Wir wurden nicht nur von dem medienwirksamen Rosenkrieg verdrängt, sondern auch von eher weniger spektakulären Artikeln. Mitunter eine Kolumne über die Wartezeit an Bushaltestellen. Gut – mir soll's recht sein. Hauptsache, wir haben unsere Ruhe.

Ich werde von dem Klingeln der Glocke aus dem fesselnden Bericht gerissen. Glenn betritt den Laden. Er ist mindestens ein Meter neunzig und fast halb so breit, wie er hoch ist. Er trägt kurzgeschorene Haare und ist von den Zehen bis zum Haaransatz tätowiert. Ich werfe sofort einen Blick aus dem Ladenfenster. Selbstverständlich ist Glenn kein Autofahrer. Dabei habe ich damit gerechnet, dass der Freund dieser Wasserstoffblondine einen Jeep oder einen aufgemotzten Sportwagen fährt. Ganz klischeehaft eben. Dafür muss ich nun der sarkastischen Realität ins Auge schauen.

Er hat nicht einmal ein Motorrad. Nein – es ist ein babyblauer Roller, der unfrisiert gerade so schnell fährt, dass wir womöglich erst in zwei Stunden in der Stadt sind. Genervt atme ich tief durch. *Na schön*, rede ich mir innerlich gut zu. Dann ist es eben so. Ich kann sowieso nichts daran ändern, also wozu sollte ich mich über zwei Stunden kuscheln mit Glenn, auf seinem lauwarmen Ofen, aufregen?

»Manchmal macht Emma Zicken«, dröhnt der Riese, nachdem er sich auf das kleine Ding geschwungen hat und dabei bis zum Lenker vorgerutscht ist. Meine eingeredete Coolness weicht prompt wieder der aufbrodelnden Fassungslosigkeit. Hat er diesen babyblauen Roller gerade Emma genannt? Ich hoffe inständig, dass das der Name seiner Freundin ist. Da diese aber noch immer über beide Ohren grinst und ihrem sogenannten »Schmusebär« Luftküsschen zuwirft, bin ich mir ziemlich sicher, dass er damit den fahrbaren Untersatz meint.

Na toll. Es wird also eine zweistündige Kuschelrundfahrt mit Glenn und Emma. Mein Weg in die Hölle habe ich mir irgendwie anders vorgestellt, als der tätowierte Kerl den Laden betrat. Ich hatte sofort das Bild vor Augen, wie ich in einem Auto mit heruntergelassenem Seitenfenster sitze und mir von AC/DC den Weg weisen lasse. Stattdessen krieche ich an den Schmusebären heran und umschlinge diesen wildfremden Kerl mit beiden Armen. Seine Freundin wirft mir einen vernichtenden Blick zu, doch was bleibt mir anderes übrig? Die restliche Sitzfläche besteht aus einem so schmalen Streifen, dass ich fürchte, direkt auf dem Asphalt zu sitzen, sobald sich das Ding in Bewegung setzt.

Überraschenderweise gelingt uns der Start trotz des anfänglichen Hustens von Emma. Statt knallharter Rockmusik hören wir unentwegt das Orchester der Autohupen hinter uns. Das ist er also – mein Weg zur Hölle. Wirklich angsteinflößend wirke ich vermutlich nicht. Und während ich im Taxi so schnell in der Stadt gewesen wäre, dass ich keinerlei Zeit zum Nachdenken gehabt hätte, bleiben mir nun zwei Stunden. Das ist eine halbe Ewigkeit, wenn man kurz davor ist, sich einem Mann zu stellen, der einem mehrmals das Leben gekostet hat.

»Du hast ganz schön kalte Hände«, meint Glenn, nachdem er den keuchenden Motor der anscheinend völlig überlasteten Emma abstellt. Er reibt sich über den runden Bauch, so als wären meinetwegen seine Eingeweide unterkühlt. Ich bedanke mich, ohne auf seine Bemerkung einzugehen. Während ich mich schon von ihm abwende, ist er jedoch noch nicht bereit, mich einfach so gehen zu lassen.

»Du siehst echt krank aus«, sagt er nun deutlich lauter.

»Mir geht es gut, wirklich«, erwidere ich, wobei ich ihm ein aufgesetztes Lächeln schenke. Danach gebe ich vor es eilig zu haben. Viel zu lange hing mir bereits der Geruch seines Blutes in der Nase. Mein Kopf ist seinem Hals gefährlich nah gewesen und über die letzten Meter hat mich der Drang halb wahnsinnig gemacht. Ich hörte seine Halsschlagader zwischen all dem Verkehrslärm pochen und war kurz davor, mich durch seinen Helm zu beißen. Nun bin ich zwar schon ein paar Meter entfernt, doch noch immer nicht weit genug, um diesen Geruch aus meiner Nase zu bekommen. Ich wünsche mir daher nichts sehnlicher, als dass er es einfach gut sein lässt.

»Kriege ich nur ein Dankeschön?«, fragt er ganz direkt und zwingt mich mit diesen Worten wieder anzuhalten.

Meine Freundlichkeit weicht der zerreißenden Ungeduld. Genervt wühle ich in den Taschen meines Mantels und werfe ihm dann ein paar knittrige Dollar entgegen.

Auf seinem Gesicht macht sich eine deutliche Verärgerung breit. »Bist du bescheuert?«, giftet er mich an und schwingt sich wütend vom Roller, um das Geld aufzusammeln.

»Nein«, erwidere ich, während ich kehrtmache. »Nur hungrig.«

Aber vermutlich hat er recht. Schließlich bin ich bescheuert genug, lieber diesen tätowierten Riesen zu erzürnen, bevor ich mein eigenes Monster herauslasse. Außerdem bin ich bescheuert genug gewesen, um zu glauben, dass Agnes und McFarmer bereit waren, mir zu helfen. Und zu guter Letzt bin ich gerade dabei, ernsthaft zu glauben, dass Vincent seine Tochter vielleicht noch liebt. Irgendwo in den hintersten Winkeln seiner pechschwarzen Seele. Weit hinter seiner grenzenlosen Gier muss einfach ein kleiner Teil dieser Liebe überlebt haben. Schließlich hat er die Hoffnung niemals aufgegeben. Er hat immer versucht, aus mir einen Vampir zu machen und mich auf seine Seite zu ziehen. Vielleicht leidet er auf eine Art und Weise, die weder Jonathan noch ich verstehen. Vielleicht ist all der Schmerz, den er der Welt zufügt, nur ein Spiegelbild seines eigenen Leids.

Ja, ich bin tatsächlich bescheuert genug, um zu glauben, dass ich nichts als Liebe wecken muss, um den Vater von Annabelle Raven zur Vernunft zu bringen.

Meinen Vater, um genau zu sein.

Entschlossen gehe ich den langen Schotterweg hinauf. Dabei fühlt es sich so an, als würde ich diesen Weg zum allerersten Mal nehmen. Doch vielleicht täuscht mich dieses Gefühl und stattdessen will es mich davor warnen, dass es das letzte Mal sein könnte. Ich verdränge diese Furcht und versuche, mich zu erinnern. *Wer war Anna?*, frage ich mich, während ich mich Schritt für Schritt dem großen Herrenhaus von Vincent nähere. Hat sie ihren Vater schon vor diesem schicksalhaften Abend gehasst? Wieso habe ich diesem Mann niemals vergeben können? *Was* habe ich ihm niemals vergeben? Dass er mich vom Geländer stieß? Oder dass er versucht hat, mich zu verwandeln? So sehr ich mich auch anstrenge, ich schaffe es nicht, mich an die Antwort zu erinnern. Sie klafft wie ein schwarzes Loch in meinem Inneren. Als wenn mein Herz dieses Wissen verschluckt hätte und nicht bereit wäre es auszuspucken. Das Einzige, was da ist, ist dieses vertraute Gefühl der Leere. Irgendetwas Schmerzhaftes nagt an meiner Seele. Etwas Unausgesprochenes, das mir das Gefühl gibt, unvollkommen zu sein. So als würde etwas fehlen. Etwas Unersetzliches.

Bedrückt kicke ich einen Stein den Weg hinauf und beobachte, wie er über all die anderen hüpft. Für einen kurzen Augenblick beherrscht mich eine wohltuende Gedankenlosigkeit. Doch sie hält nur so lange an, bis der Stein zum Stillstand kommt. Danach brechen wieder Ängste über mich herein. Mahnend steigt erneut das Gefühl in mir auf, dass ich diesen Weg zum letzten Mal gehen könnte. Was dafür sorgt, dass ich beginne umzudenken. Möglicherweise bin nicht ich diejenige, die ihm vergeben muss, sondern er mir. Schließlich kann ich mich nur lückenhaft erinnern. Wer weiß, ob ich nicht irgendeine Mitschuld trage. Vielleicht haben wir beide ein dunkles Loch zu stopfen.

Während unsere Geschichte für mich ein Rätsel ist, weiß Vincent ganz genau, was passiert ist. Irgendwann in unserer gemeinsamen Zeit als Vater und Tochter haben wir versagt. Mir bleibt nichts anderes übrig, als ihn danach zu fragen. Schließlich kann es nicht ewig so weitergehen. Nun bin ich der Vampir, den er sich damals so sehr wünschte. Es ist an der Zeit, dass er mir sagt, was er von mir will, damit wir endlich aus dieser Endlosschleife ausbrechen können. Mein andauernder Tod kann doch nicht der einzige Ausweg sein. Immerhin bleibt uns nun mehr als genug Zeit, um alte Streitigkeiten beizulegen.

Wie hat Jonathan es noch formuliert? Alle Zeit ist vollkommen nutzlos, wenn man sie allein verbringen muss.

Und ja, es stimmt. *Deshalb bin ich hier*, hallt es in meinem Inneren, während ich die Stufen zum Eingang hinaufsteige. *Deine unsterbliche Tochter.*

Mit einem aufgesetzten Lächeln öffnet Rose die Tür. Als sie mich auf der Schwelle stehen sieht, erstarrt sie. Sie mustert mich zunächst ungläubig, ehe sie mich mit einem harschen Kopfnicken dazu auffordert einzutreten. Rose strahlt eine Eiseskälte aus, als ich mich an ihr vorbeidränge. Sie wirkt wie ein gefühlloses Monster, dessen Blick alles gefrieren kann.

»Was hast du hier zu suchen?« Ihre Augen durchbohren mich. Sie spricht gedämpft und doch klingt sie dabei äußerst bissig.

Ich versuche, mich von ihr nicht einschüchtern zu lassen, und halte ihrem Blick stand.

»Ich will Vincent sprechen«, erkläre ich ohne Umschweife.

»Ich hätte schwören können, dass du längst tot bist«, erwidert sie und schmatzt danach enttäuscht.

»Ja, genau darüber wollte ich mit ihm reden.« Meine Augen wandern, auf der Suche nach ihm, die Stufen ins Obergeschoss hinauf.

»Entweder bist du ziemlich mutig oder ganz schön dumm«, antwortet Rose und lächelt dabei gehässig.

Darauf lasse ich mich gar nicht erst ein. »Ist er hier?«, frage ich sie.

»Er ist oben.«

»Schön.«

Vermutlich versteht sie die Welt nicht mehr. Vincent hat die halbe Stadt auf mich gehetzt und ich tauche hier freiwillig auf. Ohne ein weiteres Wort trete ich an Rose vorbei. Dabei schnappt sie sich mein Handgelenk und lehnt sich bedrohlich zu mir herüber.

»Hast du nicht was vergessen?«

Sie glaubt wohl, dass eine Entschuldigung angebracht wäre. Rose nimmt es mir anscheinend übel, dass ich ihr bei unserer letzten Begegnung so zugesetzt habe.

Grübelnd runzle ich die Stirn. »Ich glaube nicht.«

Daraufhin festigt sie zornig ihren Griff. »Denk lieber noch mal drüber nach.«

»Vielleicht hilfst du mir etwas auf die Sprünge.«

Noch bevor wir unseren Plausch im Eingangsbereich fortführen können, unterbricht uns der Hausherr höchstpersönlich.

»Caitlyn Young«, dröhnt es überrascht von oben. Vincent wirft einen Blick über das Geländer, an das ich mich nur allzu gut erinnere. Das Bild, wie er auf mich herabschaut, lässt Vergangenheit und Gegenwart verschwimmen.

»Wir sollten uns unterhalten«, höre ich ihn sagen, während ich den schmerzhaften Aufprall noch einmal durch meinen Körper zucken spüre. Gequält presse ich flüchtig die Augen zusammen. »Ja«, erwidere ich dann entschlossen. »Wir müssen reden.«

Mit einem kräftigen Ruck entziehe ich mich dem Griff von Rose und trete achtlos die Stufen hinauf. Unter meinen Schuhen spüre ich, wie der blutrote Teppich bei jedem Schritt sanft nachgibt. Ich habe meine Hand auf dem Treppengeländer abgelegt und fühle, wie das Holz unter meinen Fingern hindurch gleitet. Noch immer nagt die Angst in mir, gleich in die Tiefe zu stürzen. Diese Erinnerung lässt sich nicht abschütteln. Hier ist sie präsenter als nirgendwo sonst.

Vincent beobachtet aufmerksam jeden meiner Schritte. Sicher hat er längst bemerkt, wie nervös ich nach Halt suche. Es ist unmöglich, meine Furcht vor ihm zu verbergen. Nicht hier, wo das Schicksal seinen Lauf nahm. In diesem Haus fühle ich mich zu Hause und fremd zugleich. Irgendwie geborgen und doch schutzlos. Dieses Gefühlschaos bricht wie ein Sturm über mich herein. Erinnerungen verschwimmen und gleichen dicken Regentropfen, die mir die Sicht auf die Realität nehmen. Zwischen all den Bildern, Gefühlen und Geräuschen entdecke ich *sie*. Nur für einen kurzen Augenblick flammt ihr Bild wie ein wärmendes Feuer inmitten der sonst so kalt wirkenden Rückblenden auf.

Am Ende der Treppe bleibe ich wie angewurzelt stehen. Vincent ist nur ein paar Meter von mir entfernt. Meine Visionen ebben ab, nicht aber die Gewissheit darüber, dass ich mich endlich an die Person erinnere, die mein Herz so lange Zeit verdrängt hat.

Meine Mutter.

»Sie ...«, geht es mir wie betäubt über die Lippen. »Sie war der Grund.«

Vincent kneift unruhig die Augen zusammen. »Darüber unterhalten wir uns besser in meinem Büro.«

»Nein«, erwidere ich ablehnend. Ich bleibe an Ort und Stelle stehen, um die Erinnerung an meine Mutter zurückzuholen.

»Das war keine Bitte«, antwortet Vincent streng. »Also kommen Sie, Ms Young.« Er winkt mich auffordernd zu sich.

»Ach, so nennst du mich also?«, frage ich wütend. »Nach allem, was passiert ist?«

»Es reicht!« Vincent wird lauter. Zornig wirft er einen prüfenden Blick ins Erdgeschoss. Rose schaut verwundert zu uns hoch. »Diese Unterhaltung führen wir ganz sicher nicht hier.«

»Warum nicht?«, erwidere ich. »Hier hat doch alles angefangen oder aufgehört. Je nachdem wie man es betrachtet.«

»Sie haben nicht die geringste Ahnung, Ms Young.«

»Caitlyn!«, entfährt es mir.

Mit offenem Mund sieht Vincent mich an. Er hebt die Hand und droht mir damit ganz offensichtlich. Dabei ist er nur Nebensache im Angesicht meiner Erinnerung an diese blutjunge Frau mit den grünen Augen.

»Du hast es ihretwegen getan, oder?«, frage ich ihn mit der gleichen durchbohrenden Kälte, wie es sonst Rose tut.

»Hier ist nicht der richtige Ort, um darüber zu sprechen.«

Natürlich ist hier nicht der beste Ort zum Reden, aber zumindest ist es der Ehrlichste. Hier fühle ich mich mit der Vergangenheit verbunden. Ich kann nicht woanders hingehen. Selbst wenn er mich dazu zwingen will, werde ich wie ein Fels in der Brandung standhalten. Dabei ziehe ich alle Kraft aus der Erinnerung an meine Mutter. Die Leere füllte sich, als ich ihre dunkelbraunen Haare sah, die ihr rundes Gesicht umspielten. Ihre Haut war so hell wie meine und sie sah mich an, als wäre ich das Wertvollste auf Erden. Im Bruchteil einer Sekunde wurde ich förmlich von Liebe durchströmt, ehe das Bild verschwamm und die vertraute Leere zurückkehrte. Ich will nicht mehr, als dieses Gefühl festhalten, selbst wenn ich für alle Zeit hier stehen muss.

»Was ist hier eigentlich los?«, höre ich Rose fragen. Sie ist auf die erste Stufe der Treppe getreten und streckt interessiert den Hals.

Vincent antwortet nicht, stattdessen tritt er wutentbrannt auf mich zu. Seine Finger umklammern meinen Arm und er beginnt, an mir zu zerren.

»Schluss jetzt!«, brüllt er, doch ich wehre mich heftig.

In diesem Moment trifft mich die Vergangenheit wie ein Vorschlaghammer. Diesmal sind es keine Bruchstücke, sondern die ganze bittere Wahrheit, die wie ein Felsbrocken auf mich herabstürzt.

Erschrocken schlage ich seine Hand beiseite. Hysterisch kreische ich: »Fass mich nicht an!« Mit erhobenem Zeigefinger füge ich hinzu: »Nie wieder!«

»Genug!«, erwidert er drohend.

»Du bist ein Lügner!« Ich werfe einen Blick auf Rose. »Das war er schon immer.« Meine Augen wandern zurück zu ihm. »Ich hasse dich!«

Diese Worte treffen ihn. Der alte Vampir tritt einen Schritt zurück. Seine Hände beginnen zu zittern. »Das gehört nicht hierher«, sagt er mit erstickter Stimme.

Doch ich will nichts davon hören. Er hat mich die ganze Zeit über belogen. Er wollte die Vergangenheit vertuschen und meine Erinnerungen daran manipulieren. Und das alles nur, damit ich ihm vergebe, was er mir, oder genauer gesagt *uns*, angetan hat.

Vincent und ich trafen uns in diesem Leben erstmals beim gemeinsamen Essen mit Jonathan. Er deutete an, dass wir uns ähnlich wären. Doch das sind und waren wir nie. Agnes hat mir die Wahrheit erzählt, nur leider nicht die ganze Geschichte. Vermutlich wollte Vincent nicht, dass ich irgendetwas über meine Mutter erfahre. Sicher wusste er, dass er mich andernfalls nur verlieren würde. Während er an mir gezerrt hat, habe ich etwas Furchtbares vor Augen gehabt:

Meine Mutter kniete auf dem kalten Holzboden und kreischte unter Tränen, dass er aufhören möge. Ihre Finger gruben sich hilfesuchend in den Stoff seines Hemdes. Mit aller Gewalt riss sie daran, bis der Stoff nachgab und sie nichts als Fetzen in einer ihrer Hände hielt. Der Kampf, den ich vom Türrahmen aus beobachtete, dauerte mehrere Minuten. Es war eine schier endlos lange Zeit, in der ich auf meinen kleinen nackten Füßen dastand und mich vor lauter Angst nicht rühren konnte. Ich gab keinen Ton von mir. Erst als die Arme meiner Mutter erschlafften und ihre Finger kraftlos am Körper meines Vaters hinabglitten, entfuhr mir ein entsetzter Schrei. Nie zuvor hatte ich jemanden sterben sehen und doch wusste ich, was vor sich ging. Als mein Vater sich mit blutverschmierten Lippen zu mir umdrehte, lief mir ein eiskalter Schauer den Rücken hinunter. Mit leerem Blick starrte er mich an. Panisch floh ich und rannte, so schnell ich konnte, den dunklen Flur hinab. Dabei rannen mir Tränen über mein Gesicht. Mein Leben fühlte sich mit einem Mal so taub an. Meine Haut und Hände, genau wie jegliches Gefühl in mir. Alles erschien mir unwirklich. So als würde ich träumen, nur dass ich nicht aufwachte.

Ich habe meinen Vater zuvor niemals als ein Monster betrachtet. Ganz im Gegenteil – ich habe ihn geliebt. Abgöttisch sogar. Doch in dieser Nacht ist diese Liebe in einem unvorstellbaren Ausmaß erschüttert worden. Sie wich einer durchdringenden Angst und tiefen Abneigung. Von diesem Tag an war er für mich nur der Mann, der meiner Mutter das Leben genommen hatte. Nicht still und friedlich, wie man es jemandem wenigstens wünschen würde, sondern auf eine so bestialische Art, dass ich diese Erinnerung jahrhundertelang verdrängt hatte.

»Sie wollte das nicht.« Durch große Augen sehe ich Vincent an. Er steht noch immer eine knappe Armlänge von mir entfernt. Sein Körper zittert genauso wie meiner.

»Ich hatte gar keine andere Wahl«, erwidert er so ruhig, als würde diese Antwort ausreichen. Als würde sie den Mord an meiner Mutter entschuldigen.

»Sie wollte es nicht«, wiederhole ich fassungslos.

»Ich habe sie geliebt«, verteidigt sich Vincent. »Ich habe sie so sehr geliebt, dass ich mir keine Ewigkeit ohne sie vorstellen konnte.«

»Das hat nichts mit Liebe zu tun!«

»Das ist nicht wahr«, meint er mit kräftiger Stimme. »Ich habe deine Mutter verehrt!«

Rose klappt förmlich der Mund auf. »Wovon zur Hölle redet ihr?« Sie wirft Vincent einen verständnislosen Blick zu.

»Du solltest uns lieber allein lassen«, erwidert er kalt.

Rose schüttelt den Kopf. »Ich bin nicht irgendeine deiner Clantöchter. Ich bin deine verdammte Frau.«

»Nicht mehr lange, wenn du jetzt nicht gehst.«

Die beiden sehen sich tief in die Augen. Keiner von ihnen blinzelt und genauso wenig ist einer bereit nachzugeben.

»Warum erzählst du ihr nicht die Wahrheit?«, frage ich und bemühe mich nicht länger, meine aufkeimenden Tränen zurückzuhalten.

»Ich gehe nicht, bevor ich eine Erklärung habe.« Rose verschränkt die Arme. Ihre Kälte ist bis ins Obergeschoss zu spüren.

»Manche Dinge gehen dich nichts an.«

»Das stimmt, aber wenn du von ihrer Mutter redest und davon, wie sehr du sie geliebt hast, dann habe ich dazu Fragen, die du beantworten solltest.«

»Er ist mein Vater«, sage ich mit hängenden Mundwinkeln. »Oder er war es zumindest.«

Meine Antwort verwirrt Rose nur noch mehr. »Wie bitte?! Ich will jetzt eine verdammte Erklärung!«

»Was willst du denn hören? Dass es stimmt?!« Seine Stimme bebt, als er mit hochrotem Kopf zu ihr hinunterbrüllt. Nun tritt auch einer der anderen Clanmitglieder durch den unteren Flur in den Eingangsbereich.

»Ist alles in Ordnung?«, erkundigt er sich.

Rose ist wie erstarrt.

»Alles okay«, meint Vincent deutlich ruhiger. »Du kannst gehen.«

Er nickt gefügig und verschwindet danach wieder in den dunklen Gang, aus dem er gekommen ist.

»Wie ist das möglich?«, fragt Rose mit zusammengebissenen Zähnen. Sie ist ohne jeden Zweifel wütend und hat große Mühe, sich zu beherrschen.

»Das ist eine lange Geschichte«, weicht Vincent der Antwort aus.

»Wir sind Vampire, also komm mir nicht mit so was.«

Ich wische mir unterdessen die nicht enden wollenden Tränen von den Wangen.

»Es gibt vieles, wovon du nichts weißt«, gibt Vincent schließlich zu.

Rose lässt enttäuscht den Kopf hängen und sinkt nachdenklich auf die Treppenstufe.

Dadurch richtet sich Vincents Aufmerksamkeit wieder auf mich.

»Wie konntest du nur versuchen, mir dasselbe anzutun?«, frage ich ihn anklagend.

»Ich wollte nur vermeiden, dass ich dich auch verliere«, erklärt er zögerlich und streckt mir dann seine Hand entgegen. »Der Fluch sollte dich vor dem Tod bewahren.«

Gleichgültig schlage ich sie beiseite. »Du hast mich nicht davor bewahrt. Du hast ihn mir damit nur immer und immer wieder angetan.«

»Aber nur, um es erneut zu versuchen«, antwortet er. »Anna, bitte. Glaub mir, dass ich das alles nur für dich getan habe. Ich habe deine Mutter verloren und konnte nicht zulassen, dass wir einander auch noch verlieren würden.«

»Mit dem Mord an ihr hast du doch erst dafür gesorgt«, bricht es aus mir heraus.

»Aber du und ich könnten wieder zueinanderfinden. Wir könnten all das hinter uns lassen.«

»Wie oft hast du mir das schon erzählt?«, frage ich ihn unter Tränen.

»Ich liebe dich, Anna. Ich habe nie aufgehört dich zu lieben.«

Ich lächele schmerzerfüllt. »Weißt du, als ich mich auf den Weg hierher machte, habe ich mir gewünscht, dass du das sagen würdest. Aber jetzt tut es nur weh.«

»Ich habe dir die Hand gereicht und du hast sie stets abgelehnt. Glaub mir, wenn ich dir sage, dass ich weiß, was Schmerzen sind.«

Ich habe also recht. Ich lehne seine Liebe und seine Entschuldigungen immer wieder ab. Ich habe das alles nie ganz vergessen und auch nie vergeben können. In Wahrheit hat mich Vincent niemals losgelassen. Kein einziges Leben blieb jemals von ihm unberührt. Das Loch in meinem Herzen wächst mit jeder seiner Bemühungen. Irgendwann wird meine Seele aus nichts weiter als der Dunkelheit meiner Vergangenheit bestehen. Wie sollte ich ihm je verzeihen können, wenn er mich durch alle Zeiten hinweg verfolgt, anstatt mich endlich freizugeben?

Ich habe genug gehört. Es fühlt sich plötzlich wie ein Fehler an, Vincent überhaupt aufgesucht zu haben. Wie konnte ich glauben, dass dieses Monster vielleicht eine gute Erklärung hat? Dass ich womöglich die Schuld an unserem endlosen Streit trage? Ich war ein Kind. Ein unschuldiges Kind, das sich nichts mehr wünschte als ein normales Leben. Ein Leben mit seiner Mutter und einem Vater, zu dem man aufsehen kann.

Ich will nur noch weg von hier. Fort von ihm und diesen schmerzhaften Erinnerungen. Eilig trete ich die Stufen hinab.

Mahnend erhebt sich seine Stimme, um mich davon abzuhalten. »Wage es nicht, auf diese Art zu gehen!«

Ich bleibe auf halber Strecke stehen. Rose ist nur wenige Stufen unter mir. »Sonst was?«, frage ich ihn aufgebracht. »Willst du mich sonst umbringen?«

»Ich habe das niemals gern getan.«

»Es geht nicht darum, wie du dich dabei fühlst, sondern darum, dass du überhaupt dazu fähig bist.«

»Du lässt mir keine andere Wahl.« Vincent stemmt die Hände in die Hüften. »Du stellst es immer wieder so dar, als hätte ich das nur für mich getan.«

»Ich habe ja auch nicht darum gebeten«, erwidere ich. Vorsichtig steige ich über die Beine von Rose hinweg.

»Wir könnten die Welt regieren«, ruft Vincent. »Du und ich sind so stark wie kein anderer Vampir, wie kein anderer Werwolf oder irgendeine gottverdammte Hexe. Wir sind gemeinsam nicht aufzuhalten. Ist das denn kein Geschenk? Ist das denn nicht erfüllender als Liebe?«

Kurz vor der Tür bleibe ich stehen und werfe ihm einen verächtlichen Blick zu.

»Ich brauche das nicht«, entgegne ich ihm. »Ich hätte nicht mehr als eine Mutter und einen Vater gebraucht. Aber meine Mutter war tot und mein Vater schuld daran. Glaubst du wirklich, dass ich dir dafür jemals dankbar sein könnte?«

»Du lebst in der Vergangenheit, Anna.«

»Nein!«, antworte ich. »Du lebst in der Vergangenheit! Vergiss nicht, dass mein Name längst Caitlyn ist.«

In diesem Moment streckt Vincent die Hand aus. Das Holz der Haustür erzittert, ehe das gesamte Metall der Klinke zu schmelzen beginnt. Er hat also nicht vor, mich gehen zu lassen.

»Es ist vorbei«, sage ich eindringlich, doch Vincent weigert sich mit einem gehässigen Grinsen.

»Deine Mutter war genauso uneinsichtig wie du.«

Sein Gesicht verzieht sich zu einer bösartigen Fratze. Einem leeren Ausdruck, der längst Pläne schmiedet, um mich zu beseitigen und das Spiel von vorn zu beginnen. Auch wenn er mich damit einzuschüchtern versucht, lasse ich mir davon keine Angst einjagen. Ich werde heute nicht sterben. Nicht allein zumindest. Diesen Plan braucht man nicht mit großen Reden auszuschmücken. Ich werde ihn mit mir nehmen, koste es, was es wolle.

»War sie das?«, frage ich ihn, während ich ein paar Schritte nach vorn trete. »War sie uneinsichtig, weil ihr ein einziges erfülltes Leben ausreichte?«

»Ich habe ihr die Ewigkeit angeboten. Wir reden hier von Zeit, Anna. Zeit ist wertvoller als alles Geld der Welt. Aber beides zusammen, was könnte mächtiger sein als das?«

Nun bin ich es, die spöttisch lächelt. »Alle Zeit ist vollkommen nutzlos, wenn man sie allein verbringen muss.«

Vincent vergeht das Grinsen. Er weiß genau, was ich ihm damit sagen will. Er hat vielleicht alle Zeit und einen Haufen Geld, aber niemand liebt ihn. Nicht einmal seine eigene Tochter. Ist es das wirklich wert gewesen? Wir beide kennen die Antwort. Während es mich befriedigt, dabei zuzusehen, wie diese Tatsache sein totes Herz erreicht, kann ich förmlich spüren, wie es Vincent die Luft abschnürt. Ja, die Wahrheit tut weh. Doch jeder geht anders mit verletzenden Wahrheiten um. Manche nehmen sie einfach hin und leben damit. Und andere, wie Vincent Raven, verlieren den Kopf und verfallen in Raserei, um diese Wahrheit im Keim zu ersticken.

Es dauert nur den Bruchteil einer Sekunde, ehe ich mit voller Wucht an die Wand hinter mir pralle. Mein Körper schrammt an ihr entlang, während mich die unsichtbare Kraft des alten Vampirs am Hals emporschiebt. Ich bin nicht fähig, irgendetwas zu sagen, zu schreien oder gar darum zu flehen, dass er aufhören möge. Mir fehlt jegliche Luft, um auch nur einen einzigen Ton herauswürgen zu können. Meine Finger strecken sich panisch. Ich versuche, meine Kräfte in einer Hand zu bündeln.

Zwischen meinem japsenden Keuchen höre ich die Stimme von Rose, die Vincent darum bittet, mich loszulassen.

»Sie ist deine Tochter«, betont sie. Auch wenn ihr diese Tatsache nicht gefällt, verteidigt sie diesen Umstand.

»Das ist nicht meine Tochter«, wehrt er sich. »Das ist nur ein naives Geschöpf, das meine Kräfte nicht verdient hat.«

Zunächst ist es nur ein warmer Funke, den ich zwischen meinen Fingerspitzen fühle. Es wird nicht mehr lange dauern, bis ich mich aus seinen Fängen befreien kann.

»Willst du sie etwa umbringen?«, fragt Rose erschüttert. »Wenn sie so mächtig ist, dass wir sie brauchen, dann sollten wir einen anderen Weg finden als diesen.«

»Es gibt keinen anderen Weg!«, schreit er zornig. »Wenn sie mir nicht vergibt, wird sie irgendwann eine Gefahr für uns werden. Das kann und will ich nicht riskieren.«

Der Lärm lockt nun einige weitere Mitglieder von Vincents Clan an. Mitunter auch den Vampir, den er erst kürzlich weggeschickt hat. Ein paar von ihnen kann ich nur im Augenwinkel sehen, sie sind von der Situation vollkommen überrumpelt. Niemand sagt irgendetwas, sie alle starren nur gebannt zu mir herauf. Sicherlich wissen sie, dass ich die junge Frau bin, auf die er sie angesetzt hat. Doch niemand außer Rose weiß, wer ich wirklich bin. Er hat sie alle genauso belogen wie mich. Über Jahrhunderte hinweg haben seine Lügen als Grundgerüst seiner Macht gedient. Ich werde nicht aufgeben, bevor ich dieses Gerüst nicht in Schutt und Asche gelegt habe.

Mit einer einzigen Handbewegung schlage ich ihm mit meinen Kräften so fest in die Magengegend, dass Vincent gezwungen ist, mich loszulassen. Ich lande gekonnt auf beiden Beinen. Prompt fege ich die Treppe hinauf und drücke den Kopf meines Gegners über das Geländer. Meine Hand hat sich dabei wie eine Schraubzwinge an seinen Hals gekrallt.

»Sag es ihnen«, fordere ich, doch Vincent lächelt nur müde. »Erzähl ihnen von dem Fluch, der auf dem mit Blut beschriebenen Pergamentpapier steht. Erzähl ihnen von der Lüge über Halbblüter. Sag ihnen verdammt noch mal, was sie wirklich über dich wissen sollten.«

Vincents Clanmitglieder wirken vollkommen ratlos. Wie erstarrt stehen sie am Fuß der Treppe und schauen einander fragend an. Dabei können sie kaum glauben, was sie sehen. Ausgerechnet ich besitze die Kraft, um mich mit Vincent zu messen. Rose tut zudem ihr Übriges. Sie hebt die Hand und befiehlt ihnen damit, an Ort und Stelle zu bleiben.

»Noch mehr Lügen?«, fragt Rose wütend.

Doch Vincent hat nicht vor, seine Geheimnisse so leichtfertig preiszugeben. Er ist festen Glaubens, mich töten zu können, noch bevor irgendwer die ganze Wahrheit erfährt. Er tritt mir gegen das Schienbein und schlägt mir danach kräftig ins Gesicht. Mein gesamter Körper neigt sich zur Seite und ich schmecke das Blut in meinem Mund. Ein weiterer Schlag trifft mich. Ich stürze zu Boden und Vincent lehnt sich bedrohlich über mich.

»Du bist nicht stark genug und wirst niemals stark genug sein. Vielleicht habe ich mich geirrt und wir beenden es für immer.«

»Oh, wir werden es beenden«, stimme ich ihm angespannt zu. »Aber nicht wie du denkst.« Mit einer kräftigen Handbewegung ziehe ich ihm die Beine weg. Er landet direkt neben mir. Das bietet mir die Gelegenheit, mich auf ihn zu stürzen. Dabei rangeln wir wild miteinander. Er verpasst mir ein paar Schläge und ich ihm. Mehrmals kratzen und würgen wir uns. Mit jedem Mal spüre ich weniger Schmerzen. Sie verschwimmen mit dem Wunsch, es endlich zu Ende zu bringen.

Der Mann, mit dem ich kämpfe, ist nicht mein Vater. Er ist es nie gewesen und wird es niemals sein. Er hat dieser Welt genug angetan. Vincent hat zu viel Zeit mit dem Streben nach Macht und Geld vergeudet. Wütend packe ich seine Stirn und hämmere seinen Kopf auf den Boden. Wieder und immer wieder. Danach ziehe ich ihn auf die Beine und lehne ihn erneut über das Geländer. Nun ist Vincent schon deutlich mitgenommen, doch er ist noch immer nicht bereit aufzugeben.

»Sag ihnen die Wahrheit!«.

»Fahr zur Hölle«, erwidert er.

Mein Griff festigt sich. Ich würge ihn so kräftig, dass ich das hilflose Schlucken nach Luft fühlen kann. Nur noch ein bisschen und ich werde das Leben aus diesem Monster hinauspressen.

Doch anstatt es einfach zu tun, lasse ich ihn kurz zuvor los.

Ich bin nicht wie er. Auch wenn ich mir seinen Tod wünsche, mahnt mich ein Teil in mir, es nicht zu tun.

Japsend sackt Vincent vor mir zusammen.

»Ich werde dir das niemals verzeihen«, sage ich und trete danach an ihm vorbei. Ich bin enttäuscht darüber, dass er selbst jetzt so verbissen an seinen Lügen festhält.

»Ich finde dich. Ganz egal wo du dich zu verstecken versuchst«, keucht er, als ich über den blutroten Teppich ins Erdgeschoss hinabgehe.

»Alles, was du wissen musst, findest du im Kingdom«, informiere ich Rose, als ich auf ihrer Höhe angelangt bin.

Sie nickt und lässt mich dann ohne Widerstand gehen. Keiner der Clanmitglieder stellt sich mir in den Weg. Sie scheinen zu honorieren, dass ich diesen Kampf gewonnen habe.

Kapitel 13

Ich bin immer noch vollkommen aufgewühlt, als ich endlich an einer Hauptstraße ankomme. Am Himmel ziehen bereits dunkle Wolken auf und der frische Duft von Regen liegt in der Luft. Mein Herz schlägt mir bis zum Hals und Tränen laufen mir über das Gesicht. Ich weiß nicht einmal, warum ich weine. Eigentlich bin ich froh darüber, wie es gelaufen ist. Schließlich könnte ich jetzt genauso gut tot sein.

Doch das bin ich nicht.

Die Erinnerung an meine Mutter hat erstaunliche Kräfte geweckt. Mein ganzes Leben lang habe ich nach etwas gesucht, von dem ich nicht einmal sagen konnte, was es ist. Ich wusste nur, dass mir irgendetwas fehlte. Etwas, das ich nirgends fand. Als ich Vincents Haus das erste Mal betrat, da nahm diese Leere eine ungeahnte Größe an. Niemals hätte ich damit gerechnet, dass dieses Gefühl solche Macht über mich besitzt. Und jetzt? Jetzt wo ich die ganze Wahrheit kenne, ist die Suche beendet. Plötzlich fühle ich mich erstmals befreit. Es ist, als könnte ich nach einem permanenten Ersticken endlich tief einatmen.

Ich laufe orientierungslos den Gehweg hinauf und denke dabei über die letzten Wochen nach. Über Jonathan und mich – und alles, was um uns herum passiert ist. Mir kommt der Moment in den Sinn, als er die Straße überquerte und ich davon vollkommen überrumpelt war. Ich muss an sein Lächeln denken und daran, wie mir der Portier bei der Spendengala den Aufkleber auf das Kleid klebte. So vorsichtig, als würde er eine Bombe entschärfen. Doch mir kommen auch die Bilder in den Sinn, wie Jonathan sterbend vor mir lag und ich keine andere Wahl hatte, als mein Leben zu geben, um seines zu retten. Dabei wusste ich zu diesem Zeitpunkt nicht viel mehr von ihm, als dass er ein Vampir ist.

Trotzdem gab es zwischen uns bereits diese unbeschreibliche Anziehungskraft. Ich hätte nie gedacht, dass sie aus so viel mehr besteht. Dass unsere Liebe seit Jahrhunderten existiert und wir einander nie wirklich aus den Augen verloren haben. All das erfahren zu dürfen, ist es wert gewesen. Dafür bin ich gestorben und wiederauferstanden. Habe gesucht und gefunden. Hatte Mut und Angst. Und habe bekommen und gegeben. So wie wir alle – nur mit dem Unterschied, dass ich mir darüber bewusst bin.

Plötzlich werde ich von ersten Regentropfen getroffen. Ich schaue blinzelnd in den wolkenverhangenen Himmel. Danach wandern meine Augen zu den vielen Autos, die sich im Feierabendverkehr dicht aneinanderdrängen. Als ich ein Taxi entdecke, strecke ich zittrig den Arm aus. Glücklicherweise setzt es den Blinker und hält nur kurze Zeit später direkt neben mir. Ich öffne die hintere Tür und nehme auf der Rückbank Platz.

»Zum Hafen«, sage ich und tupfe mir dabei die verbliebenen Tränen von den Wangen. Der Fahrer nickt wortlos und fädelt sich danach wieder im Verkehr ein. Als wir uns langsam dem Ziel nähern, gebe ich ihm genauere Informationen. Ich will zum Hausboot von Brian McFarmer. Nach allem, was passiert ist, habe ich Fragen und außerdem liegt Jonathans Autoschlüssel noch auf der Kommode von McFarmers Nachbarn. Ich werde es mir also nicht nehmen lassen, mich zu verabschieden.

»Das macht dann dreißig Dollar«, sagt der Taxifahrer, nachdem wir in der Nähe des Stegs angehalten haben. Ich lächele freundlich, während ich in meiner Manteltasche nach dem Geld suche.

»Ich habe mal gehört, dass in dem gelben Häuschen ein Axtmörder leben soll«, meint der Mann und wirft dabei einen neugierigen Blick auf das kleine Hausboot.

»Alles Unsinn«, erwidere ich und fische zwei Zwanziger aus meiner Tasche. »Manche behaupten ja sogar, dass er gar kein Mensch ist.«

Mit großen Augen dreht er sich zu mir um. »Was soll er denn sonst sein?«

Ich lache spöttisch, als er mir das Geld abnimmt. »Ein Werwolf.«

Der Fahrer bricht in schallendes Gelächter aus. »Ja, klar. Wer hat Ihnen das denn erzählt? Eine Hexe, oder was?«

Ich zwinkere. »Die eine oder andere.«

Er übergibt mir das Restgeld und wünscht mir einen guten Tag. Anscheinend hat ihm meine Version gefallen, auch wenn keine von beiden gelogen ist. Gerade als ich die Tür zuwerfen will, bittet mich der Taxifahrer noch darum, auf mich aufzupassen.

Nachdem die Rücklichter des Wagens in der Ferne verschwinden, mache ich mich auf den Weg zum schwimmenden Puppenhaus von McFarmer.

Im Inneren des Hausboots brennt Licht, also klopfe ich einfach an. Ich höre, wie er pöbelnd etwas beiseite schiebt, ehe sich seine stampfenden Schritte der Tür nähern. Dann öffnet sie sich. Als er mich entdeckt, will er sie sofort wieder zuschlagen, doch ich bin nicht nur schneller, sondern auch deutlich stärker. Hungernd ist der Wolf schwach und handzahm.

»Schon gut!«, dringt es aus seinem Mund, während er mit erhobenen Händen rückwärts in sein Hausboot wandert.

Ich werfe hinter mir die Tür zu. »Störe ich etwa?«, frage ich ihn, woraufhin er nur mit dem Kopf schüttelt. »Schön. Ich habe da nämlich ein paar Fragen.«

»Ich ... also ich ... hab echt keine Ahnung, was da draußen passiert ist ...«, stottert er.

»Ach? Als wir uns unterhalten haben, klang das aber ganz anders.«

»Die Bestie redet lauter Unsinn«, verteidigt er sich. »Ehrlich! Ich hab keinen blassen Schimmer, was das sollte.«

»Eins nach dem anderen«, meine ich und deute dabei einladend auf seine ausgeklappte Couch.

Prüfend mustert mich McFarmer, bevor er sich ihr vorsichtig nähert. »Du machst doch jetzt kein' Scheiß, oder?«, fragt er mich und setzt sich langsam.

»Das kommt ganz auf dich an.«

»Ich hab nichts gegen dich oder deinen Freund. Vincent hat 'ne Menge Leute und mit denen is' nicht zu spaßen.«

Mit eisernem Blick hebe ich die Hand. »Eins nach dem anderen, habe ich gesagt.«

McFarmer nickt gefügig.

»Fangen wir doch mal bei Agnes an«, beginne ich und strecke dabei flüchtig den Zeigefinger hoch. »Was war ihre Aufgabe?«

»Hab nicht viel davon mitbekommen«, antwortet McFarmer. »Ich weiß nur, dass Vincent sauer war, weil ihr irgendwo aufgekreuzt seid. Er sagte, du würdest dich an etwas erinnern. Er war sich ganz sicher, dass dein Vampirfreund früher oder später bei Agnes auf der Matte stehen würde ...«

»Warum war er sich da so sicher?«, unterbreche ich ihn.

»Weil er wohl niemanden mehr hat und sie die Einzige ist, die ihm noch helfen konnte.«

»Und dann?«

»Vincent ließ ihr ausrichten, was sie dir erzählen durfte. Irgendwas wollte er aber unbedingt geheim halten. Sie sollte dich nur etwas anstacheln, damit ihr nachlässig werdet.«

»Also sollte sie uns zu dir schicken?«, frage ich ihn.

Er kratzt sich nervös am Hals. »Ja, er wollte, dass ich euch erledige, und ich hab keine Fragen gestellt, weil man das besser nicht macht.«

»War das alles gelogen? Ich meine, hat er dir überhaupt jemals irgendetwas angetan?«

»Das ist alles wahr! Aber was soll ich machen? Die hätten mir das Fell über die Ohren gezogen, wenn ich mich geweigert hätte.«

»Ich war heute bei ihm«, erwähne ich dann fast beiläufig.

»Bei wem? Bei Vincent Raven?«

»Ja«, bestätige ich.

»Entweder bist du ganz schön mutig oder vollkommen lebensmüde, Kleines.«

»Vielleicht bin ich ja auch unsterblich.«

McFarmer sieht mich erstaunt an. »Hab schon vieles gehört, aber sowas noch nie.«

»Ich bin nur hier, um eins klarzustellen. Weder du noch irgendeiner der anderen Werwölfe sollte es je wieder wagen, mich oder Jonathan anzugreifen.«

»Ist mir eh lieber, als die Bestie aus dem Käfig zu lassen. Aber ich kann leider nur für mich sprechen«, meint McFarmer.

»Die Zeiten werden sich ändern«, erkläre ich ihm und verschränke dabei die Arme. »Die Rudel werden die Stadt bald wieder verlassen müssen und ich werde dafür sorgen, dass nur du als eine Art Mittelsmann bleiben darfst.«

McFarmer lacht gehässig. »Ich glaube nicht, dass Vincent das zulassen würde. Sie bringen ihm einen Haufen Kohle ein.«

»Ich fürchte, dass Vincent bald nicht mehr der stärkste Vampir in dieser Stadt sein wird. Sein Clan droht ihm den Rücken zu kehren.«

»Und weswegen? Wer sollte ihn denn ersetzen können?«

»Seine Tochter«, antworte ich und schenke ihm ein Lächeln. »Und soweit ich weiß, wird sich dann einiges ändern.«

Nach unserem Gespräch habe ich Jonathans Wagen genommen und bin auf direktem Weg zum Haus am See gefahren. Die Sonne geht bereits unter, als ich vor der Tür stehe. Ich warte einen Moment, bevor ich die Türklinke hinunterdrücke und eintrete.

Den Ersten, den ich sehe, ist Jonathan. Er wirft sein Handy auf die Couch und läuft mir entgegen. Seine Arme umschlingen mich und wir küssen einander. Es ist deutlich zu spüren, dass wir Angst davor hatten, uns nochmals zu verlieren. Er kann kaum fassen, dass ich vor ihm stehe. Durch große Augen sieht er mich an, den Mund leicht geöffnet, während er meine Wange in der Hand hält.

»Du bist hier«, flüstert er.

»Und ich werde bleiben.«

Jonathan lächelt. Der Anblick seiner Grübchen und seiner strahlenden braunen Augen lässt mich alles andere vergessen. Ich ziehe ihn erneut an mich.

»Nehmt euch ein Zimmer«, dröhnt es plötzlich durch den Raum.

Wir lösen uns voneinander und ich erblicke Maggie, wie sie im Türrahmen der Küche steht. Sie hat den Kopf zur Seite geneigt und grinst schelmisch.

»Ist der Fall erledigt?«, fragt sie interessiert und ich nicke. Daraufhin macht sie eine Siegerpose und freut sich vollkommen ungeniert darüber, dass sie nicht länger auf meine Mutter aufpassen muss.

»Das habe ich gehört, Fräulein«, hören wir Mom aus der Küche schimpfen und ich muss unweigerlich lachen. Maggie steigt kichernd die Treppen ins Obergeschoss hinauf, nachdem sie mit Schwung die Küchentür zugeworfen hat.

Die beiden scheinen so normal und das obwohl sonst nichts so ist wie vorher.

»Ist er …?«, fragt Jonathan leise, als nichts mehr von Maggie zu hören ist. »Du weißt schon.«

»Nein«, antworte ich. »Aber Rose weiß, wo sie das Pergament findet.«

»Wenn der Clan die Wahrheit kennt, wird er sich von Vincent abwenden«, schlussfolgert er. »Trotzdem werden sie ihre Machtposition nicht aufgeben.«

»Das glaube ich auch. Rose wird die Führung übernehmen wollen.«

»Also wird alles einfach so weitergehen?« Jonathan sieht mich so an, als könnte er das unmöglich zulassen. Er denkt sicher an all die Opfer von Vincents Habgier.

»Nein, sie alle haben gesehen, wie ich Vincent die Stirn geboten habe, und sie werden ganz sicher nach mir verlangen.«

Jonathans Augenbrauen heben sich. »Du willst den Clan anführen?«

»Ach, Quatsch«, beruhige ich ihn. »Ich werde ihn natürlich Rose überlassen, aber nur unter gewissen Bedingungen.«

»Du lehnst also die Vormacht in einer Millionenstadt ab?«

»Tja, ich bin eben etwas bescheidener.«

Er drückt mir liebevoll einen Kuss auf. »Und was willst du stattdessen machen? Ich meine, du hast jetzt alle Zeit der Welt und kannst tun und lassen, was du willst.«

»Ich wüsste da schon etwas«, erwidere ich und schmunzele. »So wie es aussieht, winkt demnächst eine Beförderung.«

»Ach, Glückwunsch«, geht es Jonathan über die Lippen. »Das hört sich nicht schlecht an. Und was machst du, wenn du nicht gerade arbeitest?«

»Vielleicht lege ich mir einen festen Freund zu.«

Er lächelt verführerisch. »Das klingt nach einer guten Idee.«

»Ja, das finde ich auch. Mir hat nämlich mal jemand gesagt, dass alle Zeit vollkommen nutzlos ist, wenn man sie allein verbringen muss.«

»Ziemlich weise.«

»Oh, das ist er.«

»Das hört sich ja nach einem guten Kandidaten für eine feste Partnerschaft an.«

»Hmmm«, mache ich. »Er ist leider schon verheiratet.«

Jonathan grinst. »Eigentlich nicht.«

Überrascht sehe ich ihn an. »Hat sie etwa unterschrieben?«

»Ja, ich habe ihr ein Angebot gemacht, dass sie nicht ausschlagen konnte. Wir müssen zwar aus dem Haus ausziehen, aber dafür wird es zukünftig nur eine Mrs Green geben.«

»Das klingt nach einem guten Ende.«

»Nein, es ist viel eher ein guter Anfang.«

Epilog

Vincent Raven starb nicht an dem Tag, an dem ich ihn besuchte. Er starb eine Woche später. Auch wenn ich ihn nicht umgebracht habe, trage ich dennoch eine Schuld daran. Eigentlich sollte es mich überhaupt nicht interessieren, aber ich bin nun einmal nicht wie er. Im Gegensatz zu ihm besitze ich ein Herz und bemitleide sogar Personen, die es nicht verdient haben. Deshalb hat es mich ehrlich bekümmert, als ich diese Nachricht in der Zeitung las. Vermutlich war es Rose oder einer der anderen aus dem Clan. Wenn man sie danach fragt, schweigt sie eisern, doch da sie ansonsten alles tut, was ich verlange, lasse ich ihr dieses Geheimnis. Vor allem da sie anstandslos dazu bereit war, mir das Schriftstück zu übergeben. Solange ich lebe, werde ich behaupten, dass es noch immer existiert. Aber das tut es nicht. Jonathan und ich haben es im Kamin verbrannt. Damit ist der Fluch gebrochen und meine Seele endgültig frei.

Noch wissen wir nicht, wie die Zukunft aussehen wird.

Vielleicht werden wir das Land irgendwann verlassen oder ich werde meine Mutter und Maggie irgendwann einweihen. Diese Entscheidung muss nicht übereilt gefällt werden, also werde ich mir das gut überlegen. Jetzt wo Vincent tot ist, gibt es letztlich niemanden mehr, der hinter mir oder Jonathan her ist. Alles wirkt wieder ruhig und friedlich.

Sogar Flinch ist wie ausgewechselt. Ich habe ihn selten so oft lachen gesehen wie in den letzten Tagen. Offenbar liegt das an Ms Lockwood, die er kürzlich kennengelernt hat, als sie mir Blumen von Jonathan gebracht hat. Seit sich die beiden regelmäßig Textnachrichten schicken, hat Kelly deutlich weniger zu tun. Flinch trägt neuerdings nämlich keine Krawatten mehr. Vielleicht will er dadurch lockerer wirken oder er hat einfach die Schnauze von den ständigen Kaffeeunfällen voll.

Apropos Kaffeeunfälle – Jonathan und ich hatten kürzlich eine offizielle Verabredung. Wir trafen uns im Wagen vor seinem Büro. Genau an der Stelle, an der ich mir vor unserer ersten Begegnung die Brust verbrannte. Selbstverständlich habe ich uns deshalb im Donutladen gegenüber von Connors Tankstelle einen Coffee to go geholt und vorsorglich den Sitz der Deckel geprüft. Dort hat sich also der Kreis geschlossen.

Vielleicht kann ein Kaffee nicht das Leben verändern, aber er kann dazu beitragen. So wie jede andere Kleinigkeit auch. Manchmal sind es eben die unscheinbaren Momente, die die größte Auswirkung haben.

Als Privatdetektivin habe ich so lange nach Wahrheiten und zugleich nach Gründen gesucht, dass ich dadurch den Glauben an die Liebe und das Schicksal verlor. Dabei hatte mich beides nie verlassen. Ich befand mich permanent auf dem richtigen Weg, selbst wenn es sich oft nicht so angefühlt hat. In der Hektik des

Alltags vergisst man leicht, dass wahre Liebe nichts Schnelllebiges, sondern etwas Beständiges ist.

Jetzt wo ich die Wahrheit kenne, wünschte ich mir, ich könnte sie mit der Welt teilen. Das Wissen darüber, dass Liebe alle Zeiten überdauert. Dass Seelen, die miteinander verbunden sind, einander immer wieder finden. Mal vereint und mal getrennt sind und doch ewig eins bleiben. Dass Zeit dabei keinerlei Rolle spielt und dass man in Wirklichkeit keine Ewigkeit braucht, wenn man lernt, den Moment voll auszukosten.

Nur danach lohnt es sich zu suchen: das Glück in den kleinen Dingen und die Liebe in allem.

Die Autorin

Unter dem Pseudonym »Christin Thomas« veröffentlicht die Fantasy- und Jugendbuchautorin Christin Gießel ihre Werke, seit September 2013, im Eigenverlag. Geboren ist sie 1987 in Pritzwalk und zog im Alter von fünf Jahren, mit ihrer Familie in die Hansestadt Hamburg.

Ihre Leidenschaft fürs Lesen und Schreiben entdeckte sie bereits als Kind und erfüllte sich 2013 mit der Veröffentlichung ihres Erstlingswerks »Cataneo – Der Weg Splendors« ihren größten Wunsch. Im Mai 2015 gewann sie dann den ersten Leserpreis mit ihrem Jugendbuch »Hope – Unsere einzige Hoffnung«. Mittlerweile lebt sie mit ihrem Hund und ihrem Lebenspartner in der Nähe von Hamburg, wo sie bereits an einer neuen Veröffentlichung arbeitet.

www.christin-thomas.de
www.facebook.com/cthomasautorin

Die Last der Krone
Christin Thomas

Ihnen sind Lügen wichtiger als Wahrheiten.
Glanz statt Staub und Macht anstelle von Liebe.

Der siebzehnjährige Etienne ist Thronerbe von Fuchsfels, dem größten Königreich des Nordens. Seit er denken kann, wird er auf Wortgefechte und Feldzüge vorbereitet, aber nicht auf die Schlacht, die er mit sich selbst führt. Der junge Prinz hegt Gefühle für den Bediensteten Noel, die seiner königlichen Pflicht, einen Erben zu zeugen, im Weg stehen. Deshalb fordert sein Vater, dass Etienne der Liebe entsagt.

Aber wie verschließt man sein Herz, wenn man es längst verschenkt hat?

Nation Alpha

Christin Thomas

Ich bin eine Omega. Wir werden als Sklaven für die Königsrasse der Alphas gezüchtet und haben keine Rechte, keinen Namen, kein Leben. Man behandelt uns nicht wie Menschen, sondern wie Ware. Nach dreihundertjährigem Martyrium wollen die Alphas uns auslöschen und durch Maschinen ersetzen. Meine Zeit ist abgelaufen, falls der verzweifelte Rettungsplan nicht gelingt. Doch wer würde darauf bauen, wenn die sogenannten Retter selbst Alphas sind? Kann ich ihnen vertrauen oder ist unser Untergang bereits besiegelt?